KB099090

용기를 내

용기를 내

1판 1쇄 발행 | 2020년 11월 10일

지은이 | 신수옥
발행인 | 이선우
펴낸곳 | 도서출판 선우미디어
등록 | 1997. 8. 7 제305-2014-000020호
130-100 서울시 동대문구 장한로12길 40, 101동 203호
☎ 2272-3351, 3352 팩스: 2272-5540
sunwoome@hanmail.net

값 13,000원

※ 이 도서의 국립중앙도서관 출판예정도서목록(CIP)은 서지정보유통지원시스템 홈페이지 (http://seoji.nl.go.kr)와 국가자료공동목록시스템(http://www.nl.go.kr/kolisnet)에서 이용하실 수 있습니다.(CIP제어번호: (CIP제어번호: CIP2020046316)

ISBN 978-89-5658-650-2 03810

용기를 내

신수옥 수필집

선우미디어 sunwoomedia

머리말

가파른 골목길을 짐수레를 끌고 오르는 사람이 있습니다. 나의 팔십 고갯길입니다. 알 수 없는 힘에 이끌려 여기까지 왔습니다. 삶의 고비를 넘을 때마다 주저앉지 않고 더 멀리 가고 싶었습니다.

죽은 듯 보이는 번데기가 화려한 나비가 되는 것처럼 글을 대할 때마다 나의 존재를 송두리째 뛰어넘는 경험을 합니다. 문득 줄탁동시(啐啄同時)라는 말이 떠오릅니다. 세상 밖으로 나오려고 안에서 쪼아대는 소리에 딸들이 응원의 함성으로 밖에서 함께 알을 깨뜨려주는 것 같습니다. 예전에는 미처 몰랐던 밝고 넓은 세상에 두 눈이 부십니다.

봄이 오는 소리가 들립니다. 산수유가 실눈을 뜨고 개나리도 노란 입술을 팔랑입니다. 나에게도 봄이 오려나 봅니다. 내 인생에 봄은 다시는 없을 줄 알았습니다. 늦깎이 글쟁이가 되어 봄노래를 부를 줄 몰랐습니다.

내세울 것 하나 없는 엄마의 가시밭길 여정을 자식들이 책으로 엮어 내겠다고 했을 때 당혹스러웠습니다. 가슴에 꼭꼭 숨겨둔

옹이가 사람들 앞에 공개되는 듯하여 몸과 맘이 아파왔습니다. 하지만 가슴 저릿했던 순간도, 드문드문 하늘빛처럼 고운 순간도 모두 내가 걸어온 길이기에 받아들이고 내보이기로 했습니다.

문학은 나에게 어머니의 품이었습니다. 슬프거나 아플 때면 문학은 치유사가 되어 나의 등을 토닥이며 껴안아 주었습니다. 어린 자식이 어미 품을 찾듯 문학이라는 품속에서 평안하고 행복했습니다.

늦은 나이에 ≪대한문학≫에서 등단하여 여기저기에 글을 선보였습니다. 이제 그 글들을 모아 책으로 묶으려니 만감이 교차합니다. 어미를 격려하는 자녀들의 응원에 힘을 얻습니다. 감사한 마음으로 부끄러움을 대신하겠습니다. 책을 낼 수 있도록 격려해 주고 힘을 모아 수필집을 출판해준 자식들에게 고마움을 전합니다. 오랫동안 꺾었던 펜을 다시 잡을 수 있도록 격려와 칭찬을 아끼지 않으신 이용만 선생님, 고맙습니다.

삶 속에서 얻은 성장과 느낌들을 글로 풀어내고 싶습니다. 감사할 줄 아는 사람이 되겠습니다. 부족하지만 있는 그대로의 나를 깊이 이해하고 받아들이렵니다. 마음의 문을 활짝 열고 늘 배우는 사람으로 살겠습니다. 내 글 때문에 누군가가 마음 상하거나 다치는 일이 없기를 빕니다.

2020년 가을

신수옥

chapter 3 딸의 눈물

chapter 4 용기를 내

chapter 5 양지 내 자매

chapter 6 그곳에 다시 가고 싶다

chapter 7 아름다운 노을이 되리

1

벚꽃 터널

메밀밭 유정

차창 밖 도로변에 무더기로 핀 코스모스가 온몸으로 웃는다. 두 시간을 달려 고창 메밀밭에 이르렀다. 끝없이 넓은 들판에 하얀 메밀꽃들이 눈송이를 이고 있는 것처럼 장관을 이루고 있었다. 상쾌한 바람에 흔들리는 흰 꽃이 눈을 정화시켜 주었다.

이효석의 단편소설 ≪메밀꽃 필 무렵≫의 광경이 선연히 떠오르고 당나귀 방울의 딸랑거리는 소리가 들리는 듯했다. 주인공 허생원의 장돌뱅이 고달픈 여정이 그림처럼 떠오르는 것이었다. 작품 속의 시적인 정서와 애틋한 느낌이 생생히 살아났다. 주인공이 하룻밤 풋사랑의 추억 속에 흠뻑 취했던 때도 메밀꽃 필 무렵이었다.

들판에 서니 가을이 달음박질쳐 오고 있었다. 이렇게 광대한 메밀밭을 보는 것도, 메밀이 키가 작은 식물이란 것도 처음 알았다. 단순히 지역축제를 위해 조성한 꽃밭이 아니라 곡식으로 심은 메밀밭이어서 더욱 정겹고 의미가 있었다.

하얗게 꽃이 핀 메밀밭은 진한 한국적 정서를 자극한다. 허생원의 애수가 산길, 달빛, 메밀꽃, 개울로 연결되면서 작품 속 신비스러운 배경에 녹아들고 순식간에 익숙하고 그리운 고향을 떠오르게 한다.

가끔씩 특별한 날 먹어 본 메밀묵 상차림은 생각만 해도 입가에 군침이 도는 추억이다. 커다란 가마솥에 메밀묵을 쑤면서 아궁이 솔잎 타는 연기에 눈물께나 흘렸다. 옹기그릇에 묵을 퍼 담고 주걱에 붙은 묵을 찍어 먹을 때 그 묵은 세상에 없는 맛이었다. 적막한 늦가을 밤, 골목길을 누비며 "메밀묵 사려" 하고 소리치던 메밀묵 장수가 그립다.

가을 하늘이 투명하다 못해 시린 물 같아서 지난여름의 살인적인 더위가 언제였던가 싶다. 청명한 가을빛 고운 이야기와 상쾌한 산들바람, 그리고 따사로운 햇볕에 몸을 맡기며 끝도 없이 펼쳐진 메밀밭을 다리가 시큰해질 때까지 걷고 또 걸었다.

돌아오는 길, 드넓은 김제평야를 지났다. 차창 밖으로 스쳐 지나가는 벌판은 금을 녹여 붓기라도 한 듯 황금빛으로 출렁이고 있었다. 여름의 그 짙은 초록빛은 어디로 다 사라져버렸을까. 바람에 넘실거리는 황금물결이 춤추는 여인의 치맛자락처럼 아름다웠다.

문득 지주들의 횡포와 일본인들의 수탈에 맞서 죽음도 불사하며 타올랐던 동학혁명이 떠올랐다. 땅을 떠나서는 살 수 없는 농민들에게 논밭은 삶의 터전이자 젖줄이었다. 피땀 흘려 기른 저 탐스러운 벼를 송두리째 빼앗긴 채 허기진 자식들의 울음을 속수무책 바라보았을 그들의 한숨과 탄식이 아프게 다가왔다.

먹을거리가 넘치는 세상이다. 밥이 보약이라던 옛 어른들의 교훈이 즉석식품에 익숙한 요즈음 세대에겐 잘 가닿지 않는 듯하다. 농민들의 노고에 감사하는 마음을 떠올리는 것도 먼 얘기가 된 듯하여 안타깝다.

새삼 땅과 농사와 인간과의 관계를 생각해 본다. 땅을 떠나 존재할 수 없는 인간이기에 땅의 소중함을 깨닫게 된다. 땅은 어머니의 품과 같다.

이 가을, 장마도 태풍도 무사히 지나가고 풍년을 노래할 수 있음에 감사하다. 보는 데서 느끼는 마음으로, 깨닫고 감사하는 마음으로, 오늘 나들이를 마무리해 본다.

가을 예찬

눈이 시리도록 청명한 하늘과 코스모스. 나의 뇌리에 그림처럼 박혀있는 가을의 상징이다. 가을에 퇴직한 나의 삶은 가을 하늘처럼 맑아졌다. 틀에 박힌 직장 생활에서 벗어나 마음껏 자유로움을 만끽하게 되었다. 하고 싶은 일을 할 수 있다는 것이 얼마나 행복하던지, 구름 위를 둥둥 떠가는 것 같았다.

가을바람에 한들거리는 코스모스는 하늘거리는 한복을 곱게 차려입은 수줍은 여인 같다는 생각이 든다. 바람이 세게 불면 금방이라도 허리가 끊어질 것 같은 모습은 사람에게 보호 본능을 자극하는 가녀린 여인 같다고나 할까. 코스모스가 여름에 핀다면 여름 소나기와 폭우를 어찌 견딜 수 있을 것인가.

소녀의 진심이라는 꽃말을 지닌 꽃, 코스모스. 신이 세상을 아름답게 하기 위해 만든 것이 꽃인데 그가 제일 먼저 만든 꽃이 코스모스라는 전설을 지닌 꽃. 여려 보이지만 강인한 생명력을 지니고 있어서 한번 자란 곳에서는 매년 끊임없이 피어나는 꽃이다. 코스모스의 청초한 생김새와 빛깔을 바라보고 있으면 조물주의 오묘함에 다시 한 번 경이로움을 느낀다. 인간이 만물의 영장이라지만 그 어떤 능력도 자연의 위대함을 능가할 수는 없다는 것을 깨닫게 된다.

언젠가 가족 나들이로 국화 축제에 다녀오는 중이었다. 가을바람에 한들거리며 피어있는 코스모스 길을 달리며 "대희야, 코스모스 꽃 좀 봐." 했더니 "할머니, 코스모스 꽃이 우리에게 반갑다고 인사하네요." 한다. 네 살짜리 손자의 표현이 귀여웠다. "우리 집에 꼬마 시인 나왔네." 하며 즐겁고 흐뭇했던 기억이 떠오른다.

날개가 있다면 저 높은 창공을 훨훨 날아 어디로든 가고 싶었던 어린 날이 있었다. 미지의 세계에 대한 동경과 꿈을 머금은 소녀는 자라서 여행 마니아가 되었다. 언어나 풍습이 다르고 얼굴색도 다른 외국 여행지에서 받은 느낌은 여행에서 돌아온 뒤에도 오랫동안 여운으로 남았고 또 다른 세계로의 도전을 부추겼다.

우리나라 대한민국 가을 풍경의 멋과 정겨움은 그 어느 외국의 가을 풍경에 견주어도 뒤지지 않을 거라고 생각한다. 단풍으로 곱게 물든 설악산이나 금강산은 내가 가 본 세계 어느 나라의 가을 산보다 아름답다. 그중에도 '가을 산' 하면 내장산 단풍의 아름다움이 단연 압권이라고 생각한다. 단풍 숲에 있으면 내가 자연과 하나가 된 느낌이 든다. 상큼한 바람과 나뭇잎 사이로 비껴 쏟아지는 햇살을 받으며 걸으면 천국이 이런 곳이려니 싶다. 꿈속 길을 걷는 것 같다.

단풍잎을 보면 어린 시절 어머니가 지어주신 빨강 노랑 초록의 명주 치마저고리가 생각난다. 단풍처럼 고운 빛깔의 옷을 지어주시던 어머니가 그립다. 고운 삶을 살기를 염원하는 어머니의 마음이 단풍잎을 타고 전해져 오는 듯하다.

그래서인지 나는 지금도 빨간색 옷을 좋아한다. 다른 원색의 옷도 곧잘 입는다. 사람들이 "참 고우시네요." 하면 "노구 홍상이라고 늙었다는 증거지 뭐." 하고 둘러댄다. 내가 죽고 세상에 없을 때 어미를 기억하는 자식들에게 고운 옷을 입은 어미로 기억해주기를 바라는 마음 또한 크게 작용했을 것이다.

황금물결을 이루는 가을 들판에 "워이, 워이." 새 쫓는 사람들과 헌 옷을 입고 서 있는 허수아비는 얼마나 풍요롭고 정겨운 가을 풍경이었던지. 옛 생각에 잠기니 평화로워지고 가슴이 벅차오른다. 알록달록 영글어 가는 과일이 주렁주렁 매달린 들길을 어릴 적 친구들과 함께 걷고 싶다. 희미해져 가는 추억을 불러들여 활짝 펼치고 싶다.

중학교 때 과수원 하는 친구 집에 놀러 간 적이 있다. 원두막에 올려준 사과 소쿠리를 받아들고 얼마나 많이 먹어댔던지. 며칠 동안 이가 시려서 밥도 먹기 어려웠던 일이며 대추와 밤송이에 머리를 맞고 "아야, 아야" 소리를 질러댔던 일이 생각난다. 그 시절로 다시 돌아가 깔깔거리며 실컷 웃고 싶다.

우리나라에 사계절이 있음에, 그리고 수확의 계절, 아름다운 가을을 만끽하며 행복한 시간을 갖게 해주신 창조주께 감사와 영광을 드린다. 추억 속에 알알이 박힌 아름다운 기억들이 함께 하여 더욱 풍요롭다.

겨울 이야기

TV 다큐멘터리 〈세계 테마기행〉에서 핀란드의 눈 쌓인 겨울 왕국을 보았다. 겨울의 참모습을 맛볼 수 있는 겨울철의 핀란드 생활을 한 번쯤 체험해 보고 싶었는데 간접적으로나마 좋은 기회였다. 새로운 세계를 가까이 받아들이며 스스로 원하는 삶을 살 때 기쁨이 찾아온다고 한다.

핀란드는 일 년 중 절반이 겨울이라서 사우나가 발달했다고 한다. 250만 개의 사우나가 있다고 하니 인구 두 명 당 하나 꼴이다. 사우나는 핀란드어의 감탄사 Sow(소우)에 땀 빼는 방이라는 의미의 nar(나르)를 합친 말이라고 한다.

백색의 허허 들판에 스키와 개썰매로 달리는 모습이 동화 속의 아름다운 장면을 연상케 한다. 고된 여정의 쉼터인 오두막에 앉아 활활 타오르는 장작불 옆에서 커피를 마시며 사랑하는 사람과 추억을 나누고 낭만을 즐기고 싶다.

내가 젊었을 때는 겨울이 무척이나 추웠다. 강추위 속에서 막 길어 올린 샘물은 김이 모락모락 나는 온수나 다름없었고, 그 우물에 세수하고 방문 고리를 잡으면 손가락이 쇠고리에 순간적으로 쩍 달라붙었다. 자고 일어나면 넓은 마당에 눈이 어찌나 두텁게 쌓여 있던지 치워도 치워도 끝이 없는 것 같았다. 손을 호호 불며 방으로 뛰어들면 방 가운데 놓인 화롯불이 어머니 품처럼 따뜻했다. 재속에 덮인 숯덩이가 빨리 꺼질까 봐 인두로 가랑잎 재를 꾹꾹 눌러 다독이곤 했다. 화롯불 가에 옹기종기 모여 앉은 식구들 얼굴이 발그레해지던 모습이 참으로 정겨웠다.

몇 년 전 겨울, 눈이 펑펑 쏟아지던 날의 일이다. 셋째 딸에게 줄 선물을 사가지고 백화점에서 나와 보니 푸근하던 날씨가 변해서 함박눈이 탐스럽게 내리고 있었다. 온 세상이 하얀 눈으로 뒤덮여서 어디가 차도이고 어디가 인도인지 분간이 잘 되지 않았다.

심호흡을 하고 운전대를 잡았다. 가로등 불빛이 쌓인 눈에 반사되어 앞을 분간하기가 더 어려웠다. 와이퍼를 쉴 새 없이 움직이며 달리는데 갑자기 내가 반대 방향으로 가고 있는 듯한 착각이 들었다. 당황스러웠다. '북쪽 방향이 맞아. 이대로 쭉 직진하면 돼.' 운전대를 꽉 움켜잡고 조심조심 가면서 이정표를 찾았다. 분명히 딸 아이 집 방향이었다. 그런데도 자꾸만 거꾸로 가고 있는 것 같아 혼란스럽기 그지없었다. 흐르는 개울물에 발을 담그고 서 있으면 마치 내가 물살을 가르며 가고 있는 것 같은 착시 현상이 생기는 것처럼. 오랫동안 다녔던 노선이어서 그나마 다행이었다. 딸아이 집에 도착했을 때는 꿈속처럼 현실이 믿기지 않았다.

"이렇게 눈이 쏟아지는데 어떻게 차를 몰고 오셨어요?" 놀라며 나를 안아주는 딸에게 방향감각이 없었다는 말은 할 수가 없었다. 걱정하겠기에. 그 일을 겪은 후 내가 치매 증상이 있는 건 아닐까 덜컥 겁이 났다. 병원에 진료 받을 일이 있어서 갔다가 담당 의사 선생님께 그때 일을 설명하며 치매 증상이 온 것 같으니 검사해 달라고 했다. 젊은 의사 선생님이 웃으며 자신도 차를 몰고 가다 보면 가끔씩 거꾸로 방향을 잡고 가고 있다는 착각이 들 때가 있고 궂은 날엔 더 심하다고 했다. 치매 걱정 하지 말라 하니 비로소 안심이 되었다.

겨울은 동화 같은 낭만을 주지만 더 많은 경우 도전적인 삶의 무대를 제공하기도 한다. 만년설로 뒤덮인 히말라야 산봉우리를 오르내리며 그 품에 기대어 삶을 영위하는 원주민들에게 눈 덮인 겨울산은 삶의 동반자 자체일 것이다.

사계절이 뚜렷한 우리나라에서 태어나 문명의 혜택을 누리며 사는 것에 대해 새삼 감사한 마음이 든다. 지구촌 곳곳에서 어렵고 극한 삶을 살고 있는 이웃들을 외면하지 않고 더불어 살아가는 마음을 지녀야겠다고 생각했다.

금수강산 예찬

계절이 바뀔 즈음이면 셋째 딸 내외가 바람 쐬러 가자며 찾아온다. 그날은 연말이지만 따사로운 햇볕이 봄날처럼 포근하게 만물을 감싸 주고 있었다. 며느리도 마침 직장을 쉬는 날이어서 함께 자동차에 올랐다.

장항 송림 숲길에 울창한 소나무가 참으로 정겨웠다. 등 구부러진 할머니가 손자를 반기며 두 팔 벌려 안으려는 형상처럼 보였다. 장항 스카이워크는 하필 쉬는 날이어서 숲속 공중에 나선형으로 우뚝 서 있는 모습만 보고 아쉬운 발걸음을 되돌려야 했다.

익산 금강 변 둑방 양옆으로 무지갯빛 바람개비가 끝없이 서 있었다. 물억새 군락지와 농경단지 사이에 있는 도로변에 줄지어 형형색색 춤을 추는 바람개비 길이 이색적이다. 총길이가 4.8km라 한다. 저절로 노래가 나와 〈갈대밭이 보이는 언덕〉을 흥얼거리며 걸었다. 며느리가 빨간 점퍼를 입은 내 모습이 예쁘다며 자꾸 사진을 찍는다. 시어미가 예쁘다며 사진을 찍어주는 며느리가 더 예쁘다.

바람개비를 보면 아름다운 동심의 세계로 빠져들게 된다. 장터나 유원지에 가면 알록달록 색색의 바람개비와 풍선을 수레에 매달아 놓고 아이스크림이나 장난감을 파는 아저씨들이 있다. 아이들은 그 수레 앞을 그냥 지나치지 못한다. 엄마나 아빠의 손을 끌고 그 수레 앞에서 무엇이든 사 달라고 조르기 십상이다.

어릴 때 색종이로 바람개비 만들기를 좋아했다. 오색 색종이를 오리고 접어서 가는 대나무에 꽂아 양손에 들고 뒷마당을 가로지르며 달릴 때면 마냥 즐겁고 행복했다. 구름도 바람개비도 내 머리카락도 함께 따라 달렸다.

바람개비 길은 동심을 불러일으켜 주어 아이들과 함께 가족 나들이를 하기에도 좋을 듯 싶었다. 딸 내외는 걷기를 좋아해서 남해 끝 마을에서 강원도까지 한 달 넘게 걸어서 국토를 종단한 경험이 있는데 이곳 금강 변은 자주 걷는 소풍길이라고 한다.

우리나라 전 국토 곳곳에는 아름다운 산과 강이 있다. 또한 삼면이 바다로 둘러싸여 있어서 가는 곳마다 색다른 절경을 보여준다. 쪽빛 바다에 수를 놓은 듯 아름다운 섬들의 고장 남해, 드넓게 펼쳐진 갯벌과 아기자기한 섬들이 정겨운 서해, 깊고 맑은 바닷가로 이어진 동해. 바위 하나에도 갖가지 사연이 얽혀있는 전설의 나라다. 북한에는 또 얼마나 아름다운 비경이 숨어있을지.

거대도시 서울은 서울대로 멋지고 아름답다. 시골은 시골대로 운치가 있다. 오지의 오솔길 하나까지도 정답지 않고 아름답지 않은 곳이 어디 있으랴. 그뿐인가, 시골 마을 곳곳에 세워져 있는 장승들과 당산나무들은 우리의 역사가 지금도 살아 숨 쉬고 있음을 보여준다. 고풍스런 사찰을 비롯하여 오랜 문화재들이 품고 있는 장렬하고 아름답고 아픈 사연들은 어떤가. 후손에게 뼛속 깊이 큰 가르침을 준다.

이 아름다운 나라에 태어난 사람으로서 자부심과 감사한 마음 가득하다. 살아서 걸을 수 있는 한, 힘닿는 데까지 가보고 느끼고 누리고 싶다.

벚꽃 터널

꽃이 많이 피는 4월에 내 생일이 들어있다. 생일 때마다 아이들이 찾아와 생일 축하 겸 기념 여행을 함께 한 덕택에 꽃구경을 많이 했다. 생일 즈음이면 언제나 벚꽃이 만발한다. 언제부터인가 벚나무가 가로수로 대체되어 온 국토를 점령한 것 같다. 오래전 일본 사쿠라 꽃이라고 외면했던 꽃이다. 몇몇 식물학자가 한라산 자생 왕벚나무를 발견해 벚나무의 원산지가 제주도라고 주장하였는데 이 학설에 힘입어 각 지자체들이 앞 다투어 벚나무를 심었다고 한다. 이제 벚꽃은 봄철 최고의 볼거리 중 하나가 되었고 우리나라 사람들이 소나무 다음으로 좋아하는 꽃나무가 되었다.

봄이 찾아오는 길목에서 화사한 벚꽃과의 만남은 마음의 문을 여는 행위다. 꽁꽁 언 마음과 움츠렸던 가슴을 녹여주는 봄맞이가 되기 때문이다. 꽃샘추위가 기승을 부리는 이른 봄, 한꺼번에 활짝 피어나는 벚꽃은 봄을 제대로 알리는 전령사이다.

올해는 셋째 딸 내외가 왔다. 구례 쌍계사 벚꽃 구경에 나섰다. 벚꽃이 흐드러지게 피어있는 하동 길을 지나 화개장터에 내렸다. 길마다 벚꽃이 만개하여 절정을 이루고 있었다. 발 디딜 틈이 없는 장터의 인파 속에 우리도 휩쓸려 들어갔다. 온갖 약초며 먹을거리가 수북이 쌓여 있다. 화개장터는 경상도와 전라도를 가로지르는 교통요지다. 산에서 채취한 약초와 산나물이 풍성한 재래식 장터로 구경꾼의 쉼터가 되어주기도 한다.

쌍계사에 가까워질수록 자동차 속도가 느려졌다. 맨 처음 이 길을 지났던 때가 생각났다. 십 년도 훨씬 전 어느 해 4월에 아들이 예고 없이 봉고차를 끌고 교회에 나타났다. 엄마 생신이어서 벚꽃 구경시켜 드리러 왔노라고 했다. 마침 주방 일을 막 끝낸 여인들이 앞치마를 벗어던지고 너도나도 차에 우르르 올라탔다.

쌍계사를 향해 달렸다. 씽씽 봄바람을 가르며 달리는 하동의 벚꽃길은 그야말로 꽃 궁전이었다. 여기저기서 저절로 탄성이 터져 나왔다. 인파가 몰려서 더는 차를 타고 갈 수 없었기에 쌍계사 앞 십리길을 걸었다. 사람과 꽃 속에 파묻혀 흐르는 물결인 양, 바람에 떠밀린 꽃잎처럼 떠내려갔다. 이 좋은 계절에 나를 태어나게 해주신 부모님께 새삼 감사하며 내 존재에 축복을 보내고 싶었다.

내친김에 동양의 베니스라 칭하는 충무시로 내달렸다. 맑고 잔잔한 바다에 떠 있는 배와 점점이 박힌 섬들의 조화가 아름다운 한 폭의 그림 같은 곳. 아들이 가장 좋아하는 곳. 그래서 가족나들이 때마다 자주 오는 곳. 바다 끝자락에 자리 잡은 그림 같은 숙소에 짐을 풀고 뱃놀이와 푸짐한 바다 회를 즐기며 가족 간에 오붓한 추억을 쌓는 곳이다. 섬 곳곳에 충무공의 얼이 담겨 있어서 유익한 역사 공부 마당이기도 하다.

저녁 식사를 위해 어시장 한곳에 자리 잡은 식당에 들어갔다. 각종 생선과 비린내가 가득했다. 즉석에서 광어회를 떠주고 탕을 끓여준다. 정겨운 친구들과 함께 마주한 푸짐한 만찬상은 여행의 피로를 말끔히 씻어주고 더없이 즐거운 시간을 선사했다.

인간에게 식감과 식도락을 제거하면 어찌 될까. 살아가는 재미가 반감되어 어두운 방향으로 삶이 더 기울게 되지 않을까. 인류사의 전쟁 대부분은 결국 식량을 쟁취하기 위한 싸움이 아니었을까.

밥을 먹을 때마다 감사 기도가 왜 필요한지를 깨닫게 된 날이기도 했다. 지구상의 누군가는 지금도 굶주리고 있다. 폭식하거나 남겨서 버리지 말자고, 감사한 마음으로 음식을 대하자고 결심했다. 꽃구경과 맛있는 음식으로 즐거운 나들이였다.

오랜 추억에서 깨어나니 어느새 쌍계사 벚꽃길이다. 십리 길에 늘어서 있는 벚꽃 터널. 꽃가지를 흔들어 꽃잎이 날리는 모습을 촬영하는 사람이 있었다. 흩날리는 꽃잎이 너무 아름다워 뭐라고 형용할 말이 생각나지 않았다. 사람의 시각은 조형의 요소 중 색채를 가장 빠르게 인시한다고 한다. 삼중고의 헬렌 켈러가 떠올랐다. 아름다운 꽃 색깔이 어떠한 것인지 보고 싶다던 염원이 절절하게 다가왔다.

늘어진 벚꽃 가지마다 벌들이 윙윙대며 날개를 퍼덕인다. 꿀 한 방울을 만들기 위해 입을 수천 번 쪼아대는 꿀벌의 인내와 부지런함을 배운다. 자연의 위대한 법칙 앞에 마음이 겸손해진다. 어려움 앞에서 쉽게 포기하고 마는 나약한 인간이 벌에게서 교훈을 얻는다.

꽃이 언제 피었는지도 모른 채 봄이 그냥 지난 적도 많았다. 자신과 화해하지 못한 채 혼자라는 생각으로 괴로웠다. 계절의 냄새도,

변화도 느끼지 못했다. 평화와 감사한 마음이 찾아온 뒤에야 비로소 아름다운 꽃이 보이기 시작했다. 내 안에 꽃이 있기 때문에 꽃이 보인 것일까. 아름다움을 알아보는 영의 눈이 열린 것일까. 교감 능력이 좋아졌다는 증거인가. 좋아하면 가슴이 설레고 사랑하면 눈물이 난다고 한다. 나 자신을 용서하며 눈물을 사랑하게 되었다.

어느덧 밤이 되었다. 벚꽃은 밤에 더 아름답다. 하얀색이 주는 투명함이 캄캄한 밤에 더욱 빛나 보인다. 눈송이처럼 벚꽃 이파리가 흩날려 떨어지고 나면 이 봄도 벚꽃 따라 가고 말겠지. 화무십일홍(花無十日紅), 열흘 붉은 꽃은 없다 했다. 화사한 벚꽃이 오래오래 피어있기를 원하지만 오래 머물지 않는다. 실망은 이르다. 벚꽃이 지면 기다리고 있었다는 듯 철쭉꽃으로 온 산야가 붉게 물들 것이다. 자연은 이치 따라 흘러가며 변화를 가르친다. 봄은 언제나 다시 온다고. 벚꽃도 다시 핀다고.

집으로 돌아오는 길, 생일을 챙겨주는 자식들의 정성이 새삼 고마웠다. 어린 시절 춘궁기인 봄에 어머니는 내 생일 떡을 푸짐하게 해서 이웃에게 돌렸다. 그 베푸는 마음이 무엇이었겠는가. 떡을 받은 사람은 생일을 맞은 사람을 축복해 주기 때문일 것이다. 딸의 행복과 안위를 바라시던 부모님의 사랑에 새삼 가슴 뭉클하다.

가족의 사랑은 매우 위대해서 그 어떤 것에도 파괴되지 않는다. 또한 절망의 예방약이며 삶에 대한 믿음을 놓지 않게 해주는 예방주사와 같다. 하나님과 부모님과 자식들에게 감사하는 마음이 넘치는 생일 봄나들이였다.

김자경 음악회에 다녀와서

서울에 사는 넷째 딸네 집에 가던 날은 미세먼지로 하늘이 뿌옇게 흐려 있었다. 이제 우리나라 겨울 날씨는 삼한사온이 아니라 삼한사미라고 한다. 강추위 끝에 어김없이 찾아오는 미세먼지가 재해 종목이 되었다. 야외로 나가는 대신 김자경 오페라단의 공연을 관람했다. 김자경은 1940년대와 50년대에 활동했던 소프라노 성악가로 뉴욕 카네기 홀에서 독창회를 열었고 한국에 첫 민간오페라단을 창립한 한국 오페라계의 대모다. 평생 노래를 위해 살다가 1999년에 작고했는데 그녀의 후학들이 지금까지 오페라단을 이끌고 있다.

오랜만에 귀 호강을 하며 황홀경에 빠진 시간이었다. 오페라 〈리골렛토〉 중 〈여자의 마음〉을 열창하는 테너 가수에게 손바닥이 아플 만큼 손뼉을 쳐주었다. 갈대와 같은 여자의 마음을 잘 알아주는 것이 바람둥이 남자로서의 탁월한 기술이라는 가사도 재미있었다. 1부의 마지막 곡인 〈축배의 노래〉를 듣는 동안 막힌 가슴이 뻥 뚫리는 듯했다. 김자경씨의 첫 무대 데뷔곡이었다고 한다.

2부의 첫 순서는 〈Amazing Grace(나 같은 죄인 살리신)〉, 흑인

영가에 찬송 시로 엮은 성가였다. 바리톤 가수 정지철의 묵직하고 감미로운 음성으로 성가를 감상하는 동안 나 같은 죄인을 살려주신 주님의 은혜가 가슴 깊이 파고들어 눈시울이 뜨거워졌다.

마지막 무대는 참가자 전원이 돌아가며 한국 가요 메들리를 선사해주었다. 〈금강산〉 〈아리랑〉 〈에헤야〉 〈오 나의 태양〉을 열창했다. 언제 들어도 감미롭고 흥겨운 우리 가곡의 감흥이 식사 끝에 속을 달래주는 누룽지 맛 같았다. 뮤지컬이나 오페라 공연을 보기 위해 시간과 돈을 아낌없이 지불하는 사람들을 이해하게 되었다.

괴테는 "인류는 새로운 음악을 듣기 위한 귀를 갖고 있다"고 말했다. 잠깐이지만 꿈 많은 사춘기에 성악가를 꿈꾸던 때가 있었다. 좋은 음악을 들으면 배고픔도 괴로움도 잊었다. 잘생긴 남자보다 바리톤의 감성 깊은 목소리를 가진 남자를 선호했다. 목소리가 맘에 들지 않는다는 이유로 나를 좋아했던 교회 오빠도 매몰차게 거절해버렸다. 돌이켜보면 내 인생에 저지른 큰 실수 중의 하나였다.

나는 음에 민감한 편이다. 음치가 부르는 노래를 들으면 온몸에 소름이 돋고 쇳소리로 크게 말하는 사람에겐 대꾸도 하기 싫어진다. 사람의 됨됨이를 나타내는 것이 언어일진데 말소리 또한 큰 영향을 줄 것 같다는 생각이 든다.

말은 마음을 담는다고 한다. 옛사람들은 목소리에도 오행(五行)의 구분이 있다고 했다. 토성(土聲)은 깊은 곳에서 울려 나오는 듯하고, 목성(木聲)은 새소리처럼 높고 화창하며, 화성(火聲)은 메마르고 뜨겁고, 수성(水聲)은 둥글면서 맑고 급하며, 금성(金聲)은 화평하고 윤기가 있다고 한다. 목소리가 맑고 깨끗하여 막힘없이 흐르는 물소리 같으면 극히 귀한 신분을 얻게 되고, 청아하게 울려 퍼져 독 안을 향해 발하는 것과 같으면 오복을 누린다고 한다. 결국 듣기 좋은 목소리를 지닌 사람이 복을 받는다는 말이 아닐까.

딸이 고마웠다. 오랜만에 겨울 방학을 맞아 서울을 방문한 어미에게 일정표를 짜 놓고 전시회, 뮤지컬, 연극, 쇼핑, 맛집 순례를 골고루 시켜준 세심한 배려에 가슴이 뭉클했다. 종일 걸어 다녔는데 발이 아픈 줄도 피곤한 줄도 모르고 즐거웠다.

딸아이는 힘든 직장 생활과 저술에 숨이 막힐 것 같다가도 좋은 음악을 감상하면 가슴이 트인다고 한다. 나 역시 음악으로 힐링을 받는 듯했다. 시골 노인네가 문화의 향취를 듬뿍 음미하고 누렸다. 어미와 함께 할 수 있어 행복하다는 딸내미. 참 좋다.

오페라단의 감미로운 명곡이 지금도 귓전에 들려오는 것 같아 절로 미소가 지어진다. 마음이 통하는 친구와 종종 음악회에 같이 가고 싶다. 명곡이 흐르는 찻집에서 향이 좋은 차를 마시면서 정담을 나누고도 싶다.

단오

단오. 나는 어렸을 적 바깥출입이 금지된 채 집안에서만 자랐지만 단옷날만은 예외였다. 이날은 온 집안사람에게 축제날이나 다름없었다. 머슴들과 행랑채 어멈들도 단오 행사에 참석하기 위해 새 옷으로 한껏 모양을 내고 축제 분위기에 휩싸였다. 그들뿐만이 아니라 안방마님인 어머니와 우리 자녀들까지도 날아갈 듯한 한복을 곱게 차려입고 출입이 허락된 날이었다. 유난히 옷맵시가 좋았던 어머니가 옥색 치마에 노란 모시적삼을 입고 가마에 살포시 올라앉으면 새색시같이 고왔다. 그네를 뛰는 어머니의 모습은 어린 나에게 천사처럼 보였고 모든 아낙네가 어머니의 자태에 칭찬을 쏟아내면 어머니가 자랑스러웠다. 어쩌다 여인네들이 노래를 청하면 어머니는 수줍게 사양하다가 마지못해 일어나서 진도아리랑을 부르는데 꾀꼬리가 환생한 듯 청아한 목소리가 온 들을 울리는 것 같았다.

아버지는 한학을 공부한 선비 중의 선비였지만 신문물에 호의적이어서 신학문을 하는 젊은이들이 사랑채를 자주 찾아오곤 했다. 단옷날만은 여자들도 바깥바람을 쏘이게 하는 처사부터가 남다른 분이었다. 전화, 라디오, 축음기를 집안에 들여놓고 신문물에 여자들도 귀를 틔게 하셨다.

저녁때가 되면 풍악놀이꾼이 우리 집에 들어와 집안을 구석구석 돌고 마당에서 상고를 돌리며 재주를 뽐내고는 했는데 어린 내 마음도 흥에 겨워 어깨를 들썩거렸다. 단옷날 창포를 삶은 물에 머리를 감으면 재액을 면한다는 이야기가 전래된다. 해방이 되고 새 세상이 되었지만 어머니는 옛날처럼 여전히 새벽에 일어나 창포물에 낭자머리를 감고 우리 자매들의 단발머리를 차례로 감겨주셨다. 수리취떡도 만드셨는데 그 맛이 지금도 생생하다. 이날 어머니는 곱게 차려입고 우리를 데리고 덕진 단오행사에 나가곤 하셨다. 젊어서처럼 그네는 타지 않았지만 단오 행사는 무척 즐기셨다. 나에게 단옷날은 유년 시절 중 가장 즐거운 날로 기억된다.

덕진 연못가에서 단오 행사를 구경하던 어릴 적 기억이 생생하다. 단오절 행사가 진행되는 장소가 가까워지면 마음이 설레곤 했다. 하늘을 나는 듯 치맛자락을 펄럭이며 그네 뛰는 아낙들의 모습이 곱다고 느꼈다. 해방 직후 정국이 어수선한 가운데서도 단옷날 행사는 해마다 다채롭고 화려하게 진행되었다. 전주시의 가장 큰 연례행사가 아니었나 싶다.

음력 5월 5일 단오는 풍년을 기원하는 잔치다. 농사일의 고단함을 달래주는 특별한 날로 우리나라 3대 명절 중 하나다. 음력 5월은 씨뿌리기와 모내기가 막 끝나는 시기이다. 한 해의 먹을거리를 준비하는 중요한 출발점에 치러지는 단오는 풍년을 기원하는 제사이기도 하다.

단오는 중오절(重五節), 천중절(天中節), 포절(蒲節, 창포의 날), 숲의 날, 또는 우리말로 수릿날이라고도 한다. 수리란 '신'이라는 뜻과 '높다'는 뜻을 담고 있는데 양기가 가장 왕성한 날이라고 한다. 단오 행사로는 창포물에 머리 감기가 있고, 단오 풍속으로는 창포 뿌리를 잘라 비녀처럼 머리에 꽂는 단오장(端午粧)이 있다. 그네뛰기, 부채 만들기, 씨름 같은 민속놀이도 했다.

궁중에서는 단옷날 수리취떡을 만들었다. 국화과의 여러해살이인 수리취를 짓이겨 멥쌀가루와 함께 반죽한 뒤 쪄서 무늬를 찍는데 떡판의 무늬가 수레바퀴 모양 같다고 해서 차륜병이라고 부르기도 한다.

제호탕과 앵두화채로 음료수를 대신했고 또 궁중에서는 전국에서 바친 부채를 모아 더운 여름을 시원하게 보내라는 뜻으로 신하들에게 나누어 주었다고 한다. 부채의 용도 또한 다양하여 우리 선조들의 재치와 해학을 엿볼 수 있다. 부채는 바람을 일으켜 더위를 날리는 역할 뿐 아니라 싫은 사람을 길에서 만났을 때 슬쩍 얼굴을 가리는 가리개 역할을 했고, 빈손이 어색할 때 멋을 더해주는 양반들의 장신구가 되기도 했다.

모래밭에서 샅바를 두른 씨름꾼들의 힘겨루기는 보는 이들마저 손에 땀을 쥐게 한다. 씨름왕이 부상으로 받은 황소를 타고 동네를 돌때면 사람들은 환호하고 손뼉을 치며 축하해 준다. 농사가 주업인 우리나라에서 황소 한 마리는 열 장정이 부럽지 않은 일꾼이요, 집안의 살림 밑천이 되었기 때문이다. 어느 해인가 단옷날 상머슴이 씨름에서 우승하여 소등을 타고 붉은 우승 띠를 두른 채 우리 집 큰 대문으로 들어 온 적이 있었다. 그는 그 뒤로 우리 집 소작농이 되어 이름난 일등 농사꾼이 되었다.

예전엔 어린아이들이 동네 친구들과 놀다가 싸움박질도 하고 코피가 터진 채 씩씩거리며 집에 들어오기도 했다. 게임기의 승부에만 정신이 팔려 정겨움이나 대화가 없어진 세태가 안타깝다. 모든 것이 빠르게 바뀌고 변하는 요즈음, 느림과 여유의 미학인 전통 민속놀이가 그나마 명맥을 잇고 있어서 다행이다.

강릉단오제가 오래전에 중요무형문화재로 지정되고 유네스코의 인류구전 및 무형유산 걸작으로 지정된 것은 괄목할 만한 일이다. 해마다 단오 축제를 의미 있게 펼치는 지역이 많아진다는 소식이 반갑다. 금년 2018년 단오에는 포항에서 단오절 민속 축제로 시민 소통과 화합의 장을 만들어 '수리취떡 릴레이' 경기가 새롭게 도입되고 '창포 샴푸 만들기' '부채 민화 그리기' '단오선 나눠주기' 등의 행사가 열렸다고 한다. 우리 민속 명절인 단오를 되살리는 좋은 행사 같아서 마음이 흐뭇하다.

자연을 사랑하는 우리의 정서가 담긴 축제인 단오절이 더욱 아름답고 기품이 있는 명절로 오래오래 보존되기를 빈다.

품바

TV 〈아침마당〉에서 품바를 오랫동안 연기해왔던 한 연극인을 인터뷰하는 장면을 보았다. 사회자가 이 직업에 후회한 적이 없었느냐고 물으니 단 한 번 있었다고 한다. 어머니와 외할머니가 자기 공연을 보러왔다가 광장 한복판에 주저앉아 "내가 너를 공들여 키워 놓았더니 거지 행세하고 사느냐"며 대성통곡을 했단다. 품바 연기자의 애환을 엿볼 수 있었다.

전주 '소리의 전당'에서 품바 연극공연을 자주 관람한다. 처음에는 그들의 희극적인 춤사위와 별난 의상과 분장이 과장적이고 신기해서 웃기도 했지만 여러 번 연극을 보는 동안 노래 가사에 주목하면서 어느 날 그 안에 서려있는 민족의 한과 설움이 깊은 의미로 다가와서 큰 감동을 느낀 적이 있다. 그 이후로 품바에 대한 애정과 관심을 갖게 되었는데 연극을 볼 때마다 마음을 울리곤 한다.

품바란 장터나 길거리에서 장타령을 부르며 동냥하는 사람을 일컫는다. 품바는 원래 왕족 살이라는 의미의 각설이에서 그 유례를 찾을 수 있다. 은나라가 주나라에 패한 뒤 은나라의 왕족이나 귀족들이 각설이가 되었다는 설이 있다. 살아남기 위한 위장술로 최선의 선택이었을 것이다.

흔히 각설이 하면 구걸하는 걸인들을 떠 올린다. 누덕누덕 기운 옷과 깨진 바가지를 연상하게 하는 각설이들은 식사 때면 남의 집 앞에서 밥 한 술 동전 한 푼 동냥하기 위해 각설이 타령을 부르곤 했다.

또 나라 잃은 백제 유민들이 각설이가 되었다는 설이 있다. 지배계층의 일부가 거지로 변장하거나 정신병자로 위장하여 걸인 행각을 했다는 주장도 있다. 왜구나 오랑캐의 손에 불구가 되거나 하루아침에 고아가 된 이들이 목숨을 부지하기 위해 집집마다 구걸행각을 하며 돌아다닌 데서 각설이들이 나왔다는 주장도 꽤나 설득력 있게 전해진다. 임진왜란과 정유재란을 거치면서 건장한 사내들이 전쟁터에서 다치는 일이 비일비재 했을 것이다.

각설이라는 문자의 의미에는 세상의 깨달음을 얻은 사람들이 그 이치를 알려준다는 뜻이 담겨 있다고도 한다. 깨달을 각(覺), 말씀 설(說), 이치 리(理)라는 한자가 이를 말해주는데 옛 성현들의 가르침을 민중에게 설파해서 민중의 의식을 고취하기 위해서 만들어 낸 노래가 각설이 타령이 되었다고 한다. 각설이는 단순한 걸인이 아니라 민중의 한과 고달픔을 담아서 세상의 이치를 노래하는 방랑 가객과 같은 존재였다. 현실을 풍자하며 노래하는 요즘의 래퍼나 힙합가수 같은 역할을 했다고 볼 수 있다.

이 각설이 타령을 듣고 그 의미를 이해하는 사람은 감사의 뜻으로 공양을 올렸다. 각설이 타령은 시대와 상황에 따라 만들어진 수많은 가사들이 있었다고 하는데 지금은 구걸과 관련한 가사와 행위만 남고 각설이 타령의 진정한 의미는 많이 사라졌다고 한다.

대표적인 각설이 타령으로 '얼 씨구씨구 들어간다, 절 씨구씨구 들어간다. 밥은 바빠서 못 먹고 죽은 죽어서 못 먹고 술은 수리수리 잘 넘어간다'가 있다. '얼 씨구씨구 들어간다'는 얼(혼백)의 씨가 몸 안에 들어간다는 뜻이고 '절 씨구씨구 들어간다'는 네 얼의 씨도 들어간다는 뜻이라고 한다. 흥겨운 가락을 타고 흐르는 깊은 뜻이 절묘하다.

각설이 타령은 대부분 힘없고 가진 것 없는 피지배 계급의 억눌린 한을 해학과 풍자로 익살스럽게 풀어내는 내용으로 구성되어 있다. 민중들은 각설이 타령에 들어있는 해학과 풍자를 통해 가슴속에 쌓인 울분을 조금이나마 해소하고 아픈 삶을 위로 받을 수 있었을 것이다.

1981년 연극연출가인 김시라씨에 의해 〈품바〉라는 연극으로 재탄생되었다. 이 연극은 일제치하 각설이들의 대장인 천장근과 그 시대 젊은이들의 우울한 자화상인 천동근이 거지마을인 천사촌을 배경으로 벌이는 일련의 사건들을 보여 준 것이다. 전남 무안에서 첫 공연한 〈품바〉는 한국 연극 사상 최장기, 최다 공연, 최대 관객 동원이라는 기록을 남겼다.

1996년에는 한국 기네스북에 올랐고 미국 15개 도시에서 순회 공연이 이뤄지는 등 대중성이 강한 공연 예술 콘텐츠로서 자리매김 하게 되었으며 대학로에서는 '날개 없는 천사'라는 부제가 달린 연극 〈품바〉가 상연되고 있다. 이 연극에 출연하는 품바는 관객이 주는 지전을 빨래를 널듯 허리띠에 찔러 넣고 민중들의 관심에 큰 절과 함께 신나게 장구와 북을 치며 노래로 보답한다. 이들의 애환 또한 다양하다. 어른들은 품바에게 지폐를 주고 아이들은 돌을 던져 몸에 상처를 입기도 한단다.

품바는 한자의 줄 품(稟) 자에서 유래되어 '주다' '받다'의 의미가 있다고 한다. 사랑을 베푸는 자만이 받는다는 뜻이란다. '품바'는 각설이 타령을 시작할 때와 마칠 때 후렴구에 사용하는 일종의 의성어였으나 지금은 각설이나 걸인의 대명사가 되었다.

민속촌이나 축제가 있는 곳이면 어김없이 품바가 사람의 눈길을 끈다. 흥겨운 장구와 북소리, 알록달록한 옷으로 거지 분장을 한 연극배우들의 색다른 모습이 발길을 끌고 부조리한 현실에 대한 한과 울분을 재치와 해학으로 풀어내는 노래 가사가 마음을 동요시킨다. 유럽의 도심지를 떠도는 집시도 길거리 예술가이듯 우리나라의 품바도 거리의 연극인으로서 그에 못지않은 훌륭한 예술가라고 생각한다.

코로나19 바이러스

코로나19 바이러스로 중국을 비롯한 온 세계가 공포에 떨고 있다. 너무 작아서 현미경으로 확대해야 보이는 미생물이 인류를 흔들고 있다. 사회 경제 문화의 패턴은 물론이거니와 지구상 온 인류의 삶을 완전히 바꾸어 놓았다. 교통수단의 발달과 국제 교류의 증가로 병원균은 더욱 빠르게 전파되고 있다.

야생 동물의 서식처를 파괴하는 벌목이나 도로 건설, 도시의 확장으로 야생 동물은 점차 머물 곳을 잃게 되었고 야생 동물의 포획과 유통이 용이해지면서 중국 뿐 아니라 서양에서도 야생 동물의 섭취가 진귀한 경험으로 인기를 끌고 있어 전염병 확산의 또 다른 원인이 되고 있다.

2000년대에 유행한 사스, 에볼라, 코로나는 모두 박쥐에 의해 전파되었다고 한다. 박쥐는 날 수 있는 유일한 포유동물로 여러 바이러스를 몸에 지니고 사는 것이 특징이다. 섭씨 40도 이상의 높은 체온을 유지하고 사는 박쥐는 몸에 보유한 온갖 병원균을 다른 생물에게는 전달하면서도 막상 그 자신은 그로 인한 병에 걸리지 않는다. 중국 우한 지방을 비롯한 여러 지방 사람들이 박쥐 요리를 즐겨 먹는데서 이번 코로나 바이러스 같은 전염병이 발생한 것으로 추정하는 과학자들이 많다.

인간의 분별없는 식욕이 낳은 비극이 아닐 수 없다. 분명 성경에서 하나님은 사람들이 먹을 것과 먹지 말아야 할 동물을 구분해 놓았다. 홍수, 태풍, 지진과 역병으로 사람들에게 경고했지만 이를 외면했기에 스스로 화를 자초한 셈이다. 지구는 죽어가고 있다. 그리고 인간에게 자연을 훼손한 책임을 묻고 있다. 이번 코로나 또한 지구인들에게 일종의 경각심을 불러일으킨다.

빛은 어둠 속에서 더 분명하게 드러난다. 이번 코로나 사태 속에서 우리나라 사람들의 따뜻하고 희생적인 국민성이 돋보였다. 마스크를 구입하기 위해 서너 시간씩 질서 있게 줄을 선 모습은 우리 국민들의 선진 시민의식을 세계에 부각시켜 주었다. 강력하고 효과적인 의료 서비스, 체계적인 방역 대책과 실천 등은 대한민국이 확실한 선진국으로서 자리매김하고 있음을 보여주었다.

매일 TV에 나와 전 국민에게 상황을 보고하는 질병관리본부장은 머리 감을 시간을 줄이기 위해 머리를 짧게 잘랐다고 한다. 염색을 제때 하지 못해 희끗희끗 흰머리가 더 많이 보이고 나날이 수척해진 모습이다. 하루에 한 시간보다는 더 잔다며 웃는 모습에서 대한민국의 밝은 미래를 엿본다. 몸을 사리지 않고 위험한 현장에 뛰어들어 의술을 펴는 의료진들과 봉사자들, 그리고 외출이 자유롭지 못한 환자들에게 음식을 제공하는 시민들의 고귀한 희생정신에 마음이 숙연해진다.

코로나 바이러스는 인간이 얼마나 나약한 존재인지 깨닫게 해주었다. 화성에 가서 살고 복제 인간을 만들어 영원히 살기를 바라는 우리 인류에게 그 한계를 보여주고 경종을 울려주었다. 코로나로 인한 여러 변화를 피부로 느낄 때마다 신의 섭리를 묵상하고 살아 있음에 감사한다.

이번 코로나를 극복한다 해도 인류는 앞으로 이와 유사한 병균에 반복적으로 노출되고 결국 바이러스와 함께 살아가게 될 것이라고 한다. 이번 코로나19 바이러스는 전조에 지나지 않는다는 것이다. 지구 온난화로 수천 년 얼어있던 빙하가 녹으면 그 속에 잠자고 있던 온갖 기이한 박테리아가 물을 타고 전 세계를 돌며 온 지구인들을 괴롭힐 거라고 한다. 인류가 오랜 세월 저지른 잘못에 대한 부메랑이다.

피할 수 없다면 그것이 주는 고통을 가르침으로 받아들이며 배우고 그로 인한 새로운 가치를 기쁘게 수용하면 어떨까. 바이러스와 슬기롭게 동거할 수 있기를 소망한다. 아름다운 지구를 창조한 하나님의 뜻을 깨닫고 겸손한 마음으로 살자고 다짐한다.

2

흐르는 물처럼

광교 호수공원에 가다

지난 주말에 태풍 다나스가 남해안을 살짝 스쳐 지나갔다. 가랑비가 가끔 흩뿌리고 시원한 바람까지 동반해 줘서 여행 가방을 메고 길을 떠난 나에게는 고맙기 그지없는 날씨였다. 둘째와 막내딸을 만나기 위해 나선 참이었다.

광교 호수를 찾았다. 광교 호수공원은 경기도 수원시 영통구 하동 일대에 위치한 호수공원이다. 원천호수와 신대호수 두 개의 호수를 이어 기존의 자연환경을 최대한 살려 조성했다고 한다. 시원한 공기와 함께 호젓한 호수 길을 걷는 맛이 일품이다. 삼십여 년 전 이곳 원천호수에 워터파크가 생겨 처음으로 물놀이를 경험했던 곳이기도 하다.

다양하고 볼거리가 많은 마슬길을 걸었다. 상가마다 참신하고 예술적인 공간으로 건축해서 호감이 가는 곳이다. 오상진 전 아나운서 내외가 운영하는 북 카페 〈책 발전소 〉도 있었다. 아기자기하게 진열된 서점을 돌아보며 신간 서적 소개 구역에서 몇 권의 책 제목을 메모했다.

도서관에서 빌려볼 생각이었다. 예전 같으면 마음에 드는 신간 서적이 있으면 무조건 구입했을 텐데 이제는 웬만해서는 도서관에서 대출하여 읽게 된 것도 큰 변화다. 나중에 이 무거운 책들이 자식들에게 처치 곤란한 애물단지가 되지 않도록 하고 싶어서다.

이제는 책뿐 아니라 다른 물건들도 늘리기보다는 줄여야 할 때다. 산모가 아기 낳을 준비를 하듯 노인도 죽을 준비를 해야 한다. 버리기부터 차례차례 시행하며 주변을 정리해야 할 것 같다. 자식 걱정, 쌓인 옷가지, 소유욕, 불만, 자존심……. 버릴 것이 너무 많다. 유럽을 제패했던 알렉산더 대왕이 유언으로 자신의 빈손을 관 밖으로 내놓게 했던 것처럼 인생은 빈손으로 왔다가 빈손으로 가는 것이 아니던가.

맛집에서 순번을 기다리며 저녁 호수공원을 내려다보니 마치 외국의 어느 호숫가에 앉아있는 듯했다. 프라이부르크 전망대에 올랐다. 나선형 전망대에 올라가서 바라본 광교 호수공원 야경은 너무도 아름다워 오래도록 기억하고 싶은 곳이다. 프라이부르크 전망대의 원형은 독일에 있다고 한다. '녹색 도시'라고 불리는 독일의 환경 수도 프라이부르크시가 1986년 정원박람회 당시 조성한 호수공원을 조망할 수 있도록 1995년에 높이 18m의 목재 나선형 전망대를 만들었는데 건축가 리차드 크래머가 설계했다고 한다. 수원시는 프라이부르크시와의 자매도시 결연을 기념하기 위해 독일 전망대와 동일한 형태의 전망대를 광교 호수공원에 세워 환경도시를 지향하는 의지를 표현했다고 한다.

도시 근린 호수공원으로 저녁이면 가족과 함께 나들이하기에 손색이 없는 곳이다. 호수에 비친 주변 건물들의 불빛이 검은 물과 대조를 이루며 환상적이다. 세상일에 지친 눈을 정화시키려면 이 호수공원에 와서 찬란한 야경을 바라보며 심신을 닦을 일이다. 물은 인간에게 영원한 안식처다. 타오르는 분노도 녹일 수 있는 것이 물이 아닐까 싶다.

사위들과 나뉘어 우리 세 모녀만의 시간을 가졌다. 예쁜 딸들과의 추억을 가슴에 한가득 심고 싶었다. 아름다운 호숫가를 산책하고 그네를 타며 정담을 나누었다. 어려움 속에서도 바르게 잘 자라 준 딸들이 대견스럽고 고맙기만 했다.

딸들이 대학 다닐 때 언제나 용돈이 부족해서 쩔쩔맸다는 이야기를 들으며 가슴이 미어지는 것 같았다. 어려움 속에서도 직장에서 인정받는 사람으로, 누구의 도움도 없이 제 힘으로 노력하며 성실하게 살아온 딸들에게 고맙고 미안한 마음이 한없었다. 미안해하는 어미에게 딸들은 위로의 말로 나를 달래주었다. 그래도 대학 보내줘서 고마워요, 했다.

자연은 유구히 사람을 맞이하건만 백 년도 살기 힘든 인간은 자녀들에게 흔적만 남기고 흙으로 돌아간다. 훗날 딸들은 어미와 거닐었던 이 호숫가를 찾으며 좋은 기억으로 오늘을 추억할까? 고마운 마음 사랑하는 마음을 자식들이 얼마나 알고 있는지. 아름다운 광교 호숫가에 바람의 편지를 날려본다.

어리석고 부족한 이 어미를 용서해 다오. 그러나 너희를 사랑하는 마음은 저 호수보다도 크고 깊단다.

녹우당 문화 탐방

양지복지관 회원들이 봄나들이를 가는 날이다. 관광버스에 탑승해서 해남군 녹우당(綠雨堂)을 향해 출발했다. 먹구름이 잔뜩 낀 하늘은 금방이라도 빗줄기가 퍼부을 것처럼 찌뿌둥했다. 울긋불긋 등산복 차림의 회원들 얼굴은 날씨와는 다르게 기대에 부풀어 있었다.

고산 윤선도 유적지인 녹우당 고택에 전시된 시화를 둘러보았다. 옷깃을 여미게 하는 숙연함과 감동으로 가슴이 두근거렸다. 윤선도의 자는 약이(約而), 호는 고산(孤山) 또는 해옹(海翁)이다. 고산은 조선 중기 우리나라를 대표하는 시조시인이다. 그는 시조문학뿐 아니라 천문, 지리, 음악, 의약 등 실용적인 학문을 추구하였는데 이러한 그의 실사구시적인 학풍은 이후 해남 윤씨 가의 가풍으로 자리매김했다.

당시는 한문을 중시했던 시대였음에도 불구하고 고산은 아름다운 우리말로 시를 노래했다. 특히 철따라 바뀌는 자연의 모습을 담은 〈어부사시사〉와 〈오우가〉 등은 자연을 벗 삼아 살아가는 선비의 생활과 서정을 절제된 언어로 표현한 시조의 최고봉으로 산수미학의 절정이라는 평가를 받는다.

녹우당 입구에는 그가 심은 은행나무가 녹우당을 상징하는 존재답게 우람하게 자라고 있다. 녹우당 뒷산인 덕음산 중턱에 있는 비자나무 숲은 해남 윤씨가를 이 지역의 명문 집안으로 성장시킨 어초은 윤효정이 '뒷산의 바위가 보이면 이 마을이 가난해진다'는 선조의 유훈에 따라 식재했다고 한다. 이 숲은 문화적 생태학적 보존가치가 높아 1972년 천연기념물(제241호)로 지정되었다.

고산은 조선 최고의 원림 문화를 남긴 사람이다. 원림은 교외에서 동산과 숲의 자연스러운 상태 그대로를 조경 대상으로 삼아 집과 정자를 배치한 것을 말한다. 고산은 병자호란 이후 주로 완도의 보길도와 해남의 수정동 및 금쇄동에 은거해 살면서 많은 명작을 남겼다. 효종의 부름으로 벼슬에 나갔으나 당쟁으로 다시 유배되는 등 파란을 겪다 1671년에 85세로 보길도에서 생을 마감한다. 유배 생활이 반복되는 불운 속에서도 자연을 벗 삼아 원림 문화를 남긴 그의 뛰어난 정서와 미적 안목에 경탄을 금할 길 없다.

그의 대표적인 〈오우가〉 제1수를 읊어본다. "내 벗이 몇인가 하니 물, 돌, 소나무, 대나무로다. / 동산에 달 오르니 그 더욱 반갑구나. / 두어라, 이 다섯밖에 또 더하여 무엇 하리.

동양화에서 고결함이 군자와 같다는 뜻으로 사군자를 선호했던 것과 달리 그는 〈오우가〉를 지어 노래했다. 물, 바위, 소나무, 대나무, 달이 지닌 속성을 되돌아보며 고산이 이들을 선택한 심정을 짚어보았다.

숲과 고택의 수려함에서 고산의 고결한 인품이 살아 숨 쉬는 것 같다. 숨 가쁘게 돌아가는 이 시대에 우리는 어떻게 하면 그처럼 여유롭게 자연을 만끽하며 살아갈 수 있을까. 서글픈 현실이 안타깝다.

중식 후 두어 시간을 차로 달려 땅끝 마을에 자리 잡은 대흥사에 다다랐다. 세계문화유산인 대흥사는 천년 고찰로 도립공원 두륜산에 위치한 조계종의 본사다. 대흥사를 둥글게 감싸고 있는 두륜산은 '둥근머리산'이라는 뜻도 있고 두륜봉에서 내려다 본 대흥사가 울울창창한 숲에 연꽃처럼 안겨있는 모양이라는 뜻도 있다고 한다.

임진왜란 때 나라를 구한 의병장 서산 대사, 조선 후기 연담 유일이나 초의 의순과 같은 저명한 대종사 열세 명과 대강사 열세 명을 배출한 사찰로 유명하다. 비가 갠 뒤여서인지 더욱 선명하게 다가오는 숲속 다양한 색깔의 녹색 정원이 신비스럽다. 날씨 또한 선선함을 더해서 쾌적한 발걸음을 재촉했다.

대흥사 뒤편을 따라 올라가니 초의선사의 석상과 그가 기거하던 일지암이 있었다. 무안 출신인 초의선사는 전통과 실학을 균형 있게 다지고 전승했으며 혼란과 격변의 조선 후기에 태어나서 한 시대를 풍미하며 바람처럼 걸림 없이 살다간 분이다.

스님은 어느 한 가지에도 능하지 않은 것이 없었다. ≪동다송(東茶頌)≫을 지어 우리나라의 차 생활의 멋을 설명하고 차나무의 생태에서부터 차 만드는 방법에 이르기까지 그가 쌓아온 풍부한 지식을 시의 형식으로 담아냈다. 특히 중국과 우리나라의 차 만드는 법을 비교하며 우리나라의 차가 지닌 우수성에 대해 노래했다. 제다(製茶)와 차 생활에 대한 다양한 내용을 담은 ≪다신전(茶神傳)≫도 편찬했는데 청나라 모환문(毛煥文)의 ≪다경채요(茶經採要)≫를 초록한 것으로, 승가의 차 풍습을 이어나가고 더 많은 사람들에게 다도를 전하기 위해서였다. ≪동다송≫과 ≪다신전≫을 저술하여 우리나라 차 문화사에 중요한 족적을 남긴 그는 한국의 다성(茶聖)으로 불린다.

범패(불교음악)와 원예, 서예에도 조예가 깊었으며 장 담는 법, 화초 기르는 법, 단방약 등에까지도 능하였다고 전한다. 이러한 점은 당시 교분이 두터웠던 실학의 대가 정약용과 김정희의 영향인 듯하다.

녹우당 문화 탐방을 마치고 집으로 돌아오는 길에 많은 생각이 오갔다. 우리나라에는 이렇게 훌륭한 인물과 문화와 자연이 있다는 것을 새삼 확인한 날이다. 책으로 읽고 강의를 들어 익히 알고 있는 내용일지라도 현장 탐방을 하면서 다시 듣고 되새기면 더욱 마음속 깊이 각인된다는 것을 새롭게 깨달은 날이기도 했다. 그래서 사람들이 귀한 시간과 에너지와 자금을 들여 여행이라는 먼 길을 떠나는 것이 아니겠는가. 오늘 여행은 과거에 살았던 사람들과 현재를 사는 사람들과의 아름다운 만남의 시간이었다.

도시가 가까워지니 유난히 커피숍 네온사인이 눈에 많이 띄었다. 커피 문화가 삶 속에 깊숙이 들어와 있는 시대에 우리는 살고 있다. 이제부터라도 우리의 전통차를 가까이해야겠다는 생각이 들었다. 향긋한 녹차 한 잔이 그립다.

마음이 쉬어가는 곳

충북 제천의 구학산 자락에 위치한 '별새꽃돌과학관'에 갔다. 맑은 물이 흐르고 새소리와 풀냄새가 향긋한 곳, 공기가 맑고 상큼해서 미세먼지를 걱정하지 않아도 되는 곳, 하늘의 별과 공중의 새들과 땅의 꽃과 돌들에 대해 배우고 체험할 수 있는 곳이다. 예약제로 운영되고 있는데 숙소도 조용하고 깨끗했다. 자연과 어우러지는 삶을 구현하려는 노력일까, 뷔페식당에서는 채식과 과일 위주의 식단이 제공되고 있었다.

별 영상을 보기 위해 돔 카페가 있는 곳으로 줄 서서 올라갔다. 투영실의 의자가 뉘어지자 천정에 펼쳐진 영상에서 찬란한 별들이 쏟아지고 있었다. 무한한 우주에 펼쳐진 그 많은 별들 중에서 지구라는 작은 별에 살고 있는 인간이라는 존재가 티끌처럼 작게 느껴졌다.

창조주의 위대함과 인간의 왜소함을 다시 한 번 돌이켜 볼 수 있는 시간이기도 했다. 끝 모를 지평선을 이루고 있는 사막에서 별을 보며 유랑하던 중동지역의 사람들에게 점성술이 발달했던 이유를 알 것 같다. 아파트 숲에 묻혀 사느라 하늘의 별 보기가 어려운 요즘 어린이들에게 자연 체험 학습장으로 추천하고 싶은 곳이다.

거대한 플라네타리움 천체망원경으로 별자리를 볼 수 있다기에 좁은 계단을 따라 옥상 꼭대기로 올라갔다. 기대감으로 설레었다. 그러나 밤하늘이 잔뜩 흐려있어 초승달과 별 몇 개만 보여서 아쉬움이 컸다.

2층의 화석전시실은 전 세계에서 수집한 실제 화석들이 전시되어 있었다. 편광현미경으로 본 돌은 감탄사가 절로 나올 만큼 아름다운 색채를 띠고 있어 살아 숨 쉬는 생물 같았다. 돌가루 속에 숨겨진 그 휘황찬란하고 오묘한 색깔을 어찌 말과 글로 표현할 수 있으랴. 아름다워서 성스럽고 성스러워서 아름다웠다.

다음 날 아침에 이슬을 머금은 꽃들을 관찰했다. 전자식 디지털 확대경 루페로 자그만 풀꽃까지 관찰할 수 있었다. 깨알보다 더 작은 꽃 속에 벌레가 들어가 꼬물거리는 모습이 신비스러웠다.

물소리, 새소리, 상큼한 바람과 꽃들이 숨 쉬는 곳. 지친 영혼을 달래기에 최적의 환경이라는 생각이 들었다. 자연은 온전하게 품안으로 들어온 사람에게만 자신의 속살을 보여준다고 한다. 가슴으로 받아들이는 사람에게 자연은 온전히 자신을 드러낸다는 의미를 새삼 반추할 수 있었다.

아침 식사를 서둘러 마치고 가평의 '아침고요수목원'으로 향했다. 수목원 규모가 크고 산책길이 좋아서 지친 심신을 달래주었다. 정자가 그림처럼 아름답다. 죽어서 나무가 되고 싶다는 지인의 말이 떠올랐다. 땅속 깊이 뿌리를 단단히 내리고 수백 년 수천 년 풍상에도 꿋꿋하게 버티고 살아가는 나무를 보면 백 년도 살기 힘든 인간의 삶이 허무하다는 것을 절감한다. 아무리 키가 크다 해도 나무보다 크지 않고 아무리 달리기를 잘한다 해도 동물보다도 느린 인간이다. 대자연 앞에서 한 번쯤 겸허한 자세를 가다듬어야 할 것 같다. 한사람이 평생 동안 소비하는 나무가 300여 그루라고 한다. 휴지 한 장도 아껴 쓰겠다고 나무 앞에서 약속했다.

고요한 숲길을 걸으니 그지없이 여유롭고 평화롭다. 여행자의 눈과 마음이라 만물이 새롭게 다가오는 것일까. 여행은 언제나 새로운 것과의 만남에 대한 동경으로 설레게 한다. 또 과거를 돌아보게 하고 자신의 내면을 성찰하게 한다. 여행처럼 이해 못할 신비도 없으리라.

과학관 체험과 수목원에서의 여운이 오래도록 남을 것 같다.

서울 야경에 빠지다

막내딸과 함께 남산 타워 전망대에 올랐다. 오후 5시 39분, 서산으로 지는 일몰을 보았다. 태양이 붉고 둥글다는 것을 실감했다. 붉은 해가 살아서 뛰는 듯한 현란한 빛으로, 그리고 싱싱하게 반짝이는 색깔로 극치를 이루더니 보랏빛 여운을 끝으로 어둠에 묻힌다. 이윽고 차가운 공기가 찾아들었다.

롯데 타워 120층에서 서울시를 한 눈에 관망한 적이 있지만 서울 야경의 아름다움을 선명하게 감상하기에는 남산 타워에 견줄 수 없음을 알았다. 형형색색으로 켜져 있는 시내의 불빛이 너무 아름다워 한숨처럼 토해내는 감탄사가 허공에 울려 퍼졌다. 우리나라를 서울 대한민국이라 칭하는 이유를 알 것 같았다.

며칠 전 세종회관에서 열린 리히텐슈타인 왕가의 보물 전시회에 다녀왔다. 리히텐슈타인은 유럽 중부의 스위스와 오스트리아 사이에 있는 작은 나라이다. 서울시의 4분의 1정도 크기이나 많은 예술품을 수집 보유하고 있음에 놀람을 금할 수 없었다.

서울은 조선 왕조 500년 역사와 대한민국 수도로서 100년을 지켜

왔다. 5개의 왕궁과 다양한 역사 유물을 간직한 서울시가 눈부시게 발전한 모습을 보며 패티 김 가수가 부른 〈서울의 찬가〉가 마음에 와 닿았다.

몇 년 전 케이블카로 잠깐 남산을 올라왔다가 시간에 쫓겨 총총히 내려갔던 기억이 아쉬웠는데 이토록 아름다운 야경을 볼 수 있어서 기뻤다. 우뚝우뚝 솟은 건물과 거리의 다채로운 조명들, 그리고 한강의 검은 물결과 그 위 다리를 장식한 조명 불빛의 조화가 그지없이 환상적이다. 미국의 라스베이거스 야경의 불빛도 휘황하여 탄성을 자아내게 했지만 남산에서 내려다보는 서울 야경의 아름다움과는 비교가 되지 않을 것 같다는 생각이 들었다.

라스베이거스보다 서울의 야경이 아름다운 이유가 섬광처럼 스쳐 지나갔다. 저 한강과 그 강을 건널 수 있는 다리가 있기 때문이다. 자연과 인간이 조화롭게 공존하고 있기 때문이다.

남산의 돌담길 위에 두둥실 떠 있는 보름달을 배경으로 기념사진을 찍었다. 가족 카톡방에 올려놓은 그 사진을 보고 미국 여행 중인 둘째 사위가 "성벽 어머니 사진이 운치 있어요."라고 문자를 보냈다. 둘째 사위는 미적 감각이 뛰어난 사진작가이며 시인이기도 하다.

타워 내에 있는 요술 궁전 체험도 동심으로 돌아간 듯 즐거웠다.

"딸아, 서울 시민은 세금 많이 내고 살아도 불평하지 말아야 돼. 이토록 아름다운 곳에서 온갖 혜택을 다 누리고 사니까."

"엄마. 저도 세금 많이 내고 살아요."

잠깐의 틈도 없이 딸이 받아내며 웃었다.

멋진 야경은 어두움이라는 배경이 받쳐주고 있기 때문이다. 아름다운 오색 불빛을 바라보면서 보이지 않는 이면을 생각했다. 천만이 넘는 시민이 저 불 켜진 보금자리에서 모두 다 행복할까? 잘 사는 나라 국민의 행복지수가 높은 경우는 드물다는 통계를 보면 문명의 혜택을 누리며 부유하게 사는 사람이 행복하지 못한 건 어쩌면 겸손하고 감사한 마음이 없기 때문일 것이다. 행복지수가 높은 사람들은 대부분이 가난한 나라 국민이라고 한다. 문명사회의 혜택을 제대로 누리지는 못해도 자신에게 주어진 것에 감사하며 크게 욕심을 부리지 않기 때문이라는 생각이 들었다.

마음이 울적한 사람이나 절망에 빠져있는 사람이 있다면 한 번쯤 남산에 올라 아름다운 야경을 보면 생각이 바뀔 거라고 생각했다.

대만 여행기

2018월 10월 29일, 3박 4일 여정으로 대만을 향해 출발했다. 대만 여행은 처음이어서 마음이 설레었다.

대만은 400년 역사를 지닌 고구마 모양의 화산섬이다. 우리나라 경상남북도 크기로서 명나라 때 네덜란드를 비롯하여 일본의 식민지였으며 중국 본토인이 버리다시피 한 척박한 섬이었다고 한다.

아담한 무안 국제공항에서 13시 30분에 출발한 비행기가 2시간 만에 타이베이 공항에 도착했다. 마중 나온 한국인 가이드의 안내로 2층 버스에 탑승해서 용산사로 향했다. 1738년 청나라 이주민들에 의해 세워진 사찰이다. 중간에 소실되어 현재 건물은 1957년에 다시 지은 것으로 타이베이에서 가장 오래된 사찰이라고 한다.

이 절은 못을 전혀 사용하지 않고 지은 건물이라고 한다. 불교와 도교 그리고 유교가 공존하는 사찰로서 과거와 현대가 공존하는 모습이었다. 그 모습이 화려하고 아름다워 대만의 자금성이라는 별명을 가지고 있는데 다신을 섬기는 대만의 전통을 엿볼 수 있었다. 반달 모양의 나무 조각 2개로 점괘를 보는 사람들이 무척 진지해 보인다.

관운장을 신으로 모시기도 하는데 조폭과 법관들이 가장 많이 섬긴다고 한다. 조폭들은 의리를, 법관은 공정함을 따르기 위함이란다.

대만은 땅은 좁은데 어느 건물이든 엘리베이터가 크고 이층 버스 또한 상큼하게 크다. 국민 80퍼센트가 스쿠터를 이용하고 있는데 큰 차가 스쿠터 뒤에서 멈춰 있다가 질서정연하게 움직이는 모습이 인상적이었다.

현지식 저녁 식사를 마치고 대만에서 규모가 가장 큰 스린 야시장으로 향했다. 100여 년의 역사를 자랑하는 곳으로 길거리 음식과 오락거리가 줄지어 서 있다. 실내 마켓 1층엔 다양한 기념품, 오락장, 과일, 악세사리 가게들이 빼곡히 들어서 있고 지하 1층은 다양한 음식점들이 있어 기름 냄새가 코를 자극했다.

버스로 이동해서 101타워 전망대에 올라 야경을 감상했다. 대만에 오면 꼭 보아야 할 곳이란다. 101타워는 총 508m로 대만에서 가장 높은 건물인데 전망대는 382m 높이의 89층에 있다. 엘리베이터가 89층까지 39초 만에 울렁거림 없이 데려가 준다. 세계에서 가장 빠른 엘리베이터를 보유한 건물이라고 한다. 실내에서 360도를 돌면서 도심 전체를 내려다 볼 수 있었다. 이곳에서 야경을 내려다보면 대만이 얼마나 아름다운지 알 수 있다.

전망대 층 바로 아래 건물 한가운데에 매달려 있는 20톤가량의 거대한 추가 인상적이었다. 지진 방지 시설인 윈드 댐퍼(wind damper)라고 한다. 윈드 댐퍼는 지진이나 태풍이 와서 건물이 흔들려도 진동을 흡수하여 건물이 쓰러지지 않게 무게 중심을 잡아준다고 한다.

이런 건물을 지으려면 16년이라는 기간 동안 지진과 태풍의 강도에 대비한 건축 허가가 필요하단다. 대만은 대리석이 많이 나지만 대리석 건물보다는 낮은 층의 목재 건물을 짓는다. 안전을 가장 우선으로 여기는 풍토 때문이라 한다.

저녁 식사시간. 그런대로 현지식이 먹을 만해서 다행이었다. 시 외곽지에 있는 조용하고 시설이 뛰어난 오차드파크 호텔에 들어 지친 몸을 편히 쉬었다.

이튿날 30일 아침 7시 30분에 기차역으로 나갔다. 2시간 40분이 소요되는 거리에 있는 화련의 태로각 국가공원으로 향했다. 차창 밖으로 군데군데 조그만 사찰처럼 화려하게 지은 조그만 집들이 눈에 띄는데 망자의 무덤이라고 한다. 사후에도 예쁘고 좋은 집에서 영혼이 살기를 바라는 마음을 엿볼 수 있었다.

칠성당 해변 공원에 잠깐 내려서 예쁜 돌이 널려 있는 해변을 걸었다. 태평양 훈풍이 주는 바람결이 문득 오래전에 갔던 하와이를 연상시켰다. 돌이 얼마나 둥글고 예쁜지 한국 아주머니들이 몰래 돌을 주워 숨겨가다가 공항에서 적발되어 가이드가 한 포대나 되는 돌을 다시 해변에 갖다 놓느라고 꽤나 고생했다 한다. 깻잎 장아찌 누르기에 적격일 것 같아 숨겨갔다는 말에 실소를 금할 수 없었다.

태로각 국가공원 내 대리석 협곡에 들어서자 저절로 탄성이 터져 나온다. 오랜 세월동안 대리석 절벽이 침식되어 형성된 곳이라 한다. 27개 봉우리를 지닌 태로각 국가공원은 태로각이라는 추장 이름에서 따온 것으로 원주민 고산족은 해골로 담을 쌓았다고도 한다. 협곡을 끼고 칼로 자른 듯 쭉쭉 뻗어 내린 대리석 절벽이 웅장하다. 타이완 원주민과 군인, 포로의 피땀으로 이뤄졌다는 다리와 도로와 터널은 사람이 곡괭이로 직접 판 흔적이 역력했다. 남북으로 큰 산맥 5개가 이어진 고구마 모양의 지형엔 동서를 잇는 길이 없어 동과 서의 국민들이 교통이 두절된 상태에서 오랜 세월을 지냈는데 이렇게 터널을 뚫어 길을 내기까지 많은 사람의 희생이 있었다고 한다.

자모교에는 가슴 시린 일화가 있다. 늙은 어머니가 노역에 나간 아들이 죽은 줄도 모르고 기다렸다 한다. 이 사연을 들은 장제스의 큰 아들 장징궈가 제대 군인 600여명과 포로와 원주민 노역자를 감독하여 도로와 다리를 놓고 자모정이란 정자를 세워 그 어머니의 모정을 기렸다고 한다. 나 또한 자식을 둔 어미이기에 충분히 공감이 되었다. 석양이 뉘엿뉘엿 물들 무렵 기차를 타고 숙소에 돌아왔다.

다음날에는 예류지질공원으로 향했다. 태풍으로 인해 자연적으로 형성된 지형들이 강한 인상을 준다. 여왕머리와 촛대 등 우리의 눈에 익숙한 형상들을 그럴듯하게 닮은 바위들과 여러 동식물의 조화가 예술적으로 보였다. 대만의 10대 자연 경관으로 아주 멋진 지질 형태를 갖춘 곳이다. 온전히 자연이 만들어 낸 조각공원이다. 위대한 자연의 솜씨 앞에 저절로 머리가 숙여진다.

서문정으로 향했다. 갑자기 쏟아진 폭우에 우비를 입고 우산을 든 채 좁은 지우펀 골목을 누볐다. 먹거리 골목으로 없는 물건이 없는 듯했다.

비 때문에 충분히 느끼지 못해서 지우펀 거리에 대해 아쉬운 마음이 있었는데 나중에 어느 여행객이 자세히 쓴 글을 보고 반가웠다. 대만의 밤거리, 대만의 명동으로 불린다고 한다. 우리나라 스타들이 대만에 가면 홍보를 위해 방문하여 자신의 스타일을 보여주는 중심거리라고 했다. 다양한 장신구를 파는 가게가 밀집해 있고 각종 거리 예술의 절정을 볼 수 있는 곳이란다.

지우펀 옛 거리로 왔다. 2001년 일본 애니메이션 〈센과 치히로의 행방불명〉 배경의 모티브가 된 곳으로 유명하다고 한다. 마을 이름 지우펀(九份)은 '아홉 개로 나누다'라는 의미란다. 이곳에 아홉 가구밖에 없던 시절 누군가 마을 밖으로 나가 물건을 사오면 아홉 개로 공평하게 나누었다고 해서 지우펀으로 불리기 시작했다고 한다. 아홉 가구가 한 집안처럼 오순도순 사는 모습이 얼마나 아름다웠을지 상상해 본다. 지금은 폐광이 되었지만 이곳에서 오래된 금광이 발견되어 1920~30년대 아시아 최대의 탄광촌으로서 부자 마을로 번성하였던 때가 있었다고 한다.

지우펀 옛 거리와 서문정을 거쳐 국립 중정기념당을 관람했다. 다섯 개의 하얀색 아치 위에 푸른색 지붕이 보인다. 자유광장아치로 중정기념당 입구이다. 입구를 지나면 양옆에 쌍둥이처럼 닮은 국립희극원, 국립음악청 건물이 마주보고 있으며 정면에 중정기념당 건물이 시원하게 서 있다.

중정기념당은 중화민국의 초대 총통이었던 장제스를 기념해 1980년에 건설한 기념관이다. '중정'은 장제스의 본명이다. 1975년 서거한 장제스의 생전 나이인 89를 의미하는 89계단을 오르면 광장에 꽃들이 만개해 있어 공원처럼 느껴진다. 광장을 중심으로 양옆에 전통적인 건물의 황금빛 지붕이 매우 화려하다.

안에 들어서면 우람한 규모의 장제스 청동상이 있고 양옆에는 근위병들이 꼼짝 않고 서서 지키고 있다. 매시 정각마다 있는 근위병

교대식을 보지 못해 아쉬웠다. 붉은색 건물인 총통부는 일본 점령 당시 총독의 거주지로 사용되었는데 하늘에서 보면 일본을 상징하는 일(日)자 형태로 되어있다고 한다.

대만 국민 대다수가 장제스를 신으로 모시고 있다니 놀라웠다. 대만 사람들이 장제스보다 더 사랑하고 따르는 사람은 그의 큰아들 장징궈라고 한다. 구소련에서 철저한 공산주의 교육을 받은 그는 군인 출신으로 7대 총통이 되었다. 77세에 서거하기까지 오로지 대만 국민을 위해 공정하고 청렴한 삶을 살았다고 한다. 그의 사후에 남겨진 부인은 35평 아파트 하나가 전 재산이어서 가고 싶은 곳도 못 갈 정도로 궁핍했다고 한다. 대만 사람들이 존경하고 사랑할 만하다고 생각했다.

4일째, 호텔 조식을 마치고 국립고궁박물원으로 이동했다. 중국 국민당이 내전에서 패배하여 대만으로 이동할 때 대륙에서 가져온 문화재가 대부분이다. 중국 자금성에 있던 역대 중국 황제들의 수집품과 송, 원, 명, 청의 국보급 유물 약 70만 점을 소장하고 있어 오히려 중국 본토보다도 높은 수준을 갖추었다고 한다. 오죽하면 "자금성은 베이징에 있지만 자금성이 품고 있던 유물은 타이베이에 있다."는 말이 있을 정도란다. 3~6개월 만에 한 번씩 전시유물을 교체한다고 한다. 한 번에 6,500여 점의 유물을 전시한다니 이를 모두 관람하려면 꽤 긴 시간이 필요할 듯하다. 1인당 대만 돈 350원(한화 13,000원 정도)의 관람료를 받고 있고 박물관 사진 촬영은 가능하지만 플래쉬 사용은 금지하고 있다.

보물 중 대표적인 것은 취옥백채와 동파육이라고 했다. 취옥백채는 옥으로 만든 배추 모양의 조각으로 청나라 광서제 부인의 혼례 예물이라고 한다. 배추를 통해 청렴과 순결, 배춧잎에 얹힌 메뚜기(여치)를 통해 자식을 많이 낳아 자손 대대로 번영하라는 의미를 담았다고 한다. 아쉽게도 사진과 설명으로 만족해야 했다. 동파육처럼 생긴 육형석은 비계와 돼지 껍데기의 숨구멍도 표현해서 천연석의 외형을 그대로 살려 조형했다고 한다.

상아투화인물투구. 상아공이라고도 불리는 이 작품은 상아를 깎아서 만든 노리개이다. 전체적으로 둥근 모양인 상아공은 안에 겹겹이 층이 보이는데 각각 다른 16개의 공이 따로 움직이도록 만들어졌다고 한다. 먼저 상아를 구 모양으로 깎은 다음 열두 개의 커다란 구멍을 내고, 그 구멍을 통해서 내부를 깎아 24겹의 층을 만들고 각각의 층마다 지극히 섬세하고 복잡한 무늬를 새겼다는 것이다. 단 하나의 상아로 만들었다는 상아공. 예술성은 물론이고 그 정교하고 세밀함에 절로 경외감이 든다.

대부분의 보물 제품이 옥이다. 서양의 한 총통이 장제스에게 큰 다이아몬드를 선물했는데 이런 유리가 무엇이 귀하냐고 던져버렸다고 한다. 이 일화에서 중국 사람들이 가장 귀히 여기는 보석은 옥이라는 것을 알 수 있었다. 그들의 정교한 솜씨와 보물을 귀하게 보존하는 태도를 본받고 싶다. 불행하다고 생각하는 사람 없이 일상을 느긋하게 살아가는 그들이 부러웠다.

모든 일정을 무사히 마치고 타이베이 국제공항에 도착했다. 30분 연착하는 비행기를 기다리며 집으로 돌아간다는 안도감에 감사한 마음이 들었다.

뜨거움의 끝자락에서

연일 더위가 기승을 부리며 폭염경보가 계속되고 있다. 온도계 바늘이 섭씨 34도를 넘으면 우리나라 사람들의 인체는 불쾌지수가 높아진다고 한다. 뜨거움보다 끈적거림에 더 못 견디는 것이 주 원인이 될 것이다.

날이 뜨거우니 미국 서부여행이 생각난다. 섭씨 43도가 넘는 이글거리는 태양과 끝없는 사막 길은 그야말로 용광로를 연상시킨다. 진한 선글라스와 모자를 쓰고 차에서 내려 주변 경관을 감상할 때면 햇볕이 못 견디게 뜨거운데 불쾌감은 없다. 사막 기후의 특징인 습기가 없기 때문이다. 아무리 뜨거운 날씨라 해도 그늘에만 들어가면 시원하게 느껴지는 이유이기도 하다.

200여 년이 지난 사막의 포장도로가 울퉁불퉁 패인 곳 한 군데 없이 그 뜨거운 태양열을 견디며 수없이 오가는 자동차들을 감내하고 있었다. 도로 하나까지도 백 년 앞을 내다보며 끄떡없게 설계한 그들에게 감탄이 앞섰다. 사막 길을 달리다 보면 상행선과 하행선 도로 사이가 넓게 떨어져 있는 것을 흔히 볼 수 있었다. 차량이 많아

지면 안쪽으로 도로를 넓힌단다. 도로를 낼 때 수십 년 후를 내다보고 도시 계획을 세워 도로를 넓히느라 이미 만들어진 시설을 파괴하는 낭비를 하지 않는다는 것이다. 비행기 안에서 미국 도시를 내려다보면 바둑판처럼 도로가 반듯하게 나 있는 이유이다. 땅덩어리가 넓고 먼 미래를 바라볼 줄 아는 지도자들이 있었기에 계획적으로 도시를 건설하는 것이 가능했을 것이다.

사막을 달리다 보면 길가 곳곳에 돗자리를 깔고 온갖 수제품을 늘어놓고 여행객을 상대로 물건을 팔고 있는 인디언 여인들을 만나게 된다. 그들을 보면 나도 모르게 설움과 분노 같은 감정이 솟구치곤 한다. 야생마처럼 숲속을 뛰놀며 자연과 함께 살아온 그들을 인디언 보호구역이라는 그물망을 치고 이 사막 한가운데 가두어 놓은 까닭은 무엇일까?

세계 일등 국가로 발돋움한 그들을 어떻게 평가해야 할지 혼란스럽다. 미국에 사는 딸이 했던 말이 생각난다. 학교 선생에게 미국이 본토 인디언에게 행한 만행에 대해 물으니 한 마디로 '힘(power)'이라고 대답했다 한다. 강대국으로 발전시킨 역사가 부럽기도 하고 야만스러운 침략과 정복의 역사가 안타깝기도 하다. 인디언들의 평균수명이 알코올과 마약 중독으로 40세 전후라는 이야기를 들었다. 약육강식의 표본이 아닐 수 없다. 백인들이 권총으로 인디언들을 제압하고 삶의 터전을 짓밟는 내용의 서부영화를 보면 통쾌함보다는 인디언들이 마지막 순간까지 자존심을 굽히지 않는 당당한 모습에 박수를 보내고 싶었다. 여린 감성에 약자의 편을 드는 것일 수도 있고 강대국에 둘러싸여 살아남기 위해 힘겹게 맥을 이어온 약소국에서 태어난 설움이 겹친 것일 수도 있다.

사막이라면 흔히 사하라 사막이나 몽골 사막을 연상해 왔던 내 짧은 지식이 어이없이 무너진 것도 미국 서부 여행에서였다. 가시나무와 선인장으로 뒤덮인 메마른 땅이 끝도 없이 드넓게 펼쳐져 지평선이 무엇인지 깨닫게 해준 것이 사막이었기 때문이다.

사막 한가운데 있는 그랜드캐년을 관람했다. 발아래 펼쳐진 아름다운 계곡과 바위산이 빚어내는 장엄한 경관을 보며 너 나 없이 감탄사를 토해내었다. 저절로 경건해지고 눈물이 나올 것 같았다. 지질학자들은 흔히 그랜드캐년을 지구 역사의 축소판 혹은 과거를 압축한 역사책이라 부른다고 한다.

신을 믿지 않는 사람도 그랜드캐년에 오면 신의 존재를 시인하게 된다고 한다. 기후를 예측할 수 없는 곳이어서 광활하고 멋진 캐년을 구경하지도 못하고 끝없이 넓게 펼쳐진 안개만 보고 발길을 돌린 사람도 많다는데 나는 진경을 운 좋게 보게 되어 감사했다.

사막 한복판에 건설된 도시 라스베이거스에 도착해 오색찬란한 불빛으로 대낮처럼 환한 밤거리를 걸었다. 환락의 도시답게 형형색색의 불빛이 만들어 내는 화려한 풍경이 무척이나 아름답고 이색적이었다. 호텔 건물은 각기 독특한 주제를 모티브로 하여 건축되었으며 아름다운 조명으로 꾸며져 있었다. 내가 묵은 호텔 내부는 바닥이며 벽, 천정 등 눈길 닿는 곳 모두가 온통 붉은 빛으로 장식되어 있었다. 인간의 잠재된 욕망을 뜨겁게 달구는 색깔이기 때문일 것이다. 붉은색으로 감방을 도배해서 죄수를 가두어 놓으면 얼마 되지 않아 미치고 만다고 한다. 붉은색은 보는 사람을 흥분시킨다. 그래서 라스베이거스의 카지노 운영에 도움이 되었을 터. 미국 정부의 골칫거리가 되었던 마피아 단에게 사막 한 군데를 내어 주며 카지노 운영을 허락했던 것도 범죄와의 전쟁에서 숨을 돌리고 싶은 마지막 협상이었고 기발한 제안이었을 것이다. 세계 각국의 부호들이 경비행기를 몰고 돈 가방을 들고 몰려오게 된 것도 라스베이거스만의 특권이 아니겠는가.

그곳 광장에 경비행기가 줄 맞춰 늘어서 있는데 그 규모가 여느 주차장과 비교가 되지 않을 정도로 크다. 빵 한 조각이 없어 3초마다 굶어 죽어가는 사람이 있는가 하면 라스베이거스의 게임판에서 수천억 원씩 없애는 부호들이 이 지구촌에 공존하고 있다. 부조리한 세상의 단면을 보여주는 것 같다. 이글거리는 사막과 화려한 카지노 도시의 부조화가 오히려 조화롭게 느껴지기도 한다.

사막의 특징 중 하나는 해가 지고 난 밤이면 기온이 뚝 떨어져 소매가 긴 옷을 입지 않고서는 추위를 견딜 수 없다는 것이다. 라스베이거스의 밤거리를 수놓는 행사인 꽃마차 행렬과 불꽃놀이 축제를 구경하는 관광객의 옷차림도 각양각색이다. 모피코트를 입고 긴 부츠를 신은 사람이 있는가 하면 비키니 차림으로 깔깔대는 젊은 아가씨들도 있다. 누구 하나 이상하게 여기거나 힐끗거리는 사람이 없다. 불빛이 사라진 아침, 라스베이거스는 적막하다 못해 죽은 도시처럼 조용하다. 지난밤과는 완전히 딴 세상에 와 있는 느낌이다.

사막을 달리다 만난 우람하고 기묘한 모습의 붉은 바위산이 놀랍기만 하다. 초목이 무성하고 아기자기한 우리나라 산에 익숙한 나에게 사막의 붉은 바위산은 무척이나 경이롭다. 태양과 가까워 해를 닮은 붉은 모습으로 서 있는 것 같다.

태양! 빛과 열의 근원이자 생명을 유지하게 해주는 항성. 그 뜨거움의 불변함이 가진 위대한 힘. 태양신을 섬기며 숭배했던 고대인들의 문화를 이해할 수 있을 것 같다. 태양과 우주를 창조하시고 한 치의 오차도 없이 운영하시는 신께 무한한 감사와 찬양을 드린다.

여행의 즐거움

숨이 컥컥 막힐 것 같은 찜통더위 속에서 달력을 뒤적거린다. 처서가 지나면 뜨거웠던 땅의 열기가 식는다고 한다. 가을을 기다리는 마음으로 세월아 어서 가거라 한다. 내 나이에 시간을 재촉하는 것이 무엇을 의미하는지 알면서도 현재의 더위가 힘겨워 세월을 턱없이 몰아세운다.

십여 년 전 사막을 여행하며 우리나라의 사계절을 얼마나 고마워했던가를 떠올렸다. 그래, 여름이 있어서 가을의 열매를 얻을 수 있는데 왜 감사하지 못하고 더위를 짜증스러워하며 투덜거린단 말인가. 이 폭염 속에 농촌과 산업현장에서 땀범벅이 되어 일하는 사람들을 생각하면 에어컨 켜고 외출할 일에 짜증 부리는 건 호사스런 투정이 아닌가.

인간이 감사할 줄 모르는 건 마음이 교만해서라고 한다. 감사 일기를 쓰며 나의 일과를 되돌아보게 되었다. 그중의 하나가 장애자 아닌 것에 눈물겹도록 감사하다. 이 아름다운 자연을 볼 수 있고 들을 수 있고 여행할 수 있는 건강한 몸과 그 감성을 느끼고 기록하며 표현할 수 있도록 허락된 시간에 감사하다.

고난의 삶이 버거워 한때는 신을 원망하기도 했다. 하지만 그 고난을 통해서 겸허한 마음을 갖게 되었으며, 이겨낼 힘을 얻었고, 고난 역시 감사한 선물임을 깨닫는 지혜까지 덤으로 얻게 되었다.

무더위가 절정인 팔월 둘째 주 강원도 여행길에 나섰다. 둘째 딸 내외 차로 넷째 딸이 살고 있는 고성 천진 해변으로 향했다. 자동차 행렬로 꽉 막히고 작열하는 태양에 이글거리는 고속도로를 일곱 시간 달리는 동안, 동해안의 시원한 바닷바람을 그리며 지루함을 견딜 수 있었다. 수려한 경관이 보이면 정해진 찻길을 벗어나 차를 돌려 커피를 마시며 쉬어가는 재미도 쏠쏠했다.

금강산 자락을 끼고 있다는 고성군 천진 해수욕장 숙소에 짐을 풀었다. 철썩이는 파도가 밀려오는 바다를 바라보니 몸과 마음속에 쌓여있던 모든 찌꺼기가 파도에 떠밀려 사라지는 듯했다. 저녁 식탁에 싱싱한 광어를 넣고 끓인 매운탕이 올랐다. 식도락가일지라도 천하일미라고 엄지를 들어 올렸을 것이다. 맛있는 음식을 먹는 것도 즐거웠지만 사랑하는 딸들과 함께 보내는 시간이 더없이 소중하고 행복했다.

이튿날 새벽, 동해 바다의 수평선에 떠오르는 일출은 경외감을 자아내는 장관이었다. 붉은빛으로 물든 바다를 거쳐 모래밭까지 뻗어온 햇살이 그토록 아름다울 줄이야. 부지런히 사진으로 남겨본다. 그러나 자연의 오묘한 색을 어찌 기계가 대신할 수 있겠는가.

싸한 새벽 공기를 마시며 경동대학 자그만 언덕 숲길을 걸었다. 나뭇가지 사이로 햇살이 퍼지는 숲길을 걸으니 금세 정화된 공기가 내 가슴속으로 쏟아져 들어오는 듯 상큼한 기분이 되었다. 숲속 공기의 독특한 향과 신선한 느낌은 나무가 내뿜는 피톤치드라는 성분 때문이란다. 아메리카 인디언들은 어려서부터 자연과 가까이 살면서 풀은 '키 작은 형제' 나무는 '키 큰 형제'라고 부르며 생활한다고 한다. 자연과 더불어 살아가며 형제처럼 가까이 하고 그들의 소리에 귀 기울이라는 가르침이 대대로 이어진다는 것이다.

자연은 수없이 속삭이며 많은 소식을 전해준다. 그 시기와 계절의 변화를 알려 주고 꽃이나 열매 혹은 여러 형태의 부산물로 그 느낌을 풍부하게 이야기 해준다. 사람들이 어려운 여행을 시도하는 것도 도시를 벗어나 잠시나마 자연 속에 자신을 맡기고 싶은 절박함이 있기 때문일 것이다. 직장이나 일상생활에 지친 사람들이 자연을 찾는 것은 지극히 당연한 것 같다.

귀찮은 것이 싫은 사람들에게 주어진 단어가 '스테이케이션'이다. 머문다는 뜻을 지닌 'stay'와 휴가의 뜻을 지닌 'vacation'을 합성한 단어로 멀리 나가지 않고 집이나 집 근처에서 휴가를 보내는 것을 의미하는 신조어다. 2007년 미국 금융 위기에 생긴 말이라고 한다. 코로나19 사태로 인해 관광 형태도 변했다. 해외나 먼 곳을 여행하는 대신 가족과 함께 근교에서 휴가를 보내거나 집에서 머물며 여가를 보내는 스테이케이션을 선호하는 이들이 늘고 있다고 한다. 어떤 형태건 휴식은 새로운 활력을 부여해주는 것 같다.

6 · 25전쟁을 겪은 우리 세대는 절약이 몸에 배어 자식들의 장래만을 생각하고 허리띠를 졸라맸다. 자신의 인생은 애초에 없는 듯 여행이다 바캉스다 하는 건 아예 사치스러운 생각이라고 여기며 살아왔

다. 이제 여행을 즐기며 살아보고자 하나 몸이 잘 따라주지 않는다.

젊은 날의 열정은 희미해졌을지라도 아름다움을 느끼는 감성이나 여행의 설렘은 여전하다. 나는 여행을 좋아하는 사람이고 그래서인지 자식들이나 주변에서 여행계획을 세울 땐 나를 꼭 끼워 준다.

발로 걸을 수 있을 때, 눈이 더 침침해지기 전에, 기회 될 때마다 여행하리라 마음먹는다. 부지런히 여행 가방을 챙기며 행복한 미소를 지어본다. 감사와 기쁨으로 충만하다. 다음 여행지는 어디가 될꼬? 꾸준히 체력단련을 하련다. 매일 한두 시간씩 걷고 바쁜 나날을 보내며 열심히 배우려 한다. 몸과 마음이 녹슬지 않도록.

베트남, 캄보디아 여행

가을이 한창 무르익어가는 지난 10월, 미국에 사는 큰딸 내외가 한국에 다니러 왔다. 모처럼 모인 딸들이 여행을 계획하여 함께 하게 되었다.

베트남 하노이 공항에 내리니 깜깜한 밤이다. 인민복을 입은 공항 직원들의 굳은 표정을 보니 이곳이 공산 국가임이 실감난다. 두 시간 넘게 고속도로를 달려 하롱베이의 숙소에 도착했다.

이튿날 45인승 관광버스에 한국인 관광객 15명이 합승하여 한 팀이 되었다. 한기둥 못꼿사원을 돌아보았다. 베트남 국보 1호로 지정된 가장 오래된 사찰로 한 개의 기둥 위에 불당을 얹어 일주사라고도 부른다. 1049년 리왕조의 창건자인 리 태종이 자식이 없어 불공을 드렸는데 꿈속에 연못의 연꽃 위에서 아기를 안은 관음보살을 본 뒤 아들을 낳게 되자 그 자리에 일주사를 세웠다고 한다. 연꽃을 본떠 지어서 연꽃 사원이라고도 한다. 바딘 광장에 서 있는 때 묻은 석물이 오랜 역사를 말해 주는 듯했다.

거리에는 걷는 사람이 드물고 혼다 오토바이를 탄 사람들이 차보다 먼저 씽씽 달리고 있었다. 일본 혼다 회사에서 부속품을 팔기 위해 수만 개의 고물 오토바이를 무상으로 나누어 주면서 베트남 시민의 보편적인 교통수단이 되었다고 한다. 일본인들의 상술이 놀랍다.

거리마다 물건을 손에 들고 판매하는 사람들에게서 전쟁 후유증을 엿볼 수 있었다. 월남전 당시 한국군들이 민간인은 물론 어린 아기까지도 무차별 살상하기도 했다고 한다. 그들이 한국인을 무서워하고 싫어했다는 게 당연해 보인다. 그러나 베트남은 오늘날 많은 한국인 관광객으로 인해 상당한 수입을 얻고 있다. 간단한 한국어로 호객행위를 하는 그들을 보며 아이러니한 국제관계의 단면을 보는 듯했다.

이튿날, 할롱만 선상 유람을 했다. 3천여 개에 달하는 섬을 둘러보는 관광이 2시간 넘게 계속되었다. 키스 섬 앞에선 커플들이 서로를 껴안고 키스를 하면서 사진 촬영을 했다. 수천 개의 기암괴석과 아름다운 숲을 이룬 섬들이 바다 위에 점점이 박혀 있어서 파도가 없는 바다 물결이 마치 잔잔한 호수를 연상시켰다. 온갖 생물 모양의 섬이 신비로운 모습을 드러내고 있었다. 자연의 선물이 놀랍고 경이롭다.

하롱 파크 해상공원과 바우데산 단지를 잇는 케이블카로 바다 위에 펼쳐진 섬들과 아름다운 바다정원을 내려다보며 녹색의 환상적인 색깔에 심취했다. 잠깐 들어간 티톱섬 안의 석회동굴 내부는 찌는 듯 더웠다.

다음날 비행기로 2시간 거리의 캄보디아로 건너가 툭툭이를 타고 앙코르 톰 유적군을 둘러보았다. 오토바이를 개조한 택시를 툭툭이라 한다. 뒷좌석에 최대 3명까지 탈 수 있고 차양과 문이 달린 오픈카 모양인데 바퀴가 2개이다. 앙코르 톰은 크메르 제국의 마지막 수도 유물군으로 12세기 후반에 건립되었다.

앙코르 왓트는 '도시의 사원'이라는 뜻으로 400년 전 멸망한 옛 도시 앙코르의 폐허다. 1860년 초 프랑스의 박물학자 알베르 앙리 무오가 캄보디아 밀림 속에서 발견했다고 한다. 동서 1,500m, 남북 1,300m로 약 25,000명의 인력을 동원해 37년간 건설했다고 하며 성곽 바깥은 폭 190m의 해자로 둘러싸여 있다.

이곳의 사원에는 머리가 없는 불상이 많다. 그 당시 불교가 꽃 필 때 노란색이 불교문화를 대표하는 색깔이어서 모든 불상의 머리를 금으로 단장했다고 한다. 일본이 침략하여 금으로 도금된 머리 부분을 떼어 가거나 금을 벗겨갔다고 한다. 머리 없는 불상이 시커멓게 때가 낀 볼썽사나운 모습이 되어 관광객의 마음을 아프게 했다.

왓트 마이 사원 관광은 킬링필드의 축소판으로 왓트는 '사원', 마이는 '새롭다'는 뜻이다. 1975년 크메르루즈 정권이 집권한 후 4년 동안 정치인, 부유층, 지식인, 학생 등 약 200만 명을 학살했는데 이곳은 당시의 유골을 모아둔 사원이다. 하얀 해골을 쌓아놓은 유리탑을 보며 소름이 돋았다. 국민들이 갖가지 모습으로 학살당하는 그림이 전시된 미술관에 들어가서는 도무지 쳐다볼 수가 없었다. 반항하면 산 채로 간이나 신장을 꺼내는 그림은 너무나 끔찍했다. 이런 전시관이 캄보디아 전국에 여섯 군데가 있다고 한다. 귀로 듣기만 하던 킬링필드가 피부로 닿아왔다.

이곳 캄보디아는 30년간의 내란을 겪으며 형이 동생을, 아들이 아비를 대창으로 찔러 죽이기도 했다 한다. 전체 인구의 25퍼센트에 해당하는 200만 명이 희생되었다니 지구상에서 근대에 보기 드문 비극이 아닐 수 없다. 크메르루즈 정권은 처형자를 가리기 위해 사상이나 생각 따위는 묻지도 않았다고 한다. 처형 대상 1호는 얼굴이 하얀 사람으로 햇볕에서 노동하지 않은 사무직에 있던 사람, 2호는 안경 낀 사람으로 지식인, 3호는 손마디에 옹이가 박히지 않고 가운데 손가락 첫 마디가 움푹 패인 사람으로 펜대를 잡은 학생이나 지식인으로 간주하여 처형했다고 한다. 설령 가족일지라도 자기가 살아남기 위해 대창으로 이곳저곳을 찔러 살해했다고 하니 그 끔찍한 장면을 상상만 해도 오금이 저린다.

동변상련이라고 관광객을 향해 손을 벌리는 이들 모습에서 6 · 25 전쟁 직후 기브 미 껌, 기브 미 초콜렛, 하며 미군들에게 먹을 것을 구걸하던 우리나라 전쟁고아들 모습이 오버랩 되어 마음이 시리고 아팠다. 그러나 캄보디아인들의 활짝 웃는 얼굴은 평화와 때 묻지 않은 순수함을 보여주는 듯했다. 이들의 미소가 부러웠다.

톤레삽은 동남아에서 가장 큰 담수호이다. 톤레는 호수, 또는 강이란 뜻이며 삽은 호수 이름이다. 인도 대륙과 아시아 대륙의 충돌로 인한 지반 침하로 형성된 호수라고 한다. 길이 150km, 너비 30km로 캄보디아 전 국토 면적의 15퍼센트에 달한다. 4~10월 우기에는 호수면적이 건기에 비하여 3~5배가 늘어나는데 이는 우리나라 경상남북도 크기이다. 3~40만 수상가옥이 상주하고 있다고 한다.

이렇게 넓은 톤레삽 호수는 땅 위에서는 집을 짓고 살 수 없는 가난한 사람들이 수상가옥을 짓고 살아가는 삶의 터전이다. 그들은 우기 때 강물과 함께 밀려온 물고기를 잡아 식량도 하고, 씨엠립 시내에 내다 팔아 생계를 유지한다고 한다.

카누로 수상촌 맹그로브 숲길을 돌아 나왔다. 2인승 카누의 노를 젓는 뱃사공은 월남 난민의 수상촌 사람으로 유트브로 한국말을 배웠다며 한국말을 곧잘 했다. 〈소양강 처녀〉〈내 나이가 어때서〉 등의 노래를 제법 맛깔스럽게 불러주며 큰딸과 내 머리에 화환을 씌워주고 꽃반지도 줬다. 민물과 바닷물 양쪽에서 생존할 수 있는 유일한 나무인 맹그로브가 호수 위에 숲을 이루었는데 그 경관이 아름다워 저절로 탄성이 나왔다. 군데군데 부레옥잠화와 새우망을 연결한 끈이 줄지어 있었다.

캄보디아 전 국토가 황토여서 모든 식물이 약초일 뿐 아니라 담수호까지도 흙탕물처럼 흐려 보이지만 물은 깨끗하며 온갖 물고기들이 서식한다고 한다. 베트남 난민들은 캄보디아 정부의 압박에도 불구하고 쫓겨났다가 다시 돌아오기를 반복, 결국 일부는 캄보디아 국민으로 받아들여져 수상촌 학교도 세워 후세를 가르치고 관광객을 상대로 카누 관광와 물고기 요리로 외화를 벌어들인다고 한다.

유람선 곁에 고무통을 타고 다가와 원 달러를 외치며 작은 손을 내미는 어린아이들이 가여웠다. 인정 많은 딸들이 그 어린 손마다 1불씩 쥐어주었다. 내 자식들이 대한민국에 태어난 것이 감사했다.

앙코르 왓트 뒤편에 산뽕나무 군락지가 있다. 숲길을 걷다 보니 5~600년이 넘는 산뽕나무에 움푹 팬 곳들이 보였다. 일본인들이 상황버섯을 도려낸 상처 자리라는 말에 영악스런 일본인에 대한 분노의 감정이 불쑥 솟았다. 그들에게 40년간 식민 지배를 당한 아픈 역사를 지닌 한국인으로서 적개심이 내 안에 잠재하고 있는 모양이다.

순진하고 무지한 그들은 상황버섯의 효능이나 그 값이 엄청나다는 것을 알지 못했고 뒤늦게야 알았을 때는 이미 일본인들에게 푼돈을 받고 착취당한 한참 뒤였다. 오랜 내전으로 쫓긴 잔당들이 도망쳐 간 곳은 북쪽의 산악지대였는데 적을 색출하기 힘든 정부군이 총알 값보다 싼 발목 지뢰를 산 전체에 묻어놓아서 지뢰를 제거할 비용이 만만치 않아 지금도 100만 발 이상이 방치되어 있다 한다.

요즘도 가난한 민간인들은 숲으로 몰래 숨어 들어가서 온 가족이 일 년 동안 살아갈 수 있는 생계비가 나오는 상황버섯과 산꿀과 약초를 캔다고 한다. 지뢰에 발목을 잃은 사람들이 많아서 집집마다 장애자 없는 가정이 없다고 한다. 장애자라는 낱말도 쓰지 않고 부끄럽게 생각하지도 않는단다. 목숨이 살아있는 것으로 만족해한단다. 보통 가정에서 딸 아들 넷이 한 조가 되어 숲에 들어가는데 그 이유를 듣고 마음이 아팠다. 한 명이 발목이 잘리면 대마초를 캐어 찧어 붙여서 통증과 지혈을 시켜 싸매고 두 사람이 양쪽 겨드랑이를 끼고 부축하고 남은 한 사람이 채취물을 등에 지고 하산한다고 한다. 이들의 생존 방식과 가족애가 감탄을 자아낸다.

여행은 보이지 않는 세계인 절대와 신성에 대한 명상이라고 했던가. 인간의 손으로 빚은 예술 작품은 많지 않아도 신이 인간에게 선물한 자연 그대로의 경이로운 모습을 간직한 동남아에 관광객이 많은 것도 인간은 자연을 그리워하고 있음을 증명하는 것이 아닌가 싶기도 하다.

수천 개의 섬으로 수놓인 하롱베이의 잔잔한 바다. 맹그로브의 빽빽한 숲을 이룬 톤레삽을 쪽배로 유람하면서 맛보았던 평화로움과 더위를 식혀주는 산뜻한 바람이 그립다.

흐르는 물처럼

성경 〈에스겔서〉에 "이 강물이 이르는 곳마다 번성하는 모든 생물이 살고"라고 기록되어 있다. 인류문화의 꽃이 핀 곳은 어김없이 강가였음을 새삼 깨닫게 하는 말이다. 옛 성현들은 장엄함을 자랑하는 산을 군자에, 유유히 흐르는 물을 인자에 비유하여 가르쳤으며, 산빛 곱고 강물 맑은 곳을 자주 찾아 심신을 수양했다. 아름다운 산과 물은 인간에게 생명의 토대가 되었을 뿐 아니라 휴식과 마음의 평안을 선사해왔다.

몇 년 전 라오스 여행에서도 자연의 섭리에 다시 한 번 경이로움을 느꼈다. 가도 가도 끝을 알 수 없는 높은 산들이 줄지어 있는 곳에 움막과 같은 집 몇 채가 하늘 끝 산자락에 매달리듯 듬성듬성 붙어 있는 정경을 보았다. 어떻게 저런 고산지에서 살 수 있는지 궁금했다. 산꼭대기에 고여 있는 호수와 물줄기 덕에 가축을 기르며 밭농사를 짓고 살아간다고 했다.

라오스는 한때 프랑스의 식민지였으나 식민 통치를 포기해야 했을 만큼 산세가 험하고 세금 한 푼도 걷을 수 없는 오지였다고 한다.

이처럼 미개지나 다름없는 곳으로 세계 각지에서 여행객들이 찾아오는 것은 맑은 강과 호수가 어우러진 수려한 자연 풍광 덕분일 것이다.

나는 어려서부터 물을 좋아했다. 내가 제일 먼저 만난 물은 우물물이다. 깊은 지하에서 올라오는 차고 맑은 물은 내게 막연한 물의 세계를 상상하게 했다. 큰 두레박에 매달린 도르래식 쇠 체인을 풀어대며 수시로 머슴들이 우물물을 길어 올리는데 큰 물통에 쏟아지는 물이 신기했다. 평소에는 뚜껑을 씌워둔 우물이 궁금해서 우물가로 나갔다가 부모님에게 야단을 맞기도 했다.

초등학교 시절에는 전주 한벽당 아래로 흐르는 냇물이 어찌나 좋은지 기회가 닿을 때마다 둑에 쪼그리고 앉아 흐르는 물을 하염없이 바라보고는 했다. 맑은 물이 돌에 부딪치며 흐르는 소리가 좋아 시간 가는 줄 몰랐다. 물은 끊임없이 흐르지만 원래의 물로 있지 않는다는 것을 어렴풋이 느꼈던 것 같다.

지금도 지우와 즐겨 찾는 곳이 이곳이다. 갈대가 바람에 사각거리는 소리를 들으며 향긋한 풀꽃 향에 취해 잘 닦인 천변 길을 손잡고 걸으면 막힘없이 흐르는 냇물을 따라가서인가, 살아오면서 마음에 담아둔 지난날의 이야기가 스스럼없이 풀려나오곤 한다.

어른이 되어 여행지를 정할 때도 강과 바다가 있는 곳을 선호한다. 물을 좋아했다가 큰 어려움을 당할 뻔한 적이 있다. 큰딸은 어미를 닮아서인지 물을 좋아한다. 언젠가 미국 베이커스필드에 놀러갔다가 높은 산꼭대기에 천지와 비슷한 호수가 있는데 좋은 추억이 어린 곳이라 엄마에게 보여주고 싶다면서 아슬아슬 험한 산 비탈길을 나를 태우고 간 적이 있다. 산길로 접어들자마자 비바람이 몰아치면서 삽

시간에 어둑해져서 시야를 분간하기가 힘들었다. 앞서가는 자동차도 뒤따라오는 자동차도 한 대 없이 깊은 산속에 갇혔는데 좁은 산길에 한쪽은 깊은 수렁 같은 낭떠러지여서 뒤돌아갈 수도 없는 상황이었다. 조수석에 앉아 두렵고 무서워서 가슴을 쥐여안고 딸아 그만 돌아가자, 라고만 외쳐대었다. 딸은 엄마 금방 나와요, 되돌아가는 길보다 앞으로 나가는 길이 안전해요, 하면서 침착하게 운전을 했다. 두 시간 거리에 있다는 호수는 가도 가도 나오지 않고 서너 시간은 족히 걸린 것 같다. 나중에 들으니 엄마를 안심시키느라 태연한 척 했지만 딸도 겁이 나서 마음속으로 울었다 한다. 그런데 지금도 물이 있는 곳이라면 그런 어려움을 겪더라도 가고 싶다.

지금까지 가본 여행지 중에 다시 가보고 싶은 곳이 있다면 둘째 딸이랑 외손녀와 함께 들렀던 하와이와 큰딸이랑 둘이서 갔던 나이아가라 폭포다. 지금도 가끔 꿈속에서 바다 빛깔이랑 폭포 물이 보일 만큼 가슴속에 깊이 각인되어 있다.

하와이 바다색에 넋을 잃었다. 하와이 바람벽에 서서 바라본 바다는 전체가 알록달록한 진풍경이었다. 오색찬란한 물빛을 난생 처음 대했다. 빨강 파랑 초록 검정 주황색 물빛이 마치 색색의 물감을 풀어 하얀 백지 위에 동그라미를 그려놓은 듯 했다. 바다 산호 때문이란다. 산호가 만들어 낸 수십 가지 색깔의 다채로운 바다 물빛은 청아한 햇살을 받으며 찬란히 빛나고 있었다. 햇빛에 반사된 그 바다색을 어찌 물감으로 흉내낼 수 있으랴. 사람들이 하와이를 지상천국이라 부르는 데 대해 전적으로 동의했다.

나이아가라 폭포. 몇 년 전 어미를 위해 큰 맘 먹고 휴가를 낸 큰

딸과 함께 나이아가라 폭포를 찾았다. 나이아가라, 원주민의 언어로 '천둥소리를 내는 물'이라는 뜻을 가진 폭포. 폭포를 이루는 강이 미국과 캐나다 두 나라에 걸쳐 있어 비자를 따로 받고 발을 디딘 곳이다. 캐나다 쪽에서 봐야 완전한 말발굽형 나이아가라 폭포를 볼 수 있다고 했다. 폭포에 다가가자 엄청나게 쏟아지는 물소리에 귀가 멍멍했다. 우비를 입고 큰 배에 올랐지만 온 몸이 물벼락을 맞고 삽시간에 젖어버렸다. 남미의 이구아수 폭포, 아프리카의 빅토리아 폭포와 더불어 세계 3대 폭포라는 말이 무색치 않게 어마어마한 폭포 량이 놀라웠다.

경비행기로 폭포 상공을 선회하며 폭포의 궤적을 따라 여러 강을 돌아보았다. 저 위대한 폭포가 슈피리어 호, 미시간 호, 휴런 호, 이리 호를 거쳐 대서양으로 흘러간다고 하니 물 흐름의 끈질김에 또 한 번 놀랐다. 상공에서 보이는 폭포 아래는 군데군데 물구덩이들이 있었는데 둥그렇게 소용돌이를 치며 맴을 돌고 있었다. 물살이 요술을 부린다는 월풀이었다. 그곳을 가까이에서 구경하기 위해 래프팅 보트에 탑승해서 짧은 순간이었지만 죽음이라는 공포도 맛보았다.

이튿날 아침 햇빛에 반사된 폭포는 전날 보았던 물빛이 아니었다. 폭포 군데군데 떠 있는 여러 개의 오색찬란한 무지개가 환상이었고 50m 높이의 큰 벼랑에서 쏟아지며 웅장한 소리를 내는 폭포의 낙차에 탄성이 절로 나왔다. 나이아가라 폭포는 그냥 흐르는 물이 아니었다. 자연을 훼손하며 뒤죽박죽 살아가는 현대인에게 자연의 위대한 힘이 어떤 것인가를 보여주는 신의 외침이라는 생각이 들었다.

인간의 몸을 이루고 있는 성분의 70퍼센트가 물이다. 어머니의 자궁에서 십 개월을 사는 것도 양수라는 물속에서다. 사람이 사는 지구도 강과 바다와 호수 등 물이 70퍼센트다. 지구가 인간이 살기에 최적 환경인 것은 물이 있어서다. 인간은 물을 떠나서는 살 수 없는 존재이다. 물의 속성을 들여다보면 인간의 근원적인 심리를 추적할 수 있다던 글귀가 생각난다.

살아있는 것은 끊임없이 움직이고 변화한다. 물은 변화에 잘 적응한다. 물은 언제나 겸손하다. 물은 항상 아래로 흐른다. 높은 곳에 오르려고 하지 않는다. 위에서 아래로 흐르며 섬길 줄 아는 사람만이 다스릴 자격이 있음을 가르친다. 물은 자기를 주장하지 않고 담긴 용기에 따라 자신의 모양을 바꾼다. 순종의 미덕일 것이다. 장애물이 가로막으면 돌아간다. 나와 다른 이와도 조화를 이루며 살라고 가르친다.

흐르는 물은 서로 앞서려고 다투지 않는다. 빨리 간다고 뽐내지 않고 늦게 간다고 안타까워하지도 않는다. 흐르다 막히면 돌아가고 부족한 곳은 채워주고 차면 넘어간다. 기다리고 인내할 줄 안다. 때를 기다리다 그릇에 차면 그제야 움직인다. 유연하지만 강하다. 물은 바위도 뚫는다. 싸우지 않고 이긴다. 물은 거센 불길도 잠재운다. 온유한 자가 땅을 차지한다고 성경은 가르친다.

물은 자연의 법칙에 순응한다. 흐르는 물은 바다로 흘러 들어가 햇빛으로 수증기가 되어 구름 떼를 이루고 다시 비가 되어 지상으로 그 모습을 나타낸다. 물이 바위에 부딪히고 풍랑을 만나면서도 낮은 곳으로 흘러가 개울이 되고 바다로 흘러 온갖 생명을 기르고 다시 구름이 되어 지상에 다시 돌아오듯이 우리의 몸도 영생 부활한다고 믿는다. 이것이 거부할 수 없는 진리요 신의 뜻임을 깨닫게 된다. 우리의 죽음 뒤에 아무것도 없는, 현재 삶이 영원의 끝이라면 얼마나 억울하고 소망 없는 인생인가.

물은 생명이다. 물이 없이는 어떤 생물도 살아갈 수 없다. 인간은 물만 있으면 다른 음식물을 먹지 않아도 상당 기간 생존할 수 있다. 무너진 건물 더미에 2주 동안이나 갇힌 상태에서도 공기가 통하고 물로 목을 축일 수 있었기에 생존했던 사례도 있지 않은가.

바다나 강이 우리 인간에게 주는 혜택은 헤아릴 수 없을 만큼 무궁무진하다. 그 물을 우리는 어떻게 대하고 있는가? 인간이 버린 폐수와 쓰레기로 물고기가 죽어가고 태평양에 떠있는 쓰레기 섬이 우리나라 열두 배의 크기라고 한다. 강과 바다가 오염되고 있는 현실을 나와 상관없다고 치부하며 외면하면 안 될 것 같다.

날마다 감사하며 물이 주는 교훈대로 겸손하게 살아야겠다. 우리를 태어나게 하시고 영원히 살 수 있는 길을 예비하신 하나님을 믿고 하늘나라에 소망이 있기에 오늘도 내가 행복한 사람임을 확신하게 된다. 흐르는 물처럼 자연에 맡기며 순리대로 살기를 원한다.

3

딸의 눈물

가족

'가족은 자신의 일부이며 정체성을 이루는 분신'이라고 한다. 사람은 자기 가족을 잃을 때마다 조금씩 죽어간다. 가족을 잃으면 자신의 기초가 무너지고 자신을 잃게 된다. 이를 의식하지 못하더라도 이것은 사실이라고 한다. 가족이란 평생 안고 가야 할 영원한 동반자가 아닐까? 사랑과 아픔까지도 함께.

가족이 남과 다른 것은 어떠한 경우든 내 편을 들어준다는 절대 믿음의 관계라는 점이다. 가족은 같이 슬퍼하고 억울한 일엔 함께 분노하고 속상해하며 아플 땐 내가 대신해주고 싶은 존재다. ≪사기≫에 보면 가족 중 한 사람이 죄인이 되면 연좌제로 가족 모두, 심지어는 사돈네 팔촌까지 처벌했던 것도 일견 일리가 있다고 생각한다.

님과 남은 점 하나 차이라고, 그 점 하나가 무엇이겠는가? 바로 정이겠지. 정이 없는 부부란 남만도 못하다는 관계를 꼬집는 말이다. 피로 얽힌 관계는 정 따위와는 비교할 수 없을 만큼 깊은 관계다. 그래서 피는 물보다 진하다는 말이 나왔을 것이다.

동서양의 부부관계가 다른 것도 문화의 차이가 아닌가 싶다. 서양 사람들이 자식보다 부부 위주의 삶을 우선시한다면 동양 사람들은 자식 위주로 가족관계가 돈독하다. 요즘 우리나라 젊은이들이 부모에게 얹혀사는 형태를 캥거루 가족이라고 한다. 부부 중심의 서구인들은 캥거루 가족 문화를 도무지 이해할 수 없을 것이다.

미국에서는 고위직 자녀일지라도 용돈을 벌기 위해 접시닦이 하는 것을 당연한 일로 여긴다. 우리나라는 부자 부모를 둔 젊은이들이 온갖 부귀영화를 누리며 방종한 생활을 일삼는 것이 다반사이다. 혀를 끌끌 차면서도 부자가 아닌 자신을 한탄하며 자식들에게 미안하고 죄책감까지 들기도 한다.

부모가 자식을 위해 어떤 희생도 달게 감수하는 것은 당연지사요 형과 아우를 위해 자기를 희생하며 사는 것 또한 다반사다. 가족이라는 울타리로 꽁꽁 묶인 한국 사회에서는 '우리'라는 공동체 의식이 강해서 호칭도 별나다.

초등학교에 입학해서 제일 먼저 국어책에서 배우는 낱말 또한 '우리 집', '우리 학교', '우리나라'이다. 한국문화에 익숙하지 않은 서양인들이 이해하기 힘들어 하는 단어는 '우리 아이들' '우리 남편' '우리 강아지' 등이라고 한다. 일인칭을 표현할 때 '나'라는 단수를 사용하는 서양식 표현과 달리 '우리'라는 복수 형태를 사용하는 것이다. 나라의 운명이 곧 나의 운명이라는 공동체 의식이 남다르기에 그 많은 이웃 강대국의 침략에도 삽자루와 곡괭이 같은 농기구로 총칼 앞에 맞서서 꿋꿋이 나라를 지켜 낸 우리 선조들이 아닌가. 역사를 더 알아 갈 때마다 가슴 뭉클한 감동을 받는 것도 우리 가족, 우리나라를 지키고자 하는 열망이 죽음보다 더 강하다는 점 때문이다.

6 · 25 전쟁이 발발해서 무턱대고 남으로 내려가는 피난길이었다. 세 살배기 막내 남동생이 어머니만 찾고 울어대니 나는 어머니가 보이지 않게 동생을 업고 앞장서서 걸었다. 그때 내 나이가 열두 살이었다.

어머니는 평생 먼 길을 걸어보지 않은 마나님으로 가마나 차만 타고 사셨기에 십 리도 못 걷고 발이 부르터서 절룩거렸다. 내 손 위의 언니는 열일곱 살로 키가 껑충 큰 여고생이었는데 제일 먼저 못 걷겠다고 엉엉 울며 뒤처졌고 여덟 살 여동생과 여섯 살 난 큰 남동생은 못 걸어가면 버리고 간다는 엄포에 오히려 씩씩하게 일행을 따라 걸었다.

막내 남동생은 내가 업고 걷지 않으면 죽거나 버림받을 처지였다. 쉬지 않고 발버둥 치며 울어대니 내 옆구리엔 피멍이 들 지경이었다. 그 동생이 금년에 고희를 맞이했다. 작은 누나 아니었으면 자기가 지금 살아있지도 못했을 거라며, 작은 누나가 생명의 은인이라며 겸연쩍게 뒷머리를 긁적인다. 나 또한 그때 살아남았고 형제 모두 무사했음에 감사하다.

가족이라는 이름이 주는 위대한 힘이 이런 게 아닐까 싶다. 온갖 범죄가 난무하는 현 사회에서 '가족과 함께'라는 공동체 의식이 끈끈하게 살아있는 한 가족에게 아픔과 누를 끼치는 일은 삼가게 되고 개인주의나 이기주의에서 빚어지는 불행한 일은 줄어들 것이라 생각한다. '가화만사성'이라고 했다. 나 혼자가 아닌 우리라는 묶음 속에서 기쁨도 슬픔도 같이 나누는 아름다운 사회를 가꾸어 나갔으면 좋겠다.

내가 여행을 즐기는 이유 중에 가족이라는 존재가 있다. 여행이 끝나면 언제나 돌아올 집과 기다리는 가족이 있기에 고단한 여정도 견딜 수 있었다. 가족을 사랑하는 일은 존재가 통째로 섞이는 일이다.

가정의 달 봄을 노래하다

만물이 깨어나는 봄, 봄은 희망의 계절이다. 내가 이 세상에 태어난 때도 봄이고 결혼을 한 계절도 봄이다.

봄은 슬픔이나 외로움과는 잘 어울리지 않는다. 새싹이 얼음장을 뚫고 솟아나고 잠자던 동물이 기지개를 켜고 일어나는 봄은 새로운 도약과 새 생명의 탄생을 환호한다. 생명의 색깔인 녹색으로 물든 산야는 눈부시고 찬란하다. 평화와 사랑과 감사가 넘친다. 햇빛을 받아 빛나는 녹색의 그 오묘한 색깔의 조화 속에서 살아 숨 쉬는 생명의 숨결을 느낀다.

세상에 좋은 것은 오래 머물지 않고 발걸음을 재촉하는 것 같다. 청춘도 봄도 충분히 만끽할 사이도 없이 지나쳐 가버린다. 봄이 가기 전에 서둘러 좋은 날로 기억되게 하려고 5월을 가정의 달로 정해서 온갖 축하와 의미 있는 행사를 도모하는 것 같다. 어린이날, 어버이날, 입양의 날, 스승의 날, 성년의 날, 부부의 날 등이 다 5월에 있다. 계절의 여왕이라는 5월은 기쁜 날이 가득하다.

인간이 든든히 설 수 있는 것도 가정이라는 울타리가 있기에 가능한 것 아닐까. 가정은 가족과 정원이 있는 곳을 뜻한다고 한다. 가정은 행복의 원천인 사랑이 시작되는 곳이다. 가족이 머물 수 있는 요람이 있으므로 가정이 유지되는 걸 의미한 것 같다. 핵가족 세대를 넘어 1인 가구가 늘고 있는 현 세태가 염려스러운 것도 가정의 본질이 망가지는 것 같기 때문이다.

대가족 제도는 가족의 끈끈한 정과 협동심을 도모하고 세대 차이를 화합으로 좁히며 하나가 되는 장점이 있다. 조부모의 사랑을 받고 자란 사람 중에 사회에 악을 끼치는 범죄인은 거의 없다고 한다. 사랑을 받아본 사람이 사랑을 베풀 수 있다고 하지 않는가.

축복(bless)의 어원은 'bleed, 피를 흘리다' 이다. 누군가가 나를 지극히 사랑하여 피를 흘려주는 것, 그리고 누군가를 사랑해서 피를 흘릴 수 있는 것이 축복이라고 한다. 부모는 자식을 낳을 때 피를 흘리고, 키우기 위해 땀을 흘리며 살아간다. 사랑하기 때문이다. 부부도 한 몸을 이루기 위해 내 반쪽을 잘라내고 상대방의 반쪽과 합치기 위해 피를 흘린다. 하나님의 사랑도 십자가에서의 피 흘림이다.

독거노인의 고독사와 자살 등이 먼 얘기가 아니다. 도시 한 복판 아파트에서 사람이 죽은 지 몇 달이 지나도록 이웃이 몰랐다는 기사는 심각한 일이 아닐 수 없다. 자식들을 따라 도시로 가지 않고 시골에 남아 혼자 사는 노인들이 많다. 혼자 살더라도 가족과 긴밀하게 소통하고 이웃과 어울려 지내며 희로애락을 같이 하는 사람은 외로움 때문에 죽는 일이 거의 없다. 이웃을 남이 아니라 한 가족으로 생각하며 살기 때문이다.

하나님도 사람이 혼자 사는 것이 좋지 않다고 여겨 배필을 창조해

주셨다. 사람 '인(人)' 자의 글자 모양처럼 사람은 서로 받쳐주고 안아주며 더불어 살아야 할 것이다. 이 좋은 봄날, 함께 할 가족이 없어 외출을 꺼리며 혼자 웅크리고 있는 친구가 있다면 전화해서 만나보라. 손잡고 만개한 꽃길도 걷고 좋은 음악이 흐르는 찻집에 마주 앉아 정겨운 이야기를 나누어보라. 위로하고 위로받는 동안 삶의 에너지가 차오르는 것을 느끼리라. 이 가정의 달에 가족과 이웃을 다시 한 번 챙기면서 행복한 봄맞이를 하자.

딸들에게 해주고 싶은 말
- 말에도 체온이 있다

사랑하는 딸들아!

학문과 지식의 정도를 무엇으로 잴 수 있으며 그 깊이를 어찌 헤아릴 수 있겠니. 너희는 구세대의 이 어미가 감히 쫓아갈 수 없는 높은 경지에 이른 지식과 학문을 갖춘 엘리트들이다. 이 어미는 너희들에게 어떤 교훈을 주거나 설득하고 싶은 마음은 전혀 없단다.

오랜 세월을 더 많이 살았다는 것 외에 딱히 내세울 것 없는 부족한 어미지만 내 마음속 이야기를 전하고 싶구나. 보릿고개가 무엇인지 모르는 너희 세대에게 배고픔과 가난 때문에 겪어야 했던 어려운 시절 얘기는 하지 않으련다. 그러나 시대가 바뀌고 최첨단의 과학이 이루어 낸 문명의 이기 속에서 편리함에 길들여진 요즘 세대들에게 그대는 행복한가? 라고 물으면 그렇다고 대답할 사람이 몇이나 있을까 생각해 보았다.

풍족함이나 편리함이 행복을 가져다주지 않는다는 것을 나도 알고 너희도 안다. 진리란 변하지 않는 것이라고 한다. 이 어미가 험하고 굴곡진 인생을 살아오는 동안 신념처럼 몸에 간직한 것이 있다면 정직이란다. 그 어떤 위협이나 절망 속에서도 때 묻지 않은 정직함을 간직할 수 있었던 것은 천품이라기보다 내 부모님의 딸로서 거짓으로 위장해서 나를 다른 사람으로 색칠할 수 없다는 자존감을 지키며 살고 싶었던 의지라고 말하고 싶다.

때로는 거짓말이 싫어서 모진 학대도 견뎌야 했고 억울한 누명도 써야 했다. 그러나 하나님은 내 편이 되어주셨고 너희들은 이 어미의 정직함을 인정해 주었다. 때와 장소를 생각하지 않고 농담처럼 무심히 쏟아낸 내 말 때문에 너희들이 상처받은 일이 많았음을 나중에야 깨닫고 후회로 밤을 지새운 적도 많았단다. 정직보다 말에 실수가 없어야 함을 절실히 깨닫곤 했지. "내 본심은 그게 아니었는데……." 라는 변명은 상처받은 사람에겐 구차한 변명이 될 뿐 돌이킬 수 없는 멍 자국으로 남는다는 걸 알았단다. 말을 아끼고 조심스레 할 말만 하는 너희들의 모습을 보며 자식들이지만 이 어미가 본받아야 할 부분임을 명심해야 했다.

내 동창 중에 말이 없고 남의 얘기를 잘 들어주는 친구가 있다. 다른 친구들로부터 신뢰와 존경을 받는 사람이란다. 그 친구는 화려하진 않지만 옷차림이 단정하고 목소리도 늘 한결같아서 조용조용하고 차분한 사람이다. 간혹 정치 얘기가 나오면 열띤 토론장이 되기도 하지만 그 친구는 듣기만 하고 자기 의견을 내세우지 않는단다. 남의 험담을 하지 않고 역지사지로 한마디 거들기만 한다. 가끔 사람들의 장점만 얘기하는 말수가 적은 친구지. 친구들의 애경사를 소리 없이 챙기고 자기 속내를 잘 드러내지 않으니 궁금증을 갖게 하는, 조금은 신비에 쌓인 친구란다. 책을 많이 읽고 속이 깊은 친구란다. 엄마는 이 친구를 많이 좋아하고 의지하지.

하나님이 우리 인체 중 입을 짝 없이 하나로 만든 이유를 알 것 같구나. 듣는 귀와 보는 눈은 둘이지만 말하는 입은 하나인 것은 말을 아끼라는 뜻이 아니겠니. 성현들이 말하기를 성(聖)스런 사람이란 귀(耳)로 먼저 듣고 입(口)으로 나중에 말하는 사람이라 했다. 이청득심(耳聽得心), 귀를 기울여 경청하는 것이 사람의 마음을 얻는 최고의 지혜라고도 했다. 말을 배우는 데는 2년이 걸리나 경청을 배우는 데는 6년이 걸린다고도 한다.

딸들아, 말이 인생을 살아가는 데 얼마나 중요한가를 깨달았기에 이 어미의 실수를 교훈 삼아 너희는 말 때문에 적을 만드는 일이 없기를 바랄 뿐이다. 돌이켜보면 나는 행동이 바르지 못해서가 아니라 말 때문에 사랑하는 사람을 떠나게 한 사람이었음을 뒤늦게 깨닫고 지혜 없는 사람이었음을 고백한다.

'혀에 베인 상처는 칼에 베인 상처보다 깊고 오래 간다'고 했다. 이 어미는 정직하다는 자부심을 갖고 살아왔지만 말 때문에 다른 사람에게 상처를 준 일이 많았을 거란 생각을 하게 되었고 회한으로 가슴이 찢어지는 고통 속에서 지나온 인생을 돌이켜 보게 되었단다.

사랑하는 딸들아, 언제나 긍정적이고 고운 말만 하는 사랑스러운 딸들아. 너희가 내 자식들이어서 행복하구나. 나도 모르게 거친 낱말이 튀어나오면 너희들은 웃는 얼굴로 엄마 단어가 너무 센데요, 아름다운 말로 다독이며 내가 창피스럽지 않게 말해 준다. 그는 나쁜 사람이야, 하면 좋은 사람이 아니야 라고 말하라고 했지. 나쁜 말을 쓰면 내 자신이 나빠지기 때문이라고 하면서, 욕설이나 부정적인 말은 남의 말이라도 흉내 내거나 입에 담지 말아야 한다고 말해 주었지. 어리석은 이 어미를 깨닫게 해 준 스승이 되어주어서 고맙다.

태초에 말씀이 있으니, 그가 곧 하나님이라고 했다. '몰라서 그랬지 죄는 짓지 않았다'며 무지한 아낙네가 우기는 말 속에는 무식이 곧 죄악이라는, 진리를 외면한 사람의 변명이 들어있다. 모르고 잘못을 저지르는 행위는 없다. 무엇이 선이고 악인가를 가리는 분별력은 글을 모르고 세상 경험이 없는 어린아이도 지니고 있다. 무식의 탓으로만 돌리기엔 세상은 너그럽지 못하고 무식은 잘못이라기보다 죄악이 될 수도 있단다. 나는 무식하고 성격이 완악한 사람을 두려워한다.

무식이란 학식이 없다는 의미와는 다르다고 생각한다. 무학인 옛날 어른들도 경험과 이치를 생각하며 지혜롭게 살았기 때문이다. 자식을 훈육할 때 성현들의 고매한 문장은 인용할 줄 모르지만 부모로서 자식에게 어떤 것이 본이 되는지 몸소 삼가며 자식 보기에 부끄러운 일은 하지 않았다. 특히 부모에게 효도하는 것이 인간의 근본 도리임을 보였고 지나친 욕심은 화를 부르니 욕심을 경계하여 자신을 지킬 줄 아는 사람이 되라고 가르쳤다.

'말은 마음을 담는다. 그래서 말에도 체온이 있다'는 문구를 좋아하여 화선지에 붓글씨로 크게 써 놓고 본단다. 말 한마디로 친구를 만들기도 하고 원수가 되기도 한다. 부드러운 말은 원수의 마음도 녹인다고 하지. 고사에 보면 적장의 마음을 돌이키는 것도 칼이 아니라 부드러운 설득력이었다.

딸들아, 누구의 말에도 두 귀를 기울이며 잘 듣는 연습이 필요함을 나에게 충고해 줘서 고맙다. 같은 말에도 어, 야가 다름을 알면서도 사람들은 무심히 지나치곤 하지. '말에도 씨가 있다'고 하지 않더냐. 그 사람 말씨가 곱다거나 사납다고 표현하는 걸 보면 말씨의 중요성을 강조하지 않아도 다 아는 사실이다.

'말없이 가만히 있으면 중간은 간다'는 격언도 의미가 있구나. 나는 오랫동안 가르치는 교사로서만 살아와서인지 어느 무리에서든 알고 있는 상식을 전달하고픈 조급함이 몸에 배어서 가만히 듣고 있는 사람으로서 겸손한 자세가 부족했던 것 같다. 아무리 좋은 말을 한다 해도 말이 많은 늙은이는 싫어하는 것이 당연할 것이야. 숨을 참 듯 입속의 말을 참는 연습을 해보련다. 경자년 한 해는 말을 아끼는 해로 나를 새롭게 해보련다. 나의 고백서가 이 어미를 이해하는 데 조금이라도 도움이 되기를 바란다.

사랑하는 딸들아. 너희들이 나에게 좋은 스승이요 나의 영원한 친구가 되어 주어서 고맙다. 인터넷으로도 찾기 힘든 단어나 외래어가 궁금해서 물어보면 친절한 설명으로 금방 답을 알려주는 너희가 있어 엄마는 세상 누구도 부럽지 않은 사람이란다. 인터넷보다 더 빠르고 정확한 설명으로 귀찮게 여기지 않고 따뜻한 말로 친절히 답해주는 너희가 있어 시대에 뒤처지는 늙은이 취급 안 받고 사는 것 같아 흐뭇하단다.

세상에서 가장 파괴적인 것은 핵무기도 환경 공해도 아니고 보이지 않게 날마다 인간의 마음을 무너지게 하는 폭력적인 말이라고 한다. 인간관계는 유리그릇과 같아서 조금만 잘못해도 깨지고 말 한마디에 상처받고 원수가 되어버린다. 우정을 쌓는 데는 수십 년이 걸리지만 그것을 무너뜨리는 데는 단 1분이면 족하다고 한다. 말, 말, 말이 이토록 위대한 것이었던가, 다시 한 번 생각해 보는 시간이다.

너희들 앞에 조금은 과묵하고 성숙한 어미의 좋은 모습을 보여주고 싶다. 너희들에게 노력하는 어미가 되고 싶단다. 늘 격려해 주고 지지해주는 나의 딸들아, 사랑한다. 너희에게 자랑스러운 어미가 되기를 소망한다. 이제 남은 생애 동안 경청을 배우는 사람으로 거듭나기를 결심해 본다.

사랑하는 아들에게

아들아, 위로 누나 넷을 두고 끝으로 아들로 태어난 너는 보물 같은 자식이다. 딸 부잣집에 외동아들이어서가 아니라 하나님께 서원 기도하여 얻은 자식이기 때문이다.

결혼생활이 위기에 처했을 때 나는 턱도 없이 아들을 주시면 하나님께 드리겠다고 한나의 기도를 했다. 억지를 부린 무모한 기도였다. 너를 임신하고 갖은 고난과 견디기 힘든 어려움이 계속 찾아왔고 두 번이나 유산이 될 뻔한 위험 속에서도 나는 하나님께 서원한 너를 결코 포기할 수 없었다. 기도와 피눈물을 먹고 너는 내 아들로 세상에 태어났다.

잘생긴 귀공자로 사람들에게 사랑 받는 아기였다. 순둥이여서 이웃 사람들이 서로 빼앗아서 업어주었다. 왼팔 군데군데 혹을 달고 나온 너를 보며 모두들 아깝다고 혀를 끌끌 차더구나. 나는 너의 장애까지도 하나님의 뜻으로 여기며 감사했다. 여섯 살 때 수술을 시도했지만 혹은 다시 솟았다. 흉한 흉터만 남긴 채.

아이들에게 뽀빠이 손이라 놀림을 받아도 아비 앞에선 울지 않았다. 어미의 사랑만이 너의 의지처요 보호막으로 여기며 외로운 아이로 자랐다. 누나들의 극진한 사랑이 있었지만 공부 잘하는 누나들만큼 아비의 기대에 미칠 수 없다는 포기부터 터득한 너였다.

착하고 정이 많은 네가 건강하고 바르게 자라기만 바라며 눈물과 기도로 키웠다. 교회에서 성극을 할 때면 너는 목사님 역으로 분장했고 교우들이 하나같이 잘 어울린다고 칭찬했다. 초등학교 때 시내 웅변대회에서 상을 탄 너는 목소리가 우렁차고 힘이 있었지. 정직하고 착해서 목회자의 자질을 타고 났다고 누구나 기대했다.

초등학교 입학 전의 네가 열 손가락에 주렁주렁 반찬거리 봉지를 걸고 시장 보는 엄마를 따라 다니는 것을 볼 때마다 사람들은 효자 아들이라며 부러워했지. 엄마 힘든 것을 덜어주려고 어려서부터 애쓰는 너는 늘 나를 감동케 했다.

영특하고 똑똑했던 네가 학업성적이 점점 뒤로 밀리며 사춘기의 방황이 엿보였다. 조마조마한 마음으로 보내던 어느 날 너는 말없이 가출했고 찾아 나설 수 없는 나는 새벽마다 교회에 가서 눈물과 통곡으로 네가 돌아오기만을 기다릴 수밖에 없었다.

다행히 몇 주 만에 너는 편지를 보내주었다. 기도원에서 봉사하며 잘 있노라고. 절에 들어가 아주 숨어버리고 싶었지만 날마다 나를 위해 기도하는 엄마 모습이 떠올라 기도원을 찾았다고 했다. 네 아비와 함께 장성 기도원으로 너를 찾아갔지. 새까맣게 그을린 얼굴에 땀범벅이 되어 리어카에 흙을 실어 나르는 너를 보고 어미는 눈물만 흘렸다. 가방을 챙겨들고 내 손에 이끌려 나온 너를 아비는 나무라지 않고 말없이 차에 태워 집으로 돌아왔다.

네가 무사히 고등학교를 졸업해서 감사했다. 서울 모 신학대학에 합격했노라고 합격 통지서를 보이는 너에게 아비는 신학대학 입학을 반대했다. 너는 합격통지서를 찢어버리고 서울 가서 돈 벌겠다고 했지. 이 바보 같은 어미는 그때 너를 신학대학에 보내지 못한 것을 평생 후회하며 살아왔다.

만신창이가 되어 삼년 만에 돌아와 병원에 입원한 너는 울며 달려간 나에게 삼백오십만 원이 찍힌 예금통장을 내밀며 엄마 주려고 모은 돈이라고 했다. 누가 너더러 돈 벌어 달라더냐. 가슴이 찢어지는 듯 했다.

집에 돌아와 통장을 놓고 이것은 돈이 아니라 내 아들의 피다 하면서 울었다. 네가 객지에 가 있는 동안 나는 겨울이면 보일러를 켜지 않고 냉방에서 살았고 여름에도 에어컨을 틀지 않았다. 네 셋째 누이가 가끔 집에 들러서 계량기를 보며 이런 냉방에서는 바퀴벌레도 못 살겠다고 성화를 댔지만 객지에서 내 아들이 고생하는데 어미가 편하게 사는 건 죄처럼 여겨졌단다.

너를 위한 일천번제를 몇 번이나 계속 하면서 때가 되면 하나님이 부르시겠지 막연한 기다림으로 세월을 보냈다. 하나님은 이 어미의 기도 응답으로 착한 며느리를 보내주셨다. 너는 성실하게 사업에 임했지만 인정 때문에 사업주로 성공할 재목은 아니었나 보다. 힘들어 보이는 개척교회 목사님들과 친분 있는 사람들에게 자동차 부속품 값을 받지도 않고 식사 대접까지 해서 보내곤 했기에 너는 자선을 베푸는 사람으로 소문이 나서 빛 좋은 개살구로 빚이 쌓여가는 무능한 사업주가 되어 손을 들고 말았다.

아들아, 처음 시작할 때의 마음으로 돌아가거라. 겸손한 마음과 성실한 마음으로. 주위 사람들이 성공한 사장님이라고 추켜세우는 말에 우쭐해서 사업주의 기본인 본전도 잃어가며 소비만 한다면 그 결과가 뻔하지 않겠느냐. 잔돈푼을 우습게 알면 그 작은 돈 때문에 어려움을 당하는 게 세상일이란다. 허리띠를 졸라매고 열심히 벌어야 한다는 말은 배부르고 편하려는 사람에겐 돈이 따르지 않음을 경고하는 말이란다. 사람들은 받을 때만 좋아하지 네가 배고프게 되면 밥 한 그릇 사 주며 위로해주기 보다는 피하는 것이 세상인심이란다.

객지에서 고생하면서도 험한 노동자의 모습을 처자식에게 보이고 싶지 않아 집에도 오지 않는 너를 이 어미는 이해한단다. 코로나 때문에 가족의 안전을 위해 집에 오지 못한다며 네가 수시로 보내주는 고기와 생선을 택배로 받을 때마다 먹을 것 흔한 가족을 걱정하는 인정 많은 네가 안쓰럽다. 어떤 모양으로든 가장으로서 의무를 다하려는 네 마음 씀씀이가 눈물겹구나.

너를 생각하면 가슴이 찢어지는 아픔뿐이란다. 네가 방황할 때 강하게 붙들어 주지 못한 무능한 어미를 용서하지 마라. 나는 너 때문에 가슴 치며 눈물 흘리는 것이 당연한 사람이다. 그러나 이 어미는 지금도 너를 위해 기도하며 하나님의 뜻을 기다린단다. 세상의 때를 벗고 성결한 몸과 마음으로 하나님이 기뻐하시는 아들로 돌아올 것을 믿고 있단다. 네게 주신 사명이 무엇이든 나는 끝까지 기다릴 것이다. 너를 포기하지 않고 낳았듯이 네가 하나님이 쓰실 귀한 그릇이 되기를 기다린단다.

착한 내 아들아. 세상이 너에게 모두 등을 돌린다 해도 이 어미는 너를 사랑한다는 것을 잊지 말아다오. 너를 사랑하며 기다리는 처자식이 있다는 것을 알기에 어디서 무엇을 하든 착하고 성실하게 살아가리라 믿는다.

자식과 손자들

팔불출이란 놀림을 당할지라도 손자 자랑하고 싶지 않은 사람이 누가 있으랴? 눈에 넣어도 아프지 않다는 말은 손자를 둔 사람이면 누구나 수긍이 가는 말일 게다. 언젠가 어느 모임에서 손자들 자랑이 심해 한 건당 만원씩 내고 손자 자랑을 하기로 했는데 해외에 있는 손자는 이만 원으로 정하였다. 비행기 타고 오는 자랑이니 더 내야 한다는 논리였다. 돈 내지 않아도 되는 이 지면에 실컷 자식 자랑 손자 자랑 좀 해야겠다.

나는 딸 넷과 끝으로 아들 하나를 낳았고 손자 손녀 아홉을 두었다. 내 자식 귀하고 예쁘다고 오냐 오냐 키우면 버릇없어져 남에게 손가락질 받는다며 남편은 젊은 아빠답지 않게 자식들을 엄하게 키웠다. 아이들 다섯은 부모의 바람대로 모두 반듯하게 자라 제 할 일 잘하고 사는 모범 시민들이 되었고 자식들도 잘 키웠다.

큰딸은 결혼해서 미국 시민이 되었다. 그지없이 정이 많고 따뜻하고 품이 넓은 맏이다. 신문사 기자 생활과 대학공부, 간호사 일과 문학 활동 등으로 바쁘게 살면서도 2남 1녀를 다른 사람의 도움 없이 잘 키워냈다. 큰 손자는 다재다능한데다가 마음도 따뜻해서 어렸을 적부터 동생들을 끔찍이 아끼고 챙겨주는 자상한 아이다. 열한 살 때 컴퓨터 기사 자격증을 획득하고 열세 살 때는 재학 중인 학교의 컴퓨터 중앙 시스템을 만들었다. 자동차를 비롯해서 온 집안의 고장난 기구를 말끔히 고칠 만큼 기계를 잘 다룬다. 고등학교 합창단 피아니스트로 활약할 만큼 절대음감을 가졌다. 이런저런 재능 때문이 아니라 겸손하고 들어주는 귀가 깊어서 어렸을 적부터 외로운 제 엄마의 친구가 되어주어서 고맙게 생각한다. 지금은 약사로 일하면서 참하고 예쁜 색시랑 알콩달콩 살고 있다.

손녀는 바이올린과 그림에 소질이 있어서 대학 오케스트라 악장을 지냈고 금속공예를 전공했다. 두 남자 형제 사이에서 조금도 기가 죽지 않고 독립적인 여성으로 자라 자기 인생을 자유롭고 만족하게 살고 있다.

막내손자는 고등학교 합창단 피아니스트로 활약했고 지금은 교정치과 전문의 과정을 밟고 있다. 신중하면서도 유머가 많아 분위기 메이커다. 똑똑한 형과 누나의 빛에 가려 혹 기가 죽을까봐 딸이 신경을 많이 썼는데 아이가 어릴 때 '너는 엄마 인생의 걸작품'이라고 다독이던 장면들이 생각난다.

나는 아이들이 어릴 적부터 딸네 집을 방문해서 몇 개월씩 머물곤 했는데 형제자매 간에 싸우는 것을 한 번도 본적이 없어 내 자신도 믿을 수가 없을 정도였다. 잘 자란 세 아이들을 보며 하나님이 내 딸에게 큰 선물을 주셨음을 깨닫곤 한다. 돈을 두 배나 내고 하는 자랑이 아니라서 물 건너 사는 손자손녀 이야기는 실컷 많이 좀 했다.

둘째딸은 영특하고 사려 깊은 아이다. 어려서부터 백과사전이라는 별명을 들으며 제 아비의 사랑을 많이 받았다. 남다르게 영특하고 끊임없이 노력하는 아이를 서울 일류 대학에 보내지 못한 부모로서 나는 딸에게 평생 큰 죄책감을 갖고 있다. 영문학을 전공한 딸은 영어 교사로 외국어 고등학교에 근무하면서 학생들의 해외교류 업무를 열정적으로 추진하기도 했다. 몇 년 전부터는 진로상담교사로 전과하여 학생들의 진로와 진학을 돕고 상담하는 상담교사로 일하고 있다. 전국에서 몇 명만 뽑는 국비 장학생 선정 시험에 합격하여 국립한국교원대학교에서 2년간 상담심리 석사과정을 공부했다. 끊임없이 공부하고 노력하며 살고 있어 기특하고 고맙기만 하다. 게다가 속이 깊고 따뜻한 마음을 지녀서 부모에게 효도하고 동생들을 다독이며 미국으로 시집간 언니 대신 큰 자식 노릇을 똑부러지게 하는 예쁜 딸이다. 늘 안쓰럽고 대견해서 바라보기도 아까운 딸이다.

둘째는 딸 하나만 낳아서 길렀다. 방학만 하면 상경해서 손녀 딸 보는 기쁨을 어찌 말로 다 표현할 수 있으랴. 돌 안에 걷고 말을 배워서 주위 사람을 깜짝깜짝 놀라게 했다. 얼마나 총명하고 유창하게 말을 잘하던지 이 아이에게 얽힌 일화가 무궁무진하다.

언젠가 딸네 집에서 저녁 식사를 마치고 설거지를 하려는데 "할머니가 내 용돈 깎으시네." 하며 쫓아와 나를 밀어내었다. "할머니가 왜 네 용돈을 깎아?" "할머니 이 표 보세요. 설거지 한 번에 500원인데 할머니가 하시면 어떻게 해요?" 스스로 만들어 냉장고에 붙여놓은 '용돈 주간표 카드'에는 가로 세로 줄이 쳐진 일정표 안에 '방 청소 300원, 설거지 500원, 강아지 은총이 목욕 500원…….' 등등 동그라미로 표시하는 용돈벌이 내역이 들어있었다. 키 작은 초등학생 녀석이 발판을 끌어다 놓고 설거지를 열심히 하는 모습에 가슴이 찡했다. 부모의 뜻에 잘 따라주는 손녀가 신통하고 깜찍했다. 식탁을 치우며 두루마리 화장지를 몇 칸 떼어 쓰려는 나에게 질겁하며 쫓아와 화장지 두 칸 이상 쓰면 아빠한테 혼난다고 나무란다. 외동딸에게 자립심과 검소함을 잘 가르치고 있었다. 사위 역시 부유하지만 엄격하고 절약 정신이 투철한 부모님 슬하에서 성장했다고 한다.

지금은 그 손녀딸이 다니던 직장을 그만두고 두 자녀를 지극정성으로 키우는 좋은 엄마가 되었다. 제 부모를 극진히 여겨서 딸 내외에게 열 아들 부럽지 않은 딸이다. 조부모에게도 명절 때마다 인사를 깍듯이 해서 고맙고 사랑스런 손녀다.

자랄 때 위아래 형제 모두에게 양보하며 착하게 자란 셋째는 늘 부모 가까이 살면서 부모가 필요한 것들을 말없이 챙겨주는 딸이고 속상한 일이 있을 때마다 터놓고 이야기할 수 있는 속 깊은 딸이다. 저같이 착한 남매를 낳아 효도 받고 성실하게 잘 살고 있다. 손자 손녀도 제 부모를 닮아 부모 소중한 줄 알고 살뜰히 살핀다. 두 아이 모두 훌륭한 사회인이 되어서 제 몫을 단단히 하며 살고 있다. 딸 내외와 손자 손녀를 볼 때마다 흐뭇하고 기쁘다.

넷째 딸은 어려서부터 탤런트보다 예쁘고 머리가 좋았다. 조용하고 재치가 있어서 사람 마음을 편안하게 해준다. 속이 깊어서 얘기하지 않아도 가려운 곳을 미리 알아서 긁어준다. 전공 분야에서 뛰어난 문학 박사로, 연구원으로서 자기 삶을 잘 가꾸며 산다. 아무 이유 없이 이쁘고 늘 보고 싶은 막내다.

끝으로 얻은 아들은 존재 자체가 축복이고 보물이다. 잘생기고 순둥이어서 어렸을 적에는 보는 사람마다 안아주거나 업어주었다. 착하고 정이 많고 사람 좋아하는 호인이다. 정직하고 남한테 폐 끼치는 일을 싫어하여 좋은 사람들이 주변에 많다. 아들은 심성 고운 아내를 맞이하여 삼남매를 낳아 잘 기르고 있다.

며느리는 삶이 아무리 고단해도 늘 웃음을 잃지 않고 주변 사람들에게 정성을 다하는 천사다. 나는 내 딸들보다 며느리가 더 애틋할 때가 많다. 내가 지닌 귀한 것들을 며느리에게 다 주고 싶을 정도다. 딸들도 올케를 어찌나 좋아하고 고맙게 여기는지 모른다. 서로 아끼고 귀하게 대하는 모습이 흐뭇하고 감사하다. 손녀 손자들이 모두 착하고 준수하게 자라고 있어서 하나님께 감사드린다.

아 참, 사위들 자랑을 빼먹을 뻔했다. 나는 딸이 넷이어서 사위도 넷이다. 넷 다 심성이 착하고 성실해서 큰 소리 내지 않고 잘 살고 있으니 고맙기만 하다. 각자 제 식솔을 아끼고 사랑하며 끔찍이 위하니 더 바랄 게 없다. 사위 넷 며느리 하나, 들어온 자식 다섯이 내가 낳은 자식들 못지않게 진심으로 효도하고 마음으로도 가까우니 내가 복을 많이 받은 사람임이 확실하다.

쓰던 물건을 잘 버리지 않고 수선해 쓰고 지난 달력을 오려 메모지로 쓸 정도로 절약하는 건 내 몸에 밴 습관이다. 생활 방식이 나와 다른 손자들에게 잔소리꾼 할머니가 되지 않으려고 "옛날에 나는……." 이라는 말이 입 밖으로 튀어나오지 않도록 스스로 다독이곤 한다.

나 한 사람의 종이 낭비로 얼마나 많은 나무가 벌목을 당하며 생태계가 무너지고 있는지 자주 생각한다. 내 자식을 귀하게 키우며 보살피듯이 하나님이 주신 이 아름다운 자연을 아끼고 사랑해야겠다고 맘먹곤 한다.

다행히 자식들과 손자들이 낭비벽이나 허영심이 없고 바르고 성실하게 사는 모습에 감사할 따름이다. 명품으로 화려한 치레를 하지 않고 검소하고 성실하고 건전하게 살고 있다. 직장이나 시댁이나 이웃에게 존경받고 사랑받는 딸들이 고맙다. 남을 배려하며 속해있는 공동체 안에서 조화롭게 지내는 모습이 기특하다.

나보다 자식 잘되는 것이 기쁜 일이다. 청출어람이라고 자식들에게 배우는 보람으로 산다.

며느리 사랑

"어머니, 왜 설거지를 하세요?"

"내가 먹은 밥그릇 하나 씻는 것이 어때서."

식구 중에 밥을 제일 먼저 먹은 내가 설거지를 하다가 며느리에게 타박을 듣는다.

"정란아, 나 치매인가 봐. 핸드폰을 놓고 가서 집에 다시 왔어."

"저는 오래전에 그랬는데요. 어머니 기억력이 저보다 우수해요. 절대로 치매 아니에요." 한다.

딸 넷을 줄줄이 낳고 끝으로 낳은 아들이 서른 살이 되면서 결혼하고 싶은 여자라면서 선을 보인 아이다. 순수하고 착해 보여서 결혼을 서둘렀다. 결혼하자 며느리는 오래 다니던 직장을 그만두고 직장에 출근하는 나 대신 집에서 살림하겠단다. 어머니에게 살림도 배우며 함께 살겠다고 우기니 그 마음이 예쁘고 고마워서 막내딸처럼 이름을 불러가며 같이 살기 시작했다.

가족나들이를 할 때면 내 팔짱을 끼고 걸으며 좋아한다. 쇼핑하거나 여행할 때 딸이냐고들 묻는다. 결혼 초에 어쩌다 색다른 음식을 해주면 수첩을 들고 와서 요리법을 가르쳐달라고 한다. 손자들이 다 자란 뒤 다시 직장 생활을 하면서 어느 틈에 배웠는지 요리를 맛깔스럽게 잘한다. 손끝이 야무지고 빠르다. 친정에서 셋째 딸로 태어나 어머니를 제일 많이 돕고 효도했던 딸이다.

사업한답시고 며느리 고생시키는 내 아들을 나무라곤 했다. 아무리 힘들고 어려워도 불평 없이 순종하며 뒷바라지 하는 모습이 고맙고 안쓰럽기만 했다. 두 번이나 유산을 하고 병원에서 엉엉 울며 "어머니 죄송해요." 하는 며느리에게 "나는 손자 원하는 사람 아니다. 아이 없어도 된다. 둘이 의좋게 지금처럼 산다면 더 바랄 것이 없다. 네 몸 건강이나 걱정해라." 하며 나도 눈물을 흘렸다. 저렇게 착한 것이 어쩌다 저런 고생을 할까, 안타까운 마음이었다. 때때로 피곤을 못 이겨 긴 다리를 구부리고 잠들어 있는 며늘아기에게 가만히 이불을 덮어주고 방을 나설 때면 콧날이 시큰해진다. 간절한 기도가 통했던지 첫 손녀를 낳고 두 살 터울로 손자 둘을 건강하게 낳았다.

며느리가 몸을 아끼지 않고 노력하는 모습은 주위 사람을 늘 감동시킨다. 누구에게 보이기 위해서나 인정받으려는 행위가 아닌, 사랑으로 전심을 다한다. 힘들어서 허리를 두드리면서도 하이 톤으로 노래를 부르며 쉬지 않고 집안일을 한다. 까다로운 성미의 시아버지로부터도 "우리 며느리는 사람이 아니라 천사야." 라는 칭찬을 듣는다. 가족을 위해 늦은 밤까지 먹을 것을 준비한다. 남편을 끔찍이 위하고 정성을 다해 보살핀다.

내 친정어머니 모습이 보여서 더 마음이 쓰이는지도 모르겠다. 먼 곳에서 오랜만에 찾은 내 친구들이 누구나 우리 집에서 묵고 가는 것은 며느리가 지극정성으로 잘 모시기 때문이다. 어떻게 저토록 착한 며느리를 봤냐고 하면 나는 서슴없이 자랑하며 대답한다. 일천번제 기도하고 얻은 아이라고. 신앙심 깊은 가정에서 착하고 바르게 잘 자란 아이다.

사람들이 흔히 딸 같은 며느리는 없다고 하지만 나는 병원에 입원할 때마다 딸보다 며느리에게 목욕을 맡기는 것이 편하다. 누구보다 나를 인정해주고 사랑하는 마음이 지극한 것을 알기 때문이다. 수시로 컴퓨터에 글을 써서 이메일 보내는 작업을 하는 나에게 싫은 얼굴 한 번 않고 자세히 설명해준다. 며느리는 컴퓨터를 잘하는 사람으로 그 계통의 직장 생활을 한 아이다.

내가 며느리를 얼마나 의지하고 사랑하는가를 새삼 깨닫게 된 계기가 있다. 그 아이가 급성 맹장염으로 응급실로 실려가 생사의 갈림길에서 촌각을 다투는 상황에 처했을 때다. 간수치가 높아 곧바로 수술을 할 수가 없어서 링거를 주렁주렁 꽂고 기다려야 했다. 복막염으로 갈 수 있는 위급한 상태였다. 하룻밤을 꼬박 새우며 나는 하나님께 간절한 기도를 드렸다. 바꿀 수만 있다면 저 아이 대신 나를 데려가 달라고, 착한 저 아이를 살려달라고, 물 한 모금도 못 삼킨 내 입술은 하룻밤 사이에 새까맣게 타서 사람 입이 아니었다. 이튿날 무사히 수술을 마치고 살아난 며늘아기를 보며 하나님께 감사 기도와 더불어 저 아이를 사랑하며 또 사랑하겠노라고 다짐했다.

내가 만약 손발을 못 쓰고 정신이 흐려지면 요양병원에 데려다 놓겠다는 약속을 하라고 셋째 딸에게 엄하게 부탁했다. 인정 많은 아들 내외는 나를 요양병원에 보내지 않을 것이기 때문이다. 어쩌다 한 번씩 내려오는 딸들도 한결같이 진심으로 대하는 올케에게 깊은 감동을 받곤 한다. 시누이들에게 친정 어미처럼 이것저것 챙겨주려고 애쓰는 걸 보면서 손아래 올케를 진심으로 좋아하고 위해 준다. 오남매가 서로 우애하며 양보하는 마음 씀씀이가 고맙고 흐뭇하다. 험하고 힘든 인생길을 허덕이며 살아왔지만 착한 자식들과 며느리가 있어 나는 복 많은 여인이요 행복한 사람이다.

어머니, 다녀올게요, 오늘도 씩씩하게 인사하며 출근하는 며느리에게 코로나19 때문에 걱정스레 배웅한다.

"답답해도 마스크 절대 벗지 말고 매사 조심하거라."

큰딸 정아에게

사계절 중 유난히 가을을 좋아하던 나에게, 시월 하순 어느 멋진 날, 너는 꼬박 이틀 동안의 진통 끝에 울음소리도 낭랑하게 태어나 첫 딸로 내 품에 안겼다. 눈도 못 뜬 채 입을 오물거리는 너를 안고 이 어미는 눈물을 흘렸단다. 기쁨과 두려움이 반씩 섞인 눈물이었을 게다. 준비도 안 된 어린 나이에 엄마가 되었다는 두려움과 내 뼈와 살을 가르고 건강하고 예쁘게 태어나 내 것이 생겼다는 유대감이 가슴에 물밀듯 덮쳐왔단다.

가난한 집 장손인 아빠와 스물세 살의 철없는 시골 여교사인 엄마의 딸로 너는 태어났다. 교통이 원활하지 못한 시골 학교에 근무했기에 의사도 없이 외할머니가 탯줄을 잘라주었다. 너를 안고서, 어떤 고난과 어려움이 닥치더라도 너를 사랑스럽고 귀한 자식으로 눈물 흘리게 하지 않고 곱게 키우리라는 다짐을 하고 또 했단다.

너는 어려서부터 '아니오' 라는 말을 모른 채 말을 잘 듣는 순하고 착한 아이로 자라주었다. 줄줄이 두 살 터울로 태어난 여동생 셋과 열 살 터울 남동생에게는 바쁜 엄마 대신 거의 엄마나 다름없는 큰 언니요 큰누나였다. 눈물 없는 행복한 딸로 키우리라는 내 각오와는 다르게 너는 동생들 잘못까지도 대신하느라 늘 눈물을 달고 사는 사람이 되었지. 울보라는 별명을 얻으면서까지 동생들을 보호하고 돌봤으며, 학교에서는 어려운 친구를 도맡아 도와주는 착한 아이였다. 주변 사람들은 너를 천사라고 했고 내게는 참으로 든든한 딸이었다.

한글을 읽기 시작하면서부터 책 읽기를 좋아하더니 백일장 대회에 나가서는 언제나 상장을 휩쓸었다. 말 수 없고 책을 좋아하는 아이였다. 냄새 나는 시골 변소에까지 책을 치마폭에 숨겨 가지고 가서 읽어대는 책벌레였다.

네가 중학교에 다닐 때였지. 등굣길에 큰 돈뭉치를 주워서 파출소에 갖다 주었는데 경찰이 학교에 연락해서 선행 학생으로 표창할 때까지 집에서는 아무도 모르는 일이어서 어리둥절했단다. 너는 집에서나 학교에서나 자랑을 하지 않는 아이였고 조용하고 겸손한 아이였다.

시골 여고에 장학생으로 입학하여 네 꿈이나 적성과는 거리가 먼 이과 반에서 공부를 하게 한 어미의 선택을 평생 동안 후회했단다. 맏딸이어서 경제적으로 독립할 수 있는 약사가 되었으면 하고 바랐던 속된 욕심으로 자식의 진로 결정에 억지를 쓴 못된 엄마였단다.

그러나 너는 혼자서 꾸준히 대학 학보에 글을 쓰고 작가로서의 꿈을 키워나가고 있었음을 나중에 알았단다. 네 글을 지켜본 서울 소재 잡지사를 경영하는 교수님이 졸업과 동시에 너를 보내주기를 간곡히 청했지만 다 큰 딸 객지에 못 보낸다는 아빠의 반대에 얼마나 속이 타고 낙담이 컸겠니. 날마다 작업복을 입고 넓은 시골집 마당에 돋아

난 풀을 매며 말이 없는 너를 보면서 저러다 벙어리가 되는 게 아닌가, 피가 마르는 듯했단다. 다행히 완고한 네 아빠를 눈물로 설득해서 겨우 너를 상경시켰지. 그때가 네 일생 중에서 가장 자유로운 시기였을 게다.

네가 만약 연애라도 해서 공부를 소홀히 하면 네 아빠 성정에 네 동생들을 대학에도 안 보낼 테니 동생들 앞길을 막지 말라는 이 어미의 다짐에 데이트 한 번도 못해본 너였을 것이다. 부모의 그늘을 벗어나 이제 막 얻은 자유마저도 오래 가지 못했다. 아빠는 아빠 친구의 소개로 만난 미국에서 온 총각이 너와 결혼하고 싶어 한다는 말을 듣고 너에게 시집가라고 권했지. 교육자로 평생을 살아온 부모의 눈이 정확하니 믿어라, 네 마음을 힘들게 하거나 몸 고생을 시킬 인물은 아닌 것 같다며 나도 너를 설득했다. 네가 얼마나 황당했으면 미 대사관에 선서하러 가는 날 몰래 몸을 숨기는 모험까지 했겠니. 한 번도 부모의 뜻을 거스르지 않고 착하게 살아준 너였는데, 처음으로 부모에게 반기를 들어 가족들 모두 경악했지.

날마다 개만 컹컹 짖어대어도 네가 나타나기만 하면 사달을 내겠다고 벼르는 네 아빠 곁에서 그때 이 어미가 할 수 있는 것은 하나님께 매달려 기도하는 것뿐이었단다. 너를 다시 볼 수 없을지도 모른다는 두려움에 피가 마르는 듯했다. 내 평생 온갖 궂은일 다 겪으면서 살았지만 그때는 정말 하늘이 무너져 내리는 듯 절망스러웠단다.

너는 다행히 돌아왔어. 부모님 뜻에 따르겠다는 너를 안고 얼마나 울었던지. 미국 총각의 진심과 정성에 감동해서 너는 1년 후에 결혼하고 이민 가방을 끌고 미국으로 떠났지. 절대로 울지 않겠다고 다짐하고 또 다짐했건만 공항에서 울먹이며 떠나는 네 뒷모습을 보며 이 어미는 창피한 줄도 모르고 목을 놓아 울었단다.

내가 울면 같이 울어주고 내가 시름에 잠길 때면 따뜻하고 지혜로운 말로 위로를 해주던 너였다. 살림하랴 직장 생활하랴 힘들어하는 이 엄마를 늘 다독이고 안아주었던 너였다. 동생 젖 먹이며 책을 읽는 이 어미 옆에 누워서 책 뒷장을 읽는 너였고 그 깊은 눈으로 "우리 엄마 좋은 엄마!" 하면서 용기를 주었다.

미국 이민 생활이 어찌 편안하기만 했겠냐. 너는 엄마의 마음을 아프지 않게 하려고 늘 잘 지낸다고만 했다. 속 깊고 착실한 남편과 마음씨 무던한 시부모님 사랑을 받으며 잡지사 기자로 근무하면서 행복하게 지낸다고 했지. 정 많은 네가 친정 식구 그리워 향수병에 시달리며 산타모니카 바닷가에 나가서 한나절을 목 놓아 울다 돌아왔다는 글을 네 수필집에서 읽고 나에게 큰 기둥 같은 너를 이역만리 먼 타국으로 쫓아버리다시피 한 이 어미 가슴은 천 갈래 만 갈래로 찢어지는 듯했다.

살기 위해 글을 썼다는 내 딸아. 남들은 네가 작가가 된 것을 축하하고 부러워하지만 이 어미에겐 네 글이 피맺힌 절규 같아서 읽을 때마다 눈물을 흘리며 읽고 또 읽는단다. 밤잠 못자고 컴퓨터 앞에서 글을 쓰는 네가 얼마나 안타까운지 모른단다. 엄마에게 글쓰기를 권유하며 용기를 준 너에게 뒤늦게나마 글로 속풀이를 할 수 있는 기회가 주어져서 감사하다.

얼마 전 인문학 강의를 듣는 중이었단다. 무수한 별이 떠있는 화면 밑에 의자를 놓고 눈을 감은 다음 그 의자 밑에 앉은 사람이 누구인지 떠올리며 대화를 나누라는 주문이 떨어졌단다. 한밤중에도 잠 안 자고 의자에 앉아 있는 너를 떠올리며 편지글을 써 보았단다.

정아야, 지금 그곳은 밤이겠지? 지구 반대 편 미국 땅에서 홀로 명상에 잠긴 네 모습이 선히 보이는 듯하구나. 지금 이 시간 컴퓨터 앞에서 밀린 원고를 쓰고 있을까? 아니면 시간 가는 줄 모르고 독서삼매경에 빠져있을까?

밤잠을 줄여가며 글쓰기에 여념이 없는 네 모습이 때로는 측은하기도 하고 때로는 좋은 글을 쓰기 위해 노력하는 네가 장하다는 마음이 들기도 한단다. 살기 위해서 글을 쓴다는 너에게 부디 글 쓰는 일에 행복하라고 응원할게.

작가로서의 명성보다 네 자신의 존재가치를 글 쓰는 작업에 맡기며 천직으로 받아들이기까지 산고를 수없이 겪었을 너를 생각할 때마다 이 어미는 안타까움으로 가슴이 미어질 때가 많구나.

저 광대한 우주의 수많은 별 중에 홀연히 내 품으로 날아와 안긴 내 딸아, 저 별처럼 빛나는 삶을 살거라. 어두움을 비추는 별처럼 누구에겐가 희망을 주는 따뜻한 사람이 되거라.

너는 내 인생에 빛이 되어 준 별로 날아와 살아 숨 쉬고 있단다.

2019년 7월 10일
〈마음자리 글 자리 내면 치유 글쓰기 수업〉 중

장하고 착한 내 딸아! 너는 모든 사람들에게 사랑받기 위해 태어난 사람이다. 네 분신과 같은 삼남매를 훌륭하게 키웠으니 너는 만인이 부러워하는 여인이란다. 후세에도 추앙받는 훌륭한 작가로서 여생도 성실하고 바른 삶을 살기를 바란다. 너에 대한 아득한 그리움이 사무쳐 하늘까지 닿을 때가 있다. 추억은 고통스러운 것일수록 아름답다고 하더구나. 네 생일을 맞아 저 티 없이 맑고 투명한 하늘에 보고픈 마음 훨훨 띄워 보낸다.

건강하게 잘 살아라. 사랑한다, 내 딸아!

무지개 생일 떡

어머니는 해마다 우리 자매의 생일이 되면 무지개떡을 해 주셨던 기억이 생생하다. 꽃가루, 치자물, 쑥가루 등, 자연에서 채취한 것에서 색을 내어 하얀 쌀가루와 섞어 체에 밭친 다음 시루에 켜켜이 놓아 쪄낸 예쁜 떡이었다. 무지개처럼 고운 삶을 살기를 염원하며 자식들 생일에 무지개떡을 해 주신 것이다. 여자는 결혼하면 생일 찾아 먹기가 힘들다고 하시며 생일 떡을 꼭꼭 챙겨 만들어 주셨다. 떡시루에서 꺼낸 떡을 소반에 통째 올려놓고 촛불을 켜 주셨다.

결혼 전에는 집안 행사가 많은 까닭에 일 년 내내 떡이 집안에서 떠나지 않았다. 큰방 아랫목엔 엿 단지가 놓여있고 강정 같은 먹을거리가 많아 풍요로운 유년 시절을 보냈다. 그러나 그렇게 많은 군것질거리 중에서도 지금까지 잊히지 않는 것은 어머니가 해주시던 생일 무지개떡이다. 의미 있는 추억이 담긴 떡이어서 그런 것 같다. 아련한 추억 속에 떠오르는 내 생일상은 어머니의 무한한 사랑과 정성이 깃든 음식으로 뇌리에 남아 있다. 어머니가 세상을 떠나고 안 계시니 더더욱 그 생일 떡이 회한과 그리움으로 다가온다.

나 또한 결혼해서 자식들의 생일엔 어머니가 하셨던 것처럼 무지개떡을 해주었다. 식용 색소가 나와서 어머니가 만드셨던 자연의 무지개떡은 아니지만 더욱 다양하고 선명한 색깔에 설탕으로 버무려서 달착지근하게 만든 무지개떡은 아이들에게 인기가 많았다.

객지에서 공부하던 딸들이 제 생일만 되면 전날 밤차를 타고 집에 찾아왔다. 엄마가 해주는 무지개 생일 떡 먹으러 왔단다. 직장 생활에 바빠서 미처 준비를 못했다가 한밤중에 생일 떡 하느라 허둥거리기도 했지만 기분이 좋았다. 몇 년 전 막내딸 생일 무렵 생일 떡 보내줄게, 전화했더니, "엄마, 무지개 떡 만들어 보내주세요. 직원들과 나눠 먹게요." 한다. 딸도 나처럼 생일이면 먹던 무지개떡에 대한 그리움이 있었나보다.

요즈음 TV 프로그램에는 각종 음식을 소개하고 먹어보는 먹방 장면이 유난히 많다. 전 국민의 음식이 된 라면만 해도 그 종류가 수십 가지라 한다. 요리사가 인기 직종이 된 것도 이상할 게 없다고 생각한다. 먹는 것에 관심이 많다는 것은 사회가 그만큼 풍요로워졌다는 의미이기도 하다.

미국 여행 중 풀코스 요리로 일식과 중식을 4시간 동안 먹어보기도 했지만 옛날 어머니가 해주신 음식 맛은 어디서도 만날 수 없다. 동치미, 갓김치, 배추포기 김치, 아삭아삭한 총각 무김치……. 시시때때로 인절미를 만들기 위해 기운 좋은 머슴들이 웃통을 벗고 떡판에 메를 치던 모습이며 추석 송편을 빚느라 떠들썩하던 잔칫집 분위기를 이제 어디 가서 볼 수 있으랴. 해마다 생일이 되면 케이크에 촛불을 켜고 생일 축하 노래를 듣는 것으로 나이만 채워가는 느낌이다. 시끌

벅적하게 떡을 만들어 먹던 옛날의 추억이 더욱 그립다.

일제 강점기에 배고파서 살 길 찾아 만주벌판으로 향했던 동포들이 몇 세대가 지난 지금도 고향을 그리며 설날이면 떡을 빚고 한복을 곱게 차려입고 아리랑을 부른다고 한다. 가슴이 찡할 뿐이다. 우리 조상들의 정겹고 따뜻했던 삶의 방식이 문명의 홍수 속에 묻혀 사라져 가는 듯해서 안타깝다.

역사나 추억은 간직하여 교훈으로 삼되 온갖 문명의 혜택을 누리는 오늘을 감사하며 슬기롭고 기쁘게 살아가야겠다. 어제가 있었기에 오늘이 있고 오늘이 있기에 내일이 있으므로.

방문객

단풍이 곱게 물든 가을에 미국에 살고 있는 큰딸 내외가 한국을 방문한다고 했다. 딸이 좋아하는 나물을 씻고 데치면서 만남에 대한 기대로 즐거웠다. 곧 만난다 생각하니 더욱 그리웠다.

사위는 오랜 미국 생활 습관이 몸에 배어 책상다리 자세로 앉는 것이 가장 큰 고역이라고 했다. 처가의 생활환경이 아파트로 바뀐 것이 가장 반가웠을 것이다. 한국에 나와 사는 게 어떠냐는 권유에 딸 내외는 모국이 좋기는 하지만 역이민은 어려울 것 같다고 한다. 한국 문화에 적응하기가 힘들 것 같단다. 미국에서 태어난 세 자녀 교육이 어려운 점도 있을 것이다.

간단한 저녁 상차림이었지만 방문객들에겐 감격스러운 밥상이었나 보다. 똑같은 채소인데 한국 나물은 어찌 이렇게 연하고 고소하고 맛이 좋으냐며 매 끼니마다 반찬 그릇을 깨끗이 비웠다. 오랜만에 가족이 모여 집밥을 먹는 것도 그렇고 맛깔스러운 전라도 김치 맛이 그동안의 향수병을 달래주었으리라.

방문객을 맞는 준비는 설렘과 즐거움을 동반한다. 손님맞이를 위해 대청소를 하고 침구도 깨끗이 준비하고 방문객이 좋아하는 음식을 만들면서 즐겁고 들뜬 마음으로 고된 줄도 모른다.

어렸을 적 아버님이 거처하시던 사랑채에는 언제나 내방객이 끊이지 않았다. 손님 수발을 드는 찬모나 하인들은 늘 바빠 보였다. 안채에는 여자들만 살고 있었는데 어쩌다 뜰에서 마주치는 손님들은 비슷비슷한 선비풍의 모습이었다. 가끔 시조를 읊거나 한지에 글을 남기고 가시는 분도 계셨다.

지금은 가족이 주된 방문객이어서 더 정답고 기다려지는 손님이 되었다. 딸들이 데려오는 어린 손자들이 기어 다니며 행여나 먼지 낀 곳에 손이 닿을세라 구석구석 청소하며 기다리던 때가 가장 행복한 시간이었던 것 같다.

이제 자식이 제일 큰 손님이 되었다. 동창들 모임에서 이구동성으로 하는 말이 명절이나 집안 행사에 자식들이 다녀가면 병원에 가서 링거를 맞는다고 한다. 대청소와 빨래, 음식 장만으로 몸살이 나기 때문이란다. 특히 며느리에게 흉잡히는 시어미가 될까 봐 더 조심스럽다고 한다. 딸집에는 허물없이 가는데 아들 집에는 며느리가 조심스러워 못 간다고 한다. 어른이 공경 받는 시대는 지난 것 같다. 서양처럼 부부 중심의 가정이 되어가고 있다. TV의 많은 연속극에서는 대가족이 알콩달콩하며 살아가는 모습을 그리고 있다. 대가족 제도가 희망 사항이기 때문일 것이다.

미국에 사는 동창이 전주에 오면 우리 집에서 하룻밤 묵고 간다. 오랜만에 만나 식사 한 끼만 하고 보내기엔 너무 아쉬워 붙잡곤 한다. 나는 아들네와 함께 살고 있어서 손자들까지 북적이는 집이다. 친구는 호텔에 묵는 것이 더 편하겠지만 그래도 우리 집에 머물게 한다. 밤새워 쌓인 얘기를 나누기에는 내 집 안방이 더 편할 것 같아서다. 깔깔대며 웃다가 어느 순간 고생했던 얘기에 눈물을 흘리기도 하면서 밤이 깊도록 얘기꽃을 피운다. 다음날에는 친구들 몇몇이 모여들어 함께 정담을 나누곤 한다.

방문객은 손님이다. 내 가족이 아니기에 어려운 사람이기도 하다. 상대방이 부담스러워하면 그 또한 편한 방문객이 아니다. 나는 친구나 자식들이 오면 편한 마음을 갖도록 잠자리에 들 땐 내 옷을 꺼내 입히고 특별히 신경 쓰거나 요란을 떨지 않는다. 그 어떤 융숭한 대접보다도 마음이 푸근하고 편해야 할 것 같아서다.

내가 방문객이 되어 자식들이나 친구 집에 갔을 때 나를 맞는 그들의 마음도 나와 같을까 생각해 본다. 환영받는 방문객이 되어야겠다는 마음도 들고 짐이 되는 객 노릇은 하지 말아야겠다고 다짐한다. 나이를 의식하는 처지가 되고 보니 더더욱 자식 집을 방문하는 일에 생각이 많아진다.

친구들과의 타지 여행은 흉허물이 없고 편해서 더 좋은 것 같다. 동창생이 모이면 "자식들 집에 가도 편치 않아. 우리끼리 하는 여행이 최고야." 하는데 모두 뜻이 같다. 내 집을 찾은 방문객 중 형체도 없고 예고도 없이 찾아오는 병마라는 방문객만 아니라면 그 어느 방문객도 반가울 것 같다. 무료한 나날에 활력소가 되기도 하니까.

봄이 꽃망울을 터뜨리며 성큼 다가왔다. 미국에 사는 친구가 온다는 소식이 있으려나, 매일 카톡을 보내는 서울 친구가 내 집을 찾으려나, 하염없는 기다림에 사슴 목이 된다.

딸의 눈물

정신이 몽롱한 가운데 흐느껴 우는 소리와 함께 내 뺨에 뜨거운 눈물이 떨어지고 있었다. 누군가 내 얼굴을 비벼대며 서럽게 울어대는데 꿈속에서 깨어날 때처럼 정신이 조금씩 드는 것이었다. 엄마 정신 차리세요, 하며 막내딸이 나를 안고 애처롭게 울고 있었다. 그때서야 수술하러 들어갔던 기억이 되살아났다. 내가 죽지 않고 살았구나.

하나님 감사합니다. 나를 살게 해 주셔서 감사합니다. 내가 죽었더라면 예쁜 넷째 딸이 얼마나 서럽게 울었을까 생각하니 가물가물한 가운데 정신을 차려야겠다는 마음이 불쑥 솟았다. 평소에 이지적이고 말수가 적어 어미지만 어려워서 쉽게 다가갈 수 없는 딸이었다. 수술 날짜를 받고나자 딸내미는 커다란 여행 가방을 끌고 내려왔다. 직장도 쉬고 엄마 간병하러 왔다는 딸아이의 애틋하고 간절한 마음을 읽을 수 있었다.

둘째와 셋째 딸이 차례로 달려들어 울면서 엄마 살아줘서 고마워요, 한다. 세 딸들이 얼굴을 내게 가까이 내밀며 제가 몇째예요? 하고 물어댄다. 그리고는 큰딸부터 넷째 딸까지 형용사를 붙여 말해보란다. "첫째는 너무 보고 싶은 딸, 둘째는 제일 똑똑한 딸, 셋째는 내 속에 있는 말 다 들어주는 딸, 넷째는 너무 이쁜 딸." 넷째 막내딸이 외동아들에 대해서 묻는다. 나도 예상치 못한 말이 튀어나왔다. "말하기 싫다. 기억하기 싫다. 왜 자꾸 기억하라고 하는 거니." 부실한 몸에 심한 고생을 하는 아들이 안타까워서 엉겁결에 나온 말이리라. 그 말을 듣고 이쁜 막내딸이 돌아서서 눈물을 흘렸다고 한다.

세 딸이 번갈아 가면서 비척거리는 내 팔을 껴안고 병실 복도에서 걷는 연습을 시켰다. 열 바퀴를 세면서 돌았는데 여섯부터는 더듬거렸다. 기억력이 완전하지 못해서다. 자꾸만 손가락을 세어보라고 한다. "우리 엄마 장해요, 잘했어요." 자꾸자꾸 칭찬하며 어린 딸에게 걸음마 시키는 엄마처럼 굴었다. 나중에는 하도 성가셔서 한마디 했다. "나 다 알어. 귀찮아 죽겠구만 왜 자꾸자꾸 손가락을 세라고 하니. 나 안 할래. 옆 침대 할머니는 편안하게 누워서 잠만 잘 자는데 왜 이렇게 귀찮게 하는 거야." 내가 한 말을 딸들이 가족 단톡방에 올려 한바탕 웃었다고 한다.

미국에 있는 큰딸은 내 수술 소식을 듣고 안타까워서 발을 동동 굴렀다. 코로나 바이러스 때문에 한국에 올 수가 없어서다. 온다 해도 바이러스가 창궐하는 곳에 사는지라 2주 간 격리해야 하고 정부 방침에 따라 온 식구들이 오고가며 검사를 받아야 한다. 수술 준비에 집중해야 하는 터에 상황을 번거롭게 만들어 오히려 불청객이 될 수 있으니 오지 말라고 동생들이 말렸다 한다. 오지 못하고 만나지 못해 얼마나 애가 탔을까. 수술 전 딸은 울면서 말했다. "엄마, 내가 엄마

다시 만나야 하니까 꼭 살아나셔야 해요." 딸아이의 뜨거운 눈물이 전화기를 타고 내 가슴에 전해왔다. 오히려 내가 안심을 시켜주었다. "씩씩하게 수술 잘 받고 나올 테니 걱정하지 말고 너나 조심해라." 정말 그랬다. 자식들 눈에서 뜨거운 눈물 빼지 않으려면 꼭 살아야겠구나, 결심했다. 딸 넷이 하나같이 엄마 살아줘서 고맙다고 한다. 만일 엄마가 깨어나지 못했으면 다 제 불효 탓인 것 같아 살아갈 자신이 없었을 거란다.

80세가 넘도록 건강하고 자유스럽게, 노후 삶을 행복하게 살았다고 생각했으므로 생에 대한 미련이나 애착은 없었다. 편안한 마음으로 눈을 감을 수 있을 것 같았다. 딸들이 울어대며 온 마음을 다하는 모습을 보면서 내가 아직은 살아 있는 것이 자식들을 위해 다행이라고 여겨 감사했다. 교직에 있는 둘째 딸은 주말마다 내려와 동생들과 교대하며 나를 돌보아주었다. 전직 간호사였던 셋째 딸은 큰 농장 일을 제쳐놓고 내 간병에 나섰다. 집을 오래 비우는 바람에 농작물 돌보는 일에 소홀했던 모양이다. 큰 비바람에 쓰러진 고추나무 때문에 얼마나 애가 탔을까 생각하면 미안한 마음이 크다. 아들은 딸들처럼 울지는 않지만 어미를 바라보는 두 눈에 염려와 슬픔이 가득 차 있었다.

무자식이 상팔자라 하지만 자식들이 내 편이 되어 줄 때 유자식 상팔자란 말이 공감이 간다. 수술 후 통증도 있고 이삼일 동안 관장 받느라 고통이 심할 때마다 이것 또한 지나가리라는 솔로몬의 명언을 되뇌곤 했다. 물리치료를 받을 때는 자전거 페달을 힘겹게 돌리며 '여호와는 나의 목자시니…', 시편 23편 찬송가를 부르며 시간을 채

웠다.

내가 살아있음에 이처럼 감사해 본 적이 없었던 것 같다. 통증 때문에 밤에 잠을 못 자고 밭은기침이 나올 때마다 수술 부위가 찢기는 듯한 고통으로 참기 힘들었다. 그러나 예수님의 십자가상의 고통에 비하면 아무것도 아니라는 생각이 들고 자식들이 울며불며 살려냈는데 이 정도의 고통에 넘어지면 안 되지, 진통제나 수면제에 의존하지 말자 생각했다. 아픈 만큼 회복도 빠르리란 믿음이 있기에 견딜 수 있었다.

병원에서 퇴원을 독촉했다. 안전을 위해 요양병원으로 가겠느냐는 자식들의 물음에 집으로 가겠다고 단호히 말했다. 며느리가 있는 집이 나에겐 천국이란 믿음이 확고했기 때문이다. 나중에 들은 얘기지만 수술 후 중증환자가 요양병원에 들어가면 그곳에서 생을 마감하는 예가 많다고 한다. 스스로 움직이며 재활에 힘쓰기보다는 우선 편안한 생활 방식을 고수하게 되기 십상이어서라고 한다.

베테랑 간호사인 셋째 딸은 "우리 엄마 백 점짜리 엄마."라며 내 결정을 감격스러워 한다. "정밀 검사 결과 대동맥 판막뿐만 아니라 승모판도 상태가 좋지 않아 교체해야 할지 모르겠다, 오랜 기간 동안의 혈액 역류로 인하여 좌심실 근육도 비대해졌다, 기왕 심장을 여는 김에 모두 손을 보아야 할 것 같다, 자연히 수술 시간이 길어질 터인데 젊은 사람들은 문제가 없지만 80 고령에 당뇨와 고혈압 등 지병이 있어서 이겨낼까 염려가 된다."는 의사의 말을 듣고 셋째는 나 몰래 화장실에 숨어 펑펑 울었다 한다. 딸은 수술 동의서를 작성하면서 의사에게 물었다 한다. "테이블 데스(table death), 수술이 실패할

확률은 어느 정도입니까?" 그 말을 물을 때 딸이 얼마나 고통스러웠을까 생각하니 지난 일인데도 내가 눈물이 난다. 의사가 "그런 경우는 한 건도 없습니다. 오히려 수술 후 중요한 고비가 올 수 있습니다."라는 말을 전해 듣고 그나마 안심했다 한다. 운동을 많이 하고 건강한 식생활로 자기 관리를 잘 하는 엄마가 잘 이겨내리라는 믿음이 있었다 한다. 8시간 동안 심장을 멈추고 기계에 걸어 혈액 순환을 시키면서 이루어진 대수술이었다.

나는 지금 어느 정도 수술 후유증에서 벗어난 것 같다. 나중에 들으니 기계에 걸어 혈액 순환을 하면 혈액 생성이 원활하지 못해서 헤모글로빈이 힘이 없다고 한다. 당연히 입맛이 없고 여러 부작용에 쉽게 노출된단다. 나도 크게 작게 수술 후 찾아오는 후유증을 겪었다. 폐에 물이 차고 몸이 붓고 어지러워서 며칠 동안 힘든 시간을 보내기도 했다. 그때그때 상황에 따라 대처하느라 두려움 없이 지나온 것 같다. 셋째는 간호사라 아는 것이 병이라고 남몰래 마음고생을 많이 했다. 나나 가족에게 힘들다는 말을 한마디도 하지 않고 인정머리가 없다고 느낄 정도로 나에게 밥을 먹이고 운동을 시키는 동안 자매들이 오해를 하지 않을까 싶어 많이 고달프고 외로웠다고 한다.

자식들을 위해서 살아난 것이 한없이 감사하다. 수술 들어가기 전에 사다 심은 베란다의 보랏빛 양난이 예쁜 모습으로 눈에 들어오고 창 너머로 보이는 하늘과 구름이 오늘따라 더욱 예뻐 보인다.

사모곡

어머니, 잠 못 들어 뒤척이는 이런 밤이면 어머니의 곱고 단아하신 생전의 모습이 떠올라 그리움에 목이 멥니다. 이른 새벽에 일어나 피마자기름을 머리카락에 꼼꼼히 발라 곱게 빗어 넘긴 다음 은비녀로 쪽을 지은 낭자머리가 아련히 떠오릅니다. 몸져누운 일여 년 동안 어머니를 모시던 막내 동생이 어머니 머리를 짧게 자르고 나서 통곡했다던 심정을 누구보다도 절감합니다.

마음씨 · 솜씨 · 맵씨를 삼씨라 한다지요. 삼씨를 다 갖춘 분으로 칭송받으시던 어머니, 문기열(文基烈) 여사. 여름이면 모시 적삼에 날아갈 듯 옥색 치마를 곱게 차려입은 어머니의 모습은 어린 나에겐 천사가 따로 없었지요. 집에 침모가 많았지만 아버지와 우리들 옷은 손수 바느질하고 다듬이질 하시던 어머니였습니다. 어머님이 지어주신 누빈 색동옷은 보는 사람마다 칭찬을 아끼지 않았지요. 늘 어머니가 자랑스러웠습니다. 저는 학교에서 돌아오면 세라복을 벗고 어머니가 곱게 지어주신 색색의 명주치마 저고리를 입고 행동이 부자연스러워 흙 놀이 한 번 못해보고 유년 시절을 보냈습니다. 세상 밖을 모르는 우물 안 개구리처럼 살았습니다. 초등학생 시절 선생님 질문에 손 한 번 들지 못한 숫기 없는 아이였습니다.

정오가 되면 어김없이 전주 풍남 초등학교 운동장 가에 세워진 지프차 주위에 아이들이 모여들어 와글거렸지요. 그때 당시는 자동차가 귀했던 시기여서 신기한 물건이었어요. 교실 앞에서 기다리던 아버지 비서가 내 손을 잡고 차 주변을 둘러싸고 있는 아이들을 헤치고 나를 차에 태우면 나는 창피하고 부끄럽기만 했어요. 집에 돌아오면 어머니에게 차 보내지 말라고 투정을 부리던 철없고 수줍은 여자아이였지요.

해방과 6 · 25 전쟁이 빚은 격동의 세월 속에서 천석꾼 마나님이 몰락한 아낙네가 되어 숨어사셨던 어머니. 아버지가 북에 납치되고 빨갱이 가족이란 누명으로 재산도 몰수당한 처참한 상황 속에서 바느질로 우리 오남매를 키우신 어머니였습니다. 궂은 음식, 험한 옷 안 입히고 아버지가 돌아올 날만 기다리신 어머니. 끼니때마다 아버지 주발에 따뜻한 진지를 떠놓았다가 늘 그 식은 밥을 드셨던 어머니. 객지에서 아버지가 행여 배고프실까 봐 그렇게 하신다는 것을, 그 눈물겨운 정성을 알기에 우리는 지켜볼 수밖에 없었지요. 언제라도 그때 생각이 떠오르면 가슴이 아려옵니다.

어린 시절, 큰 대문 밖을 못 나갔던 내가 어느 날, 바깥이 궁금해서 몰래 대문 밖에 나간 적이 있었지요. 양재기와 양푼을 든 사람들이 집 앞에 줄지어 서 있는 것이 신기했습니다. 흉년이 들어 보릿고개를 넘기기 힘든 사람들에게 매일 아침 큰 가마솥에 밥을 지어 나눠 먹인다고 하셨습니다. 동네 사람들은 제가 어머니를 닮았다며 예뻐해 주셨습니다. 어머니의 선행 덕에 제가 칭찬을 받곤 했지요. 종전 후 어렵고 배고프던 시절에도 내일 먹을 양식을 헐어 굶주린 이웃들에게 나눠주시던 어머니를 우리는 때로 딱한 얼굴로 바라보기도 했습니다.

언제나 인자한 모습으로 큰 소리 한 번 안 내고 우리를 다독이시던 어머니. 철들어 시골 학교로 발령받아 사회생활을 처음 시작하면서 시골 아낙들의 거친 말과 욕설에 깜짝깜짝 놀랐던 적이 많았습니다. 우리를 잡초처럼 강하게 키우셨더라면 세상을 보는 눈이 달라지지 않았을까, 늘 당하고만 살지 않고 좀 더 당당하고 지혜롭게 살지 않았겠는가 생각해 봅니다. 한때는 착하기만 한 어머니를 답답하다고 여긴 못된 딸이기도 했습니다. 못되면 조상 탓한다고 나의 어리석음을 탓하기 전에 강하지 못한 어머니를 살짝 원망하는 마음이 들기도 했었으니까요.

어머니 뜻을 거슬러 본 일 없던 이 딸이 장래가 불투명한 남자와 결혼한다고 했을 때, 어머니 억장이 얼마나 무너졌을까요. 생각할수록 불효막심한 이 딸은 가슴이 찢어질 듯합니다. 고통의 늪에서 헤어나지 못한 삶을 살아오면서 어머니께 불효한 죗값을 치르고 있다는 속죄의 마음으로 그 험한 세월을 견디었습니다. 어머니 딸답게 바르고 착하게 살려고 무던히 애쓰면서요. 오남매의 어미가 되어 어머니가 세상을 떠나신 나이가 된 지금, 굴곡 많은 내 삶의 여정을 돌아봅니다. 나는 과연 어머니처럼 좋은 어머니인가를 돌이켜보면 한없이 부끄럽고 지난 세월이 후회스럽기만 합니다. 효자 효녀라고 소문이 자자한 내 자식들이지만 아이들이 무심히 던진 말 한마디에 마음이 섭섭해서 밤새 울었던 적이 있었지요. 그럴 때면 명치를 때리는 깨달음이 나를 채찍질이나 하듯 어머니 모습을 떠올리곤 또 한 번 소리죽여 웁니다.

평생 동안 아버님이 돌아오실 거라는 희망을 버리지 않았던 어머니. 휴전선이 얼마나 무서운 장벽인가를 모르는 분이었기에 아버지만 돌아오면 부귀영화를 다 찾을 거라는 소망을 품은 채 고생스럽다는 한탄 한 번 하지 않은 어머니였습니다. 인고의 긴 세월을 사신 어머니. 쉬지 않고 불어 닥치는 폭풍의 늪에서 몸도 마음도 시퍼렇게 멍든 이 못난 딸을 못 잊어 숨이 넘어가면서도 자꾸만 내 이름을 부르셨다고요.

성경 전도서를 펼칩니다. "지킬 때가 있고 버릴 때가 있으며 찢을 때가 있고 꿰맬 때가 있으며 사랑할 때가 있고 미워할 때가 있으며……." 해마다 철 따라 꽃이 피고 지듯 인생도 언제나 좋은 일만 있는 것은 아니지요. 인생에서 직면하는 다양한 양면성에 대한 예증을 소개한 글을 묵상합니다.

어머니, 이 딸은 이제 평온을 찾고 행복하게 살아갑니다. 신은 어머니의 어리석고 가여운 딸을 버리지 않고 사랑하고 도와주십니다. 어머니의 딸로서 부끄럽지 않도록 바르게 살겠습니다. 어머니를 향한 그리움의 진혼곡을 보랏빛 바람에 실려 보냅니다. 부디 편안히 잠드소서.

큰 스승 나의 어머니

내 인생에서 가장 큰 가르침과 본을 보이신 분은 나를 낳아주신 어머니다. 무학이었던 어머니는 학문으로 직접 가르침을 주지는 않았지만 옳고 그름이 어떤 것인가를 행동으로 보여주신 분이었다. 여자의 도리가 어떠해야 함을 당신의 삶 속에서 본을 보임으로 깨달음을 주셨다. 학교 교육과 책을 통해 큰 감동을 받고 좋은 스승들을 만나 인격 형성에 많은 영향을 받았지만 가장 큰 멘토가 되어 준 분은 나의 어머니다. 바르게 살아라, 험한 말 입에 담지 마라, 거짓말하면 안 된다고 직접 말씀하신 적은 없지만, 사람이 어떻게 사는 것이 바른 삶을 사는 것인가를 어머니를 보고 자라면서 스스로 몸에 익혔기 때문이다.

아버지가 북에 납치되고 갑자기 가세가 기울어 생계가 막연할 때였다. 평소에 음식 솜씨가 뛰어났던 어머니에게 주위 사람들이 음식점을 해보는 게 어떠냐고 권유했다. 어머니는 과부가 밥을 팔면 술을 팔게 되고 술을 팔면 몸도 팔기 십상이라며 일언지하에 거절하셨다. 아버지의 명성에 누가 될까 봐 극히 행동을 삼갔고, 골방에 틀어박혀

재봉틀을 돌리며 우리 형제자매를 키우셨다. 새벽 일찍 일어나 낭자 머리로 곱게 단장하고 우리들 보는 앞에서 머리를 풀어헤친 모습을 보이지 않으셨다.

상스러운 욕설을 하며 큰소리 내는 어머니들을 처음 본 것도 내가 시골 학교에 발령받아 하숙했던 곳에서였다. 큰 소리 한 번 내지 않고 어떻게 우리 형제들을 키우셨는지 존경스럽기만 하다. 남동생들이 청년으로 자라가는 동안 어머니는 아무리 더운 여름에도 속옷 바람으로 자식들에게 맨살을 보인 일이 없었다.

결혼생활이 평탄치 못했던 내가 울면서 찾아가면 업고 있던 아이도 받지 않고 그 자리에서 내치셨다. 평소에 화낸 적 없던 분이 엄하고도 단호했다. 우리 가문에 열녀비 세운 조상은 있어도 여자가 이혼하거나 남의 첩으로 간 사람은 없다고, 더구나 저 좋아 선택한 남자이니 그 집 귀신이 되라면서, 남편은 하늘이라고 하셨다. 먹구름이 끼었다고 해가 없는 하늘이 아니다, 이웃과 시비가 있을 때 상대방 입장에 서보면 다툴 일이 없다며, 역지사지 뜻을 알려주신 분이다. 세상에 정말 용서받지 못할 일이 있다면 그건 바로 용서하지 못하는 것이라는 깨우침을 주셨다.

춘궁기의 배고픈 이웃들에게 밥을 지어 나누어 주시던 나의 어머니. 흉년이 계속된 전쟁 뒤에도 배를 곯는 이웃 아기엄마에게 당신 밥그릇을 내밀며 뒤돌아서 물로 허기를 달래던 모습으로 나를 울먹이게 하신 어머니. 대문 안에 들어선 어떤 객도 그냥 보내지 않고 음식과 옷을 챙겨주시던 어머니.

평생 흐트러지거나 험한 모습을 보인 적이 없는 내 어머니다. 곱고 단정하신 생전의 어머니 모습이 떠오르면 나이 들었다고 아무렇게나 행동하는 건 여자의 도리가 아니라는 생각으로 나를 추스른다.

젊은 날 벼랑 앞에 선 듯 막막할 때 버텨낼 수 있었던 것도 어머니가 평생 보여주고 실천했던 인내와 용서를 배웠기 때문이다. 자식을 위한 희생을 내세우지 않고 묵묵히 근면한 소처럼, 바위에 뿌리박고 우뚝 선 소나무처럼, 그렇게 살다 가신 어머니. 아버지를 기다리다 쓸쓸한 가슴을 부여잡고 서러운 나비가 되어 삶을 접으신 나의 어머니. 어머니를 닮은 사람으로 살겠습니다. 고운 말씨와 단정한 옷차림과 궁핍한 사람을 불쌍히 여기는 마음으로 어려운 이웃에게 손을 내미는 어머니의 모습 닮기를 소망합니다.

사부곡

나의 아버지는 4대 독자로 태어나셨다. 내 유년 시절 아버지는 범접하기 두렵고 엄격하신 분이라는 기억이 생생하다. 아버지가 기거하시던 사랑채에 불려갈 때면 가슴이 콩닥거리고 왠지 모를 두려움이 앞섰다. 생각해보면 어린 시절 꾸중이나 매 한 번 맞지 않고 자랐건만 우리 자매를 훈육하실 때의 그 엄한 모습에 압도당해 머리를 들어 아버지 얼굴을 제대로 쳐다보지도 못하고 뒷걸음질로 방을 나오곤 했다.

초등학교 시절 시험지를 들고 도장을 받으러 갈 때만 떨리지 않았던 것 같다. 100점짜리 시험지에 도장을 찍어주며 기특해 하시고 내 머리를 쓰다듬으며 "이 애가 사내로 태어났으면 가문을 이어갈 텐데." 하며 아쉬워하실 때마다 가슴이 뭉클 하곤 했다.

어머니의 실수를 나무랄 일이 있으면 "부인, 사랑채로 건너오시오." 하시며 우리들 앞에서 어머니를 하대하신 일이 없었다. 어머니의 심부름으로 찾은 사랑채는 묵향이 은은히 베어났다. 보료 위에 눈을 감고 가부좌한 채 묵상하는 아버지의 모습을 종종 엿볼 수 있었다. 가끔 붓글씨를 쓰는 아버지 옆에서 먹을 갈아드릴 때도 있었다. 서재엔 한문이나 일어로 된 장서가 빼곡히 정돈되어 꽂혀있어서 '나도 빨리 자라서 저 책을 읽어봐야지' 하는 호기심이 일곤 했다.

우리 자매의 단발머리가 눈 위를 덮으면 툇마루 의자에 앉혀놓고 하얀 가운을 씌운 뒤 손수 이발을 해 주셨다. 이발소에서 머리를 깎으면 불결해서 머리에 부스럼이 생길까 봐 이발소처럼 모든 기구를 준비해 놓고 손수 깎아 주신 것이다. 당시에는 머리에 기계독으로 고생하는 아이들이 많았다. 이리 기웃 저리 기웃 얼굴 봐가며 땀을 흘리며 가위질을 하실 때면 죄송하고 민망해서 몸 둘 바를 몰랐다. 이발을 마치면 "우리 딸 예쁘다."라며 만족해 하셨다. 이발이 끝나면 내 손위 언니는 안방에 돌아와 거울 앞에서 마음에 들지 않는다고 남몰래 흐느끼기도 했다.

바느질 솜씨가 뛰어난 어머니가 손수 지은 한복을 입으신 아버지의 모습은 풍채 좋은 선비였다. 사랑채엔 고매한 인품과 문장이 뛰어난 아버지에게 배움과 조언을 청하는 손님이 끊이지 않아 하인들은 손님 수발에 늘 종종거렸다. 외출할 때는 중절모에 신사복을 입으셨고 서울에 다녀올 때마다 내 선물로 책을 한 아름씩 사 오셨다. 내가 책과 친하게 된 것도 아버지의 서재에서 풍기는 멋스러움과 책 선물의 영향이 컸던 것 같다.

8 · 15 해방의 격동기에 정계에 나갔던 아버지는 6 · 25 전쟁 때 납북되셨다. 초대 국회의원이었고 민족주의자인 어른이 빨갱이라는 오명을 뒤집어쓴 시대의 희생자가 되었다. 백범 김구 선생은 아버지를 동생이라 호칭하시며 붓으로 쓴 병풍이나 족자를 서로 교환하기도

했다. 백범 선생이 서거하자 아버지는 처음으로 눈물을 보이며 애도하셨다. 어린 우리도 전 국민이 불렀던 장송곡을 부르며 울었다.

"어허 여기 발 구르며 우는 소리, 지금 저기 아우성치며 우는 소리, 하늘도 땅도 울고 바다조차 우는 소리, 끝없이 우는 소리, 님이여 듣습니까, 님이여 듣습니까."

그리움으로 가슴에 묻어두어야 했던 아버지였다. 자식을 끔찍이도 사랑하셨던 아버지, 요즘 아빠들처럼 자식들을 목말 태우며 예뻐하지는 않았지만 자식에 대한 깊은 사랑은 이루 헤아릴 수 없는 분이었다. 어머니가 잘못 깎아 언니 손톱에 덧이 난 뒤부터는 우리의 손톱 발톱도 손수 깎아주셨다. 그때 그 자상한 모습은 평소 엄격한 모습과는 너무도 다른 이미지로 기억에 새겨져 있다.

아들을 고대했지만 딸 넷이 줄줄이 연달아 태어났어도 귀한 자식으로 여기고 동네잔치를 해주신 아버지. 사람의 도리를 몸소 실천하며 우리에게 본을 보이셨던 아버지. 세상에서 가장 존경하고 사랑했던 유일한 남자였고 본받고 싶은 분이었다. 아버지 같은 이상형의 남편을 원했던 나의 바람은 아주 많이 빗나갔고 자라면서 주위에서 아버지 같은 인품을 지닌 남자는 찾기가 힘들었다.

신(申)자 성(性)자 균(均)자, 나의 아버지. 꿈속에서나 그리운 그 아버지를 만나 뵐 수 있으려나, 아! 그리운 나의 아버지, 존경합니다. 세상 그 어느 누구보다도 사랑합니다. 목메어 부르는 딸의 목소리를 듣고 계실까. 평생 보고 싶고 그리운 아버지를 가슴에 묻고 내 인생에 감내하기 힘든 시련이 있을 때마다 아버지의 딸답게 바르게 살겠다는 다짐으로 버티며 살아왔다.

4

용기를 내

글에 미쳐보리

해방되고 난 이듬해 초등학교에 입학해서 한글을 처음 배웠다. 그때부터 책 읽기를 좋아하게 된 것 같다. 무슨 책이든 읽어대는 나를 기특하게 여긴 아버지는 서울 다녀오실 때마다 몇 권씩 사다 주시곤 했다. 동화책이 귀한 때였다.

아버지는 내가 사내가 아니어서 무척 서운해 하셨다. 4대 독자인 아버지는 딸만 넷 연달아 두고 늦게 해방둥이 아들을 보신 터였다. 셋째 딸인 내가 책 읽기를 즐기고 똘똘한데 사내가 아닌 것이 못내 섭섭하셨던 것 같다.

안데르센의 동화를 비롯해서 장편소설과 고전을 읽었다. 집에 다니러 온 큰 형부가 읽던 이광수의 ≪무정≫을 훔쳐다가 밤새 읽었던 기억이 새롭다. 그래서인지 글짓기와 국어책 따 읽기 시간이 가장 기다려졌다. 따 읽기란 선생님이 지명한 사람이 국어책을 읽을 때 토씨 하나라도 책과 다르게 읽으면 누구든 빨리 일어서서 바르게 따 읽는 것이었다. 무척 흥미진진한 시간이었다.

글짓기 대회에서 몇 번 상을 타면서 주변에 문학소녀로 알려지기 시작했다. 일기장을 매일 검사하는 때여서 선생님께 종종 칭찬을 듣곤 했다. 중학교 때부터는 밤새워 책을 읽곤 했다. 밤 열두 시가 되면 전깃불이 나가던 시절이었는데, 촛불을 켜 놓고 밤새 책을 읽어대는 나 때문에 어머니는 걱정을 많이 하셨다.

사춘기에 접어들어서는 친구들의 연애편지를 대신 써 주며 연애감정을 간접적으로 체험하기도 했다. 그러나 나를 좋아한다며 쫓아다니는 또래 남학생들과의 교제는 질색하며 사양했다. 베르테르의 연정만큼이나 지고지순한 사랑을 꿈꾸는 소녀였다.

밀레의 만종을 비롯한 명화를 접한 후부터 화가의 꿈을 꾸기 시작했다. 사춘기의 열정에 되고 싶은 것도 많았다. 소설가가 되고 싶기도 했고, 화가도 멋있어 보였고, 음악 선생님의 칭찬에 성악가를 꿈꾸기도 했다.

글쓰기에 대한 향수 같은 것이 늘 가슴에 똬리를 틀고 있었다. 판에 박힌 직장 생활과 굴곡 많은 결혼생활이 버거울 때마다 뭔가가 내 속에서 용틀임을 했다. 내 안에서 일어나는 생각과 느낌을 글로 표현하고 싶은 갈망이 이따금 나를 흔들어 댔다. 가끔 이곳저곳에 응모한 작품이 당선되면서 원고지를 더 가까이하게 되었다.

어느 날 원고 뭉치가 통째로 사라진 사건이 발생했다. 충격이 몹시 커서 글쓰기를 멈추어버렸다. 하지만 꾸준히 독서를 하면서 일상에서 상처받은 마음을 위로받을 수 있었다. 교직에서 퇴직한 뒤 늦은 나이에 복지관 문예반 문을 두드렸다. 지도 선생님이 제시하는 주제에 따라 글을 쓰기 시작해보니 새삼스럽게 내 안에 잠자던 글쓰기에 대한 열정의 불씨가 살아났다. 칭찬은 고래도 춤추게 한다고 조그만 칭찬에도 용기가 났다. 특히 딸들이 이메일로 보낸 내 글을 보고 "엄마 글 좋아요. 자꾸 쓰세요." 하며 격려해주었다.

이제 그 누구의 간섭도 받지 않고 글쓰기에 전념하고 싶다. 그것이 넋두리가 되었든 잡문이 되었든 쓰다 보면 좋은 글이 나올지 모르는 일 아닌가. 아니면 또 어떠리. 글을 쓰는 동안에는 내 마음이 그지없이 순화되고 평안해지는 것을. 그러면 족하지 않은가. 아직 돋보기 없이 글을 쓸 수 있고 내 안에 아름다움을 느낄 수 있는 감성이 살아 있는 한 써 보는 거다.

추억의 강물이 밀려들면 자다가도 벌떡 일어나 펜을 잡는다. 내가 행복할 수 있는 시간이 여기에 있구나 싶다. 무엇엔가 미쳐보지 않은 사람은 살아있는 생명체가 아니리라. 인류사에 남겨진 걸작은 작가 자신이 미쳐서 만들어 낸 예술 작품들일 것이다.

사랑하고 감동하고 희구하고 전율하며 살라고 현자는 말했다. 나의 노년은 글쓰기에 바치고 싶다. 활활 타는 마지막 불꽃이 되어서 노을의 아름다움을 장식해 보리라.

고목에도 꽃은 핀다

국립중앙박물관에 설천 어몽룡이 그린 〈월매도〉가 소장되어 있다. 우리나라 최고액 5만 원권 지폐 뒷면에도 들어가 있다. 수백 년 된 고목에서 힘차게 돋은 새순에 매화가 피어나고 가지 끝에 보름달이 걸려있다. 이 그림은 장수를 기원하는 염원을 담고 있다고 한다.

내 나이 팔십이니 나무로 치면 고목이다. 오늘 ≪대한문학≫ 수필 부문에서 신인상을 받았다. 뜻 깊은 날, 친구 세 명과 며느리와 셋째 딸 식구 네 명이 함께 해주었다. "나이는 숫자에 불과하다."는 수상자 대표의 인사말에 공감하며 박수를 보냈다.

해방과 6 · 25 전쟁을 치른 세대로 보릿고개와 독재정치의 참상을 겪으며 격변의 세월을 잘도 버티고 살아왔다. 이제 늦깎이 글 쓰는 사람으로 인생을 다시 시작했으니 지금 이 하루하루가 허투루 보낼 수 없는 귀한 시간임을 절감한다. 팔십 세가 넘어 대가가 된 세기의 예술가들이 얼마나 많은가. 내게 아직도 생각하고 느낄 수 있는 지각이 있고 이를 컴퓨터에 쓸 수 있다는 사실에 감사하고 용기가 난다.

한때 글 쓰는 것에 용기를 잃고 꿈을 접고 살아왔지만 자식들이 한결같이 격려와 박수를 보내주었다. 삶의 활로를 일깨워준 응원이기도 했다. 끝을 알 수 없는 미로에서 탈출구를 찾은 환희랄까, 나를 나로 마주하지 않고 인정하지 못하면 삶이 어딘가 뒤틀리고 말 것 같은 다급한 심정이었다.

나는 이제 계속 글을 쓸 것이다. 밤 두시면 습관처럼 잠이 깨는데, 글을 쓰고 읽는다. 나에게 주어진 사색의 창을 열게 해주신 하나님께 감사한다. 수면이 부족하면 생체리듬이 깨져서 위험한 병이 돌발할 수 있다고 하지만 나는 이 시간이 귀하고 행복하다. 하루 중 그 어느 때보다 정신이 맑은 시간이기 때문이다.

지난달 대만 여행 중 여독을 풀기 위해 발 마사지를 받을 때였다. 마사지사가 내 아픈 발가락을 주무르며 수면 부족에서 온 현상이니 잠을 충분히 자라고 권하였다. 많이 걸으면 발가락이 아파서 끙끙대곤 했는데 수면이 부족하여 간이 피곤하기 때문이라는 말은 처음 들었지만 수긍이 가는 구석이 있어 고개를 끄덕였다.

작년 한 해 동안 교통사고로 다리를 다쳐서 힘들었지만 다리의 고마움을 깨닫게 해준 계기가 되었다. 깁스한 무거운 다리를 쓰다듬으며 "팔십여 년 동안 나를 잘 걷게 해준 다리야, 그동안 고마웠다."라고 말해주었다. 이제 전처럼 씩씩하게 걸을 수는 없게 되었지만 이 나이가 되기까지 어느 곳이든 잘 걸어 다니며 살아온 것에 감사했다.

다시 걷게 되었을 때 중국 속담을 떠올리며 감사했다. "기적은 하늘을 날거나 바다 위를 걷는 것이 아니라 땅에서 걸어 다니는 것이다." 지금 두 눈을 뜨고 두 다리로 건강하게 걸어 다니는 몸은 51억 원이 넘는 재산을 지니고 다니는 것과 같다고 한다. 어떤 비싼 자동차 보다 훌륭한 두 발 자가용을 가지고 세상을 활보하고 있다는 기쁨을 잊지 말아야지. 눈 코 입 다 가지고 두 다리로 걸어 다니면서 공기를 공짜로 마시고 있다면 하루에 860만 원을 공짜로 받는 거라고 한다. 얼마나 감사할 일인가. 아름다운 것을 볼 수 있고 말하고 들을 수 있으며 걸어서 가고 싶은 곳에 갈 수 있는 것이 얼마나 큰 기적인지 깨닫게 된다.

우리 인간은 종종 불행하다고 느낀다. 욕심 때문이다. 감사하지 못하는 사람에게는 기쁨이 없고 기쁨이 없으면 결코 행복할 수 없다. 감사하는 사람만이 행복을 누릴 수 있다고, 감사하는 사람은 행복이라는 정상에 이미 올라 있다고 생각한다.

병원에 이삼 개월 입원해 있는 동안에도 휠체어를 밀어 병원 도서관에 가서 책을 빌려다 읽을 수 있는 행복을 어디에 비하랴. 어떤 상황에 처할지라도 기뻐하며 감사하는 삶을 터득하게 되었다. 내 나이에 쉼표가 필요하므로 하나님이 허락한 최선의 방책이었을 것이다.

“작가는 여든의 나이에도 소년의 마음을 지녀야 한다.”라고 시성 괴테는 말했다. 세월은 피부를 주름지게 하지만 열정을 상실할 때 영혼이 주름진다고 한다. 버지니아 사티어는 나이 들어서 얻는 다섯 가지 자유를 이렇게 표현했다. “과거에 포박당하지 않고 지금 현재의 삶에 집중할 수 있는 자유. 느끼고 생각하는 바를 말할 수 있는 자유. 무엇을 느껴야 하는 것이 아니라 느껴지는 것을 느낄 수 있는 자유. 허락받거나 기다리지 않고 궁금한 것을 질문할 수 있는 자유. 안전을 위해 참는 것보다 자기 자신을 위해 위험을 감수할 수 있는 자유.” 그녀가 말한 모든 내용에 대해 큰 부담 없이 동의할 수 있음에 감사하다. 나도 그녀가 말한 것처럼 내 나이를 사랑하며 나의 길을 자유롭고 꿋꿋하게 가련다.

길은 우리의 삶을 부풀게 하는 그리움이라고 하지 않는가. 인생이란 한 번 들어서면 가지 않을 수 없는 길이라고 말한다. 이 인생이라는 길에는 되돌아가는 길이 없다. 훗날 가지 않은 길을 바라보며 한숨짓지 않으려면 자신이 선택한 길에 최선을 다해야 한다. 비록 험난할지라도 그 길을 택한 용기의 의미와 선택의 가치를 아는 사람만이 길 끝에서 환하게 웃을 수 있다고 한다.

웰빙(well being)은 사람답게 사는 것, 웰다잉(well dying)은 사람답게 죽는 것, 웰에이징(well aging)은 아름답게 늙어가는 것이라 한다. 아름답게 늙어가는 내가 되기를 염원하며 오늘도 범사에 감사한 삶을 살기를 빌어본다. 고목에도 꽃은 피니까.

글 선생을 따라서

전주 양지복지관 문예반에서 내 인생에 커다란 변화를 가져다 준 문예 선생님을 만났다. 선생님은 문학이라는 매력적인 세계로 인도하며 사람들을 진실함과 성실함으로 대하신다. 글쓰기에 대한 목마름으로 오랫동안 가슴에 쌓여 있던 갈증을 풀어낼 수 있게 되었다.

주저주저하며 뒷걸음치는 나에게 격려와 칭찬으로 ≪대한문학≫에 수필작가로 등단할 수 있도록 도와주시고 넋두리에 불과한 글을 이곳저곳에 내서 활자화시켜 주셨다. 밤잠을 설쳐가며 글쓰기에 빠지도록 해주셨다.

그분이 전북문학관 상임 직원이자 시낭송 반 교수로 자리를 옮기셨다. 양지나무 동아리 문단 초년생 열다섯 명이 줄줄이 그분을 따라가서 전북문학 강당에서 시낭송 회원으로 자리매김하게 되었다.

차츰 전북문학관을 찾는 발걸음이 새털처럼 가벼워졌고 내 집 휴식처같이 편안한 곳이 되었다. 이른 아침 서둘러 도착하는 문학관 강의실에는 다과가 풍성히 준비되어 있어서 아침 식사를 거르기 일쑤인 나에게 또 다른 풍요로움을 선사한다.

2019년 10월 5일부터 12월 30일까지 문인들의 시화전이 열렸다. 전시 작품 속에 내 시화도 있었다. 도화지에 그린 그림과 글씨가 초라해 보여 부끄러웠다. 시 다운 시를 써야 되겠다고 새롭게 다짐했다.

사범학교 재학시절 스승이었던 김해강 국어 선생님의 사진과 시를 전시관 벽에서 발견하고 감회가 깊었다. 아무나 범접할 수 없을 듯한 고매한 인품과 영국 신사처럼 키가 늘씬했던 은발의 선생님 생전 모습이 잊히지 않는다. 지금도 매년 10월 10일 사범학교 10회 총동창회 날이 되면 머리가 희끗희끗한 제자들이 선생님이 지으신 교가를 부른다. 풋풋했던 그 시절을 떠올리며 힘차게 합창을 하면 눈시울이 붉어지곤 한다. "고덕산 푸른 줄기 어깨를 넘어 ……", 그때 선생님을 가까이 모시며 문학의 첫걸음을 떼지 못했던 것이 안타깝다.

오늘 수업시간에는 류희옥 관장님이 직접 나와서 자신의 등단 자필 시 〈바람〉의 낭독과 해설 및 서평을 강의했다. 감명 깊은 시간이었다. 시에 무지한 내 뇌리에 파고드는 으름장 같은 선언, 시의 대상을 인간 아닌 신(神)으로, 절대자의 진리를 탐구하는 눈으로 시작하라는 메시지는 잠자던 영혼을 일깨우는 큰 종소리였다. 이 시의 주제는 바람의 변형, 생성적 역동성과 조화라고 한다. 8연으로 나누어진 이 시를 조목조목 설명하는 시인의 열정에 깊은 감화를 받았다. 다음 수업시간이 기대된다.

예술을 사랑하는 사람들의 만남은 순수한 열정이 넘친다. 시 낭송반 50여 명 회원들은 각양각색의 삶터에서 생활하다가 문학이라는 공통의 장으로 모여든다. 전북문단의 밝은 미래가 엿보이는 나이 찬

꿈나무들이다.

저녁에는 송년 화합 시간을 가졌다. 수고한 분들에게 꽃 증정을 하고 박수를 보내며 우리는 한 동아리라는 연대감 속에 화기애애한 시간을 보냈다. 집으로 돌아오는 길, 탁상 달력에 캘리그라피로 새겨 넣은 '인생(人生), 우린 늙어가는 것이 아니라 조금씩 익어가는 겁니다'라는 글귀를 되새겨 보았다.

조금씩 익어가는 지혜로운 노년을 갖기 위해 글을 읽고 쓰는 작업을 포기하지 않으련다. 걸음마를 배우는 아기가 수없이 넘어지면서도 걷기 위한 열망을 결코 포기하지 않는 것처럼. 어느 날 마침내 오뚝이처럼 우뚝 서서 걸을 때까지 삼천 번을 넘어지는 실패와 아픔도 마다하지 않는 것처럼 이렇게 뒤뚱뒤뚱 천천히 걸어 나가련다. 90세에 시를 쓰기 시작하여 100세에 ≪약해지지 마≫라는 시집을 낸 일본의 작가 시바다 토요를 본보기 삼아 "용기를 내"라고 나 자신을 격려해 본다.

훌륭한 문단 선배들의 알찬 강의와 지도를 받아 열심히 배우련다. 예향의 도시, 수많은 예술인을 배출한 전주 완산고을의 얼을 잇는 전북문학관이 좋은 산실이 되기를 기원한다.

보람에 산다

40여 년 동안 몸담았던 교직 생활을 끝내고 나서였다. 친구 두 명과 찾은 곳은 시청. 아직은 일할 수 있는 힘과 지력이 있으니 지역사회를 위해 봉사할 분야가 있는지 상담하기 위해서였다. 담당 직원의 진지하고 공손한 대답은 "어르신, 이젠 편히 쉬세요."였다. 호칭도 선생님에서 어르신으로 바뀐 것도 낯설었고 편히 쉬어야 하는 늙은이 취급을 받는 것도 당황스럽기만 했다. 어찌 되었건 친구 중 J는 예절원장으로 추대되어 후진을 가르치는 명강사가 되었고, C는 성당에서 봉사활동을 하며 쉴 틈 없이 바쁘게 지내고 있다. 나도 복지관의 추천을 받아 노인들의 상담자로 교육을 받고 양로병원을 찾아 환자들의 상담자로 일 해온 지 벌써 6년째 접어들었다.

기저귀를 찬 노인들의 희멀건 얼굴과 초점을 잃은 눈동자를 마주할 때마다 언젠가 다가올 내 모습이 클로즈업 되어 소스라치게 놀라곤 한다. 동화책 읽어주기, 그림 색칠 공부, 색종이 접기 등의 다양한 교육을 받았지만 그분들에게 정작 필요한 것은 자신들이 하고 싶었던 얘기를 들어주는 일이었다. 팔팔했던 젊은 시절의 얘기꽃을 피울 때는 눈에 생기가 돌고, 의기양양해서 당당한 모습이 되기도 한다. 한때는 훌륭한 어머니로서, 예쁘고 살림 잘 하는 아내로서, 이 나라의 숱한 격변기의 산 증인으로서, 그리고 굳건하고 훌륭한 시민으로서 자신의 위치를 지켜낸 그들의 삶이 존경스러워 고개를 숙이게 된다.

97세의 최 할머니는 2년 동안 나의 상담 대상자였는데 자신의 경험에서 혼자만 알고 있는 비방이라며 악성빈혈을 낫게 하는 담방약을 알려 주기도 했다. 간식거리를 준비해 간 나에게 늘 미안한 표정을 짓는다. 아무개 간병인은 당신이 준 간식을 똥 많이 싼다고 뺏어간다고 한다. 간호사 누구누구는 참 친절하다고 속마음을 터놓는다. 끝엣 말은 한결같이 "얼른 죽어야 자식들의 고생을 덜어 줄 텐데."이다.

어느 환자든 불평이 많고 소망이 없는, 죽음만을 기다리고 있는 듯해서 마음이 무거웠다. 세계 2차 대전에 참전했던 영국 군인이 식물인간이 되어 돌아왔다가 '감사합니다'로 완치된 얘기를 해주며 감사한 마음이 치료약임을 강조해 본다. 깨우치며 산다는 것이 얼마나 어려운지. 감사할 줄 모르는 것은 겸손한 마음이 없기 때문이라고 한다.

생명의 위기에 처한 고난 중에 있을 때에도 감사 시를 읊었던 다윗의 모습을 떠올리면서 내가 어떤 상황에 처하게 될지라도 하나님께 감사해야겠다고 다짐해 본다. 감사가 없는 삶이 얼마나 삭막하고 비참한지를 깨닫게 되었다. 유교사상에 심취했던 우리 민족은 한때 칭찬과 감사가 과해서 문제가 되기도 했다고 한다. 이제는 우리 조상들의 아름다운 문화가 퇴색해가는 듯해서 아쉽다.

금년에 매주 한 번씩 찾는 효사랑 병원의 내 상담 대상자는 무연고자다. 이름도 한자로 제법 잘 쓰는 걸 보고 책 읽기를 권했더니 돋보기가 없어 못 읽겠단다. 내게 마침 안 쓰는 돋보기안경이 있어서 책 몇 권과 함께 갖다 주었다. 독서에 취미를 붙였기에 갈 때마다 칭찬을 아끼지 않았더니 얼굴에 생기가 난다.

지난날 어린 학생들에게 하듯 이제는 나이 많은 환자 학생들에게 상담을 해주며 보람을 느낀다. 색칠공부 그림본을 몇 장씩 갖다 주면 예쁘게 색칠해서 보여준다. 자기 이름을 쓰게 하고 벽에 걸어주면 소년처럼 눈을 반짝인다. 젊은 날의 열정은 희박해졌지만 아름다움을 느낄 수 있는 감성이 있고 표현할 수 있다는 것이 얼마나 감사한 일인지, 이들을 통해 깨닫는다. 매일 아침 잠자리에서 눈을 뜨면 '감사합니다.' 기도로 하루를 연다.

하나님은 사람마다 각각 다른 달란트를 주셨다. 우리에게 주어진 달란트를 나누는 일이 곧 선행이다. 돈이 많든 가난하든 모두가 가지고 있는 재능을 기부하는 것이다. 어려운 이웃을 섬기는 봉사로부터 생을 포기하고 싶을 만큼 절망에 처한 사람에게 따뜻한 위로의 말 한마디로 용기를 주는 일까지 재능 기부의 범위와 영역은 헤아릴 수 없이 많다. 예술가들의 다양한 재능 기부 또한 꺼져가는 불씨를 살리는 사회의 활력소 역할을 하기도 한다.

우리 속담에 '십시일반'이란 말이 있다. 열 사람이 한 숟가락씩 덜어주면 한 사람의 식사가 마련된다는 뜻이다. 나눔의 미덕을 가르친 말이다. 선행은 누구에게 보이기 위함도 아니고 자랑거리도 아니다. 오른손이 하는 일을 왼손이 모르게 하라는 성경의 가르침대로 드러내지 않는 미덕이 선행이다. 이것이 이웃사랑을 실천하는 길이며 콩 한 조각도 나눠 먹던 우리 선조들의 마음이 곧 이웃사랑일 것이다.

나의 회고록에는 선행에 대하여 무엇이라 쓸까? 춘궁기에 곡식과 밥을 나눠주시던 우리 부모님처럼 나눔의 삶을 살아왔는가? 되돌아보니 나는 물질적으로 베풀고 나누어주는 삶을 살지 못했다. 살아내기에 바빠 어려운 이웃에게 나누며 베풀지 못한 것이 부끄럽다. 그러나 하나님이 나에게 금전적인 부는 주시지 않았지만 친절한 마음을 주신 것에 감사한다. 열 명의 친구를 만들기보다는 한 사람의 적을 만들지 않겠다는 마음으로 살아왔고, 남을 섬기는 사람이 되겠다는 마음가짐으로 살아왔다. 큰 기부는 못해도 조금이라도 나눔의 미덕을 소유한 사람이 되기를 힘쓰며 살았다. 앞으로 사는 동안 이웃의 고통을 외면하지 않고 동참하는 사람이 되기를 희망한다.

글을 쓰기 시작하면서 밀쳐 두었던 컴퓨터를 새 책상 위에 올려놓았다. 강사 선생님이 주신 주제를 놓고 사색에 잠겨보기도 하고 어떤 기억이 떠오르면 자다가도 벌떡 일어나 책상 앞에 앉기도 한다. 나이를 탓하지 않고, 나를 포기하지 않게 하는 글쓰기 작업은 내 남은 인생을 얼마나 빛나게 해주는가. 이메일로 보낸 내 글을 읽고 격려하며 박수를 보내는 자식들에게 근심거리가 되지 않은 것이 감사해서 가슴이 뿌듯해진다.

떠오르는 태양의 찬란함보다 지는 해의 노을이 더 아름다운 것처럼 어둠에 묻히기 전 고운 노을빛을 장식해 보자. 나이를 먹는다는 것은 늙어가는 것이 아니고 조금씩 익어가는 거라고 하지 않던가. 100세가 넘은 일본의 시바다 토요 시인의 ≪약해지지 마≫를 읽으면 마음이 차분해진다. 나 또한 "용기를 내"라고 외치며 오늘도 행복한 하루를 연다.

내 인생의 소중한 것

문예반 수업시간이었다. 지도 선생님이 자신에게 가장 소중한 것 하나가 무엇인지 생각해 보란다. 마지막 때에 가져가고 싶은 것이 있다면 무엇인가를 글로 써 보란다.

친구에게 들은 얘기가 문득 생각난다. 고모 한 분이 있었는데 공무원으로 성실하게 살아온 고모부가 마작에 빠져 가정 대소사나 자식 일도 나 몰라라 하니 부부싸움이 잦았다고 한다. 극단의 조치로 고모가 이혼하자고 들이댔는데, 고모부 왈 "이혼하자는 사람이 집을 나가라, 단 당신에게 가장 필요한 것 하나만 갖고 가라."고 했단다. 그러자 고모가 쏜살같이 방으로 들어가 이불보를 갖고 나와 거실에 쫙 펴 놓고 "당신 여기 들어와 앉아, 나에게 필요한 건 당신 하나뿐이니 당신을 싸서 갖고 갈 거야." 했더니 고모부가 어이가 없었는지 껄껄 웃으면서 "그래, 내가 잘못했어, 마작에서 손 뗄 테니 용서 해." 하더란다. 그 뒤로 고모부가 마음잡고 자식들 잘 키워서 노후에 친척들 간에 좋은 본을 보여주는 삶을 살았다고 한다.

소중하다는 건 가장 필요해서 버릴 수 없는 것을 의미한다. 자식?

남편? 돈? 보석? 역사상 전무후무한 부귀영화를 누린 솔로몬이 자신의 인생을 돌아보며 자조적으로 말했던 교훈적인 말이 성경에 기록되어 있다. "헛되고 헛되며, 헛되고 헛되니 모든 것이 헛되도다." 빈손으로 왔다가 빈손으로 가는 게 인생인데 마지막 가는 길에 무엇을 가져갈 것인가? 회한과 자책과 아쉬움이 많은 삶의 자취를 어찌하면 지우고 갈 수 있을까를 고민하는 것이 차라리 현실적이다.

인생은 짧고 예술은 길다는 명언이 있다. 예술이 길다는 말에는 누구나 공감한다. 명곡을 감상할 때 음악을 만든 작곡가의 마음을 조금이라도 느끼고 이해하려는 마음으로 아름다운 선율에 빠질 때마다 예술의 위대성에 놀라곤 한다. 오랜 명화나 불가사의한 건축물 앞에서 경이로움을 숨길 수 없어 탄성이 나올 때마다 작가는 더 이상 존재하지 않지만 그의 예술은 고스란히 남아 후세에 알려지고 기억되어 살아 움직인다는 것을 실감하곤 한다.

대학에 다니는 손녀딸이 컴퓨터 옆에 놓인 내 원고를 읽고는 "할머니 글은 참 재밌어요." 한다. 나의 살아온 발자취와 추억의 편린들을 기억 날 때마다 써 본 글을 읽어 준 손녀의 말에 용기를 얻는다.

그렇다. 내가 써서 남긴 글은 나의 삶을 반영한 것이니 후손에게 유산으로 남기자. 비록 굴곡진 삶을 허덕이며 살았지만 정직하게 열심히 노력하며 살아온 삶이니 수없이 반복된 실패와 낭패와 좌절도 조금은 보상이 되지 않을까? 아프고 쓰라린 기억도 지우거나 숨기지 말고 좋은 교훈거리가 되도록 글로 남겨보자.

인생은 여행이며 죽음은 여행의 종점이라고 한다. 프랑스의 작가 로맹 롤랑은 "인생은 왕복 차표를 발행하지 않는다. 한 번 여행을 떠나면 다시는 돌아오지 못한다."고 말했다. 되돌아올 수 없는 편도 여행. 어떻게 살아야 지나온 삶을 후회하지 않을까? 나는 큰 것을 바라거나 허황한 꿈을 꾸며 산 것 같지는 않다.

스웨덴 사람들의 행복 철학을 '라곰 라이프' 스타일이라고 한다. 라곰(lagom)은 너무 적지도 너무 많지도 않은 적당함이라고 정의한다. 라곰을 생각하는 사람들은 너무 성급하게 서두르지 않고 정서적으로 안정된 삶을 추구한다. 사람들과의 관계에서는 말을 아끼고 진지하게 귀담아 듣는다. 단순한 삶을 좋아하며 소박하고 아늑한 집을 선호한다고 한다. 내가 이제껏 추구해온 삶도 이름을 붙이자면 라곰 라이프가 아니었나 싶다.

우리 인생에서 소중한 것은 평범함에서 얻을 수 있는 것이 아닐까 생각한다. 세상은 많이 가진 자가 있어서 풍요롭게 되는 것이 아니라 베푸는 자가 있어서 넉넉하게 되는 것이라고 한다.

나는 내 나이를 사랑한다. 인생의 빛과 어둠이 녹아 들어있는 내 나이의 빛깔이 있기 때문이다. 기억하고 글로 표현할 수 있음에 감사하고 나에게 소중한 것을 잘 가꾸며 살아가기를 원한다. 매 순간 처한 환경에서 감사의 두레박을 퍼 올리고자 하는 의지일 것이다. 나를 기억하는 모든 사람들이 싫은 얼굴로 고개를 돌리지 않기를 기도한다. 교만한 사람으로, 욕심쟁이로, 말 많은 수다쟁이로 기억되지 않기를 소망해 본다. 나에게 가장 약한 부분들이기 때문이다.

위인들이나 성경 속의 선지자들도 실수가 있었지만 잘못을 뉘우치고 깨달아서 하나님 앞에 겸허했다는 기록에 위안을 받으련다. 노인이 되면 하지 말아야 할 것 세 가지가 있다 한다. 많이 먹지 말 것.

말을 많이 하지 말 것. 넘어지지 말 것. 말은 쉬워도 지키기에 어려운 것들이다.

나는 〈데살로니가 전서〉 5장 16~18절 말씀, "항상 기뻐하라. 쉬지 말고 기도하라. 범사에 감사하라, 이것이 그리스도 예수 안에서 너희를 향하신 하나님의 뜻이니라."를 좋아하는 성경구절로 암송한다.

우리의 잡다한 생활 가운데 어찌 기쁜 일만 있으랴. 슬프고 괴로운 일이 더 많은 삶이다. 그런데 항상 기뻐하라고 한다. 힘들고 고통스러울 때 더 나쁜 일이 아님을 생각하면 기뻐할 수 있다. 우리는 날마다 삼시 세끼 식사를 하는 것처럼 기도도 쉬면 영혼이 배고픈 사람이 된다. 기도는 영혼의 양식이기 때문이다. 범사에 감사하는 마음이 없는 사람은 행복하지 않다. 좋을 때만 감사하는 것이 아닌 어렵고 힘들 때도 견디고 이겨 낼 수 있음에 감사한다.

몇 년 전 교통사고로 한쪽 다리가 부러졌는데 두 다리 모두 다치지 않아서 감사했다. 그동안 다리를 너무 혹사해서 쉬어주라는 경고로 받아들이니 병상 생활이 힘들지 않고 휴식을 즐길 수 있었고 매사에 감사 기도를 할 수 있었다. 그 후 걸을 수 있다는 게 얼마나 감사한지 내 두 다리를 귀하게 여기게 되었다. 사람들은 흔히 무엇인가 잃고 나서야 귀하고 감사한 것을 깨닫게 된다.

내게 가장 소중한 것은 나를 사랑하고 인정하는 것이다. 자책하거나 움츠러들지 말자. 사람이기에 저지른 실수와 잘못이니 다독여주고 용서해주자. 인생 팔십을 지나오는 동안 고비고비 험한 고개를 잘 버티고 지금까지 건강하게 살아온 것에 감사하자. 자주자주 나 자신에게 감사하고 칭찬해주자. 감사하는 마음은 그 어떤 장애도 다 뛰어넘을 수 있는 묘약이라고 생각한다. 바른 생각과 바른 언행 갖기를 소망하며 노력하는 사람이 되고자 한다.

내 인생 마지막 때 가져가고 싶은 것이 있다면 감사와 사랑이다. 철없던 시절 개미 쳇바퀴 돌 듯 반복된 일상에 매인 내 삶은 불만과 원망으로 가득 차 기쁨이 없었다. 혹독한 시련을 이겨낸 뒤에야 그 시련까지도 감사한 것임을 깨닫고 하나님 앞에 겸손히 무릎 꿇을 수 있었다. 오만했던 자신을 깨닫게 되었고 나를 괴롭히던 가시에 대해서도 측은한 마음이 들면서 감사한 마음으로 받아들이게 되었다. 사랑이었다. 이 마음 간직하며 눈을 감고 싶다.

용기를 내

약속 장소에 나타난 친구의 손에 책 한 권이 들려 있다. 나 주려고 가져 왔단다. 시바타 도요의 ≪약해지지 마≫. 일본에서 베스트셀러로 TV에서도 각광을 받았다는 시집이다. 90세에 시를 쓰기 시작한 일본 할머니가 일상에서 느낀 감성을 그대로 그린 시집이었다. 그녀는 옛 추억과 현재 살고 있는 양로원에서의 불편한 상황을 아름다운 감성으로 표현했다. 오랜 세월 선하게 살면서 얻은 지혜와 밝은 순수함으로 가득 차 있는 시를 읽으며 세월 속에서도 고고한 영혼은 묻히지 않고 빛을 낸다는 생각이 들었다.

백세에 가까운 노시인이 "약해지지 마"를 외쳤다면 나는 "용기를 내"라고 응답하고 싶다. 팔십이 다 되어가는 나이에 까마득히 접어두었던 글쓰기 작업을 시도하는 일은 도저히 떨쳐 낼 수 없는 향수병 같은 것이 아닐까 싶다. 그렇다. 향수병이 얼마나 처절한 것인지 미국 이민 삼십여 년을 견뎌낸 큰딸의 고백에서 조금이나마 짐작할 수 있었다. 그 아픔을 내 어찌 다 알 수 있으랴. 직접 경험해 보지 않고는.

나에게도 글쓰기에 대한 향수병은 지하에 들끓고 있는 용암의 몸부림 같은 것이다. 지인 중에 시인과 수필가로 등단해서 책을 낼 때마다 가슴 밑바닥에 똬리를 튼 응어리가 꿈틀거렸다. 그럴 때마다 "나는 아니야"라고 부정하며 내 마음을 다스리곤 했다. "나는 안 돼. 늦었어. 어림없어." 하면서 포기했다 생각했는데 그것이 아니었나 보다.

지금도 생생하다. 가장 가까운 사람이 내 원고 뭉치를 불사르는 현장을 무력하게 지켜보며 느꼈던 모멸감과 분노. 타다 만 숯덩이를 가슴에 묻은 채 긴긴 세월 무던히도 잊고자 안간힘을 썼다. 내 영혼을 재로 만드는 듯했다. 고통의 늪에서 헤어나지 못한 채 진흙탕 길을 헐떡이며 미로를 헤맸다.

'내 몸 사용 설명서'에 병명이 하나 둘 늘어나면서 옛날의 뜨거운 열정은 사라졌겠지 생각했다. 얼마 전 복지관 문예창작 반에 등록하고서 깨닫게 됐다. 타다만 불씨가 아직도 살아있음을. 아름다움을 노래하며 느낄 수 있는 감성의 불씨가 아직도 남아 있음을. 용기를 내자. 써보자. 노래해 보자. 그 곡조가 비록 서툴고 음치로 비웃음을 당할지라도 내가 행복하면 된다. 남을 의식하며 살아온 세월이 너무 길었다. 억울하다. 이젠 백발의 노인이 됐으니 주책 좀 떨어본들 어떠리.

백발에게 주어진 면류관이 무엇이겠는가? 살아온 역사만큼 축적된 지혜다. 인생을 관조할 만큼 열린 시선이다. 어떻게 살아야 할지도 알게 된다고 한다. 밤이면 닥치는 대로 명작집을 읽으며 백마 탄 왕자를 꿈꾸던 감성 깊은 소녀가 보인다. 고통 속에서 나날이 죽은 듯이 보내는, 하염없이 부대끼며 허공을 맴돌고 있는 그 소녀가 보인다.

이제 용기를 내 보자. 스러져 갈 노을빛일지라도 어둠이 밀어닥치기 전에 누군가가 아름답고 안타깝게 지켜볼 고운 색을 뿜어내 보자. '용기를 내, 지금이 시작이야. 늦었다고 주저하지 마, 갈 길이 남았으니까.' 포기하지 말자. 평생 모든 것을 포기하고 살았으니 이제 작고 희미한 몸부림일지라도 꿈틀거려보자.

삶을 잘 살아내는 방법은 주어진 나날을 최대한 누리는 것이라고 했다. 나이 들었다고 주저앉지 않을 일이다. 인생은 어느 시기건 그때그때 누릴 수 있는 행복이 있기 때문이다.

비상하지 못하면 어떠리. 꿈틀대며 기어간들 어떠리. 살아있는데. 숨 쉬고 있음을 감사하며 오늘도 두 주먹을 불끈 쥐고 파이팅을 외쳐본다. 내 나이를 애써 의식하지 말자. 나이는 숫자에 불과하다고 하지 않던가. "나이야, 가라. 용기를 잃지 마. 약해지지 말고."

서툰 글이지만 누군가 내 글을 읽고 용기를 내기를 원한다.

나를 보내지 마

≪나를 보내지 마≫. 2017년 노벨 문학상을 받은 가즈오 이시구로가 2005년에 발표한 장편소설이다. "인간의 장기 이식을 목적으로 복제되어 온 존재, 클론들의 사랑과 성, 슬픈 운명을 통해 삶과 죽음, 인간의 존엄성을 진지하게 성찰한 문제작."이라는 서평이 붙어 있다. 1990년대 후반 영국. 여느 시골 학교와 같이 평온해 보이지만 외부와의 접촉이 일절 차단된 기숙학교 '헤일셤'이 소설의 배경이다.

주인공 캐시는 그곳에서 학창시절을 보낸 후 간병사가 된다. 장기 기증을 목적으로 복제된 인간이기에 결혼이나 임신도 할 수 없다. 보통사람이 갖는 직업을 가질 수도 없고 예술가로서도 허용이 안 되는 인간이다. 열여섯 살이 되면 헤일셤에서 코티지로 보내져 간병사로서 교육을 받고 간병사나 장기 기증자로 살아가는 동안 자기만의 독립적인 삶은 주어지지 않는다. 그들의 성과 사랑이 눈물겹다.

매사에 자기 시각을 지닐 줄 알았던 친구 루스, 엉뚱하지만 특유의 통찰력을 지닌 토미, 세상의 아름다움과 지식의 경이로움에 눈 뜨도록 도와주는 교사들 사이에서 전개되는 이야기가 통절하다. 성장소설 같은 이야기 속에서 캐시는 얼마나 행복한 어린 시절을 보냈는지, 다부지고 성격 강한 루스와 어떻게 사귀고 어떻게 다투고 화해했는지, 평생의 사랑인 토미와 어떻게 엇갈리고 만났는지를 과거와 현재, 그곳과 여기를 오가면서 풀어 놓는다.

어느 날 캐시는 함께 성장했던 루스가 장기 기증 후 회복 센터에 있다는 소식을 전해 듣고 그녀를 돌보기로 한다. 그리고 그 시절 자신과 사랑의 감정이 엇갈렸던 남자, 지금은 장기 기증자가 된 토미를 만나면서 추억 속의 헤일셤에서 자신이 예술의 경이로움에 얼마나 매료되었는지를 회상한다. 그러면서 학창시절 내내 그들을 사로잡았던 의혹들을 하나둘 풀어나간다. 결국 예기치 못한 이들 삶의 실체가 밝혀지는데, 냉철한 인간들의 세상에서 한없이 인간적인 이들의 존재에 관한 이야기가 애잔한 울림을 준다.

≪나를 보내지 마≫에는 사태를 바라보는 두 가지 관점, 곧 한없이 인간적인 캐시의 관점과 마담으로 대표되는 냉철한 일반인의 관점이 교차되고 있다. 캐시가 가슴에 아기를 안고 있다고 상상하며 아기 대신 베개를 끌어안고 두 눈을 꼭 감은 채 느릿하게 춤을 추면서 '오, 베이비, 베이비, 네버 렛 미 고.....' 노래를 나직하게 부르고 있을 때 냉혈한 마담 마리클로드는 열린 문틈으로 보이는 그녀의 몸짓에 눈물을 흘린다. 캐시가 음란 잡지를 뒤적이며 자기의 본체를 찾고 있는 모습은 인간에게 뿌리가 궁금한 마음을 숨길 수 없음을 시사하고 있다. 냉철한 인간들의 세상에서 한없이 인간적인 이들의 존재에

관한 이야기가 전개된다.

인간이 자신의 생명을 연장하기 위해 장기 기증을 목적으로 복제인간을 만들어 그들의 존재를 소모품처럼 취급해도 되는 걸까. "우리에게 영혼이 없다고 생각하는 사람이라도 있나요?" 하고 그들은 절규한다. 돈으로 살아있는 사람의 장기를 사서 생명을 연장하려는 인간의 이기심과 잔인함에 등줄기에 찬물이 끼얹은 듯 몸서리가 난다.

과학의 힘으로 인간의 영혼을 살 수 있을까? 신의 창조물 중 가장 완벽한 인간이 죽음이라는 명제 앞에서 신을 거역하면서까지 생명 연장을 탐하는 건 죄악이라는 생각을 떨쳐버릴 수가 없다.

나는 나이 들어 질병 투성이의 몸이지만 사후에 쓸 만한 장기가 남아 있다면 세상을 밝게 비출 사람에게 기증하고 싶다. 과학의 힘으로 만들어낸 복제인간의 생명을 앗아가면서까지 장기기증을 받고 싶지 않다. ≪나를 보내지 마≫는 이 모든 생각을 확실하게 불어넣어준 책이다.

이 책은 서로 사랑하며 살아가야 하는 인간의 삶과 현대 문명에 대한 비판, 그리고 끝없는 인간의 이기심을 되돌아보게 한다. 주인공 캐시의 행복한 유년 시절의 정서와 꿈, 친구 루스와의 우정, 그리고 평생의 사랑인 토미와의 엇갈린 만남을 통해 묘사된 클론이 겪는 청춘의 아픔이 애절함과 안타까움의 눈물을 자아내게 한다. 자기가 원하는 삶을 살아갈 수 없는 실체를 알고 나서 그들의 절망과 인간에 대한 증오심이 어떠했을까 생각해 보라.

인간이 가야할 길이 정해져 있거늘 생명을 연장하고 영생하고 싶은 욕망 때문에 장기 이식을 위해 과학의 힘을 빌려 복제인간을 만드는 끝없는 탐심이 얼마나 무섭고 끔찍한 일인가를 깨닫게 해주는 책이다. 필독을 권하고 싶다.

베개를 안고 '네버 렛 미 고…' 노래를 부르며 춤을 추고 있는 복제인간 어린 소녀를 상상해 본다. 연민으로 눈물이 터져 나올 것만 같다.

연어 이야기

연어라는 말 속에는 강물 냄새가 난다고 저자는 말하고 있다. 연어는 9월에서 11월 사이에 바다에서 강을 거슬러 오르는 모천 회기성 바닷물고기라는 백과사전식의 짧은 지식밖에 없던 나는 안도현 시인이 쓴 동화 같은 소설 ≪연어 이야기≫를 읽으면서 맑은 강물 같은 감수성과 아름다운 동화의 세계로 빠져들었다.

은빛 연어와 눈 맑은 연어의 티 없이 맑은 사랑 얘기가 잠자던 가슴을 설레게 하였다. 포기할 줄 모르는 긴 여정 속에서 어려운 고비를 헤쳐나가며 태어난 강을 향해 여행하는 연어 얘기가 책을 놓지 않고 단숨에 읽게 만들었다. 연어가 바다에서 출발하여 태어난 강에 도달하기까지 여울과 싸우고 높은 폭포를 뛰어넘는 모험을 하면서 지치지 않고 계속 나아가는 것은 본능이라고 하지만 행간에 담긴 말 없는 메시지들이 인간의 삶의 여정과 맞물려 책을 읽은 후에도 계속 마음속에 남아 맴돌았다.

"강물은 아래로 흐르면서 자신의 물살과 체온을 연어들에게 가르친단다. 그리고 길을 가르쳐 주지. 연어들이 반드시 강을 거슬러 올라야 한다는 것을. 또한 거슬러 올라야 하는 이유를 말이야." 초록 강은 은빛 연어에게 말한다. 거슬러 오르는 것은 희망을 찾아가는 거라고.

은빛 연어는 다른 연어와 다르게 자신의 등이 은빛인 것을 누나 연어를 통해 처음 알게 된다. 그리고 강물 색깔과 다른 은빛 때문에 적에게 먼저 공격을 당할 거라고 속닥거리는 동료 연어들에게서 소외감을 느낀다. 그러나 턱 큰 대장 연어의 지시대로 무리의 한 가운데서 헤엄치며 보호받게 된다. 특히 누나 연어의 희생이 은빛 연어를 단단한 연어로 만들어간다.

은빛 연어는 턱 큰 연어 몰래 바다 위로 얼굴을 내밀고 밤하늘을 구경한 적이 있었다. 마치 물소리가 날 것 같던 은하수, 어둠 속에 점점이 박혀 각자 제 빛깔을 자랑하던 이름 모를 수많은 별들, 그때 은빛 연어는 별이 하늘의 눈망울이라고 생각했던가?

눈 맑은 연어가 불곰의 커다란 손에서 은빛 연어를 구하면서 둘의 사랑이 싹트기 시작한다. 눈과 얼음의 땅인 알래스카 부근을 지날 때 은빛 연어는 자기 몸의 빛깔과 눈으로 덮인 대지의 빛깔이 하나인 것을 보고 감격하며 친근감을 갖지만 물속에 사는 물고기에게 대지는 화해할 수 없는 큰 적이라는 걸 깨닫게 된다. 백곰의 날카로운 발톱에 찢겨 물속에 질서 없이 떠다니는 은빛 비늘과 눈 맑은 연어의 피를 보았기 때문이다.

"별들이 저렇게 반짝이는 건 나에게 누군가 신호를 보내고 있다는 뜻일 거야. 나 여기 있다고, 나 아무 일 없이 잘 있다고 눈 맑은 연어가 나에게 끊임없이 마음으로 말하기 때문일 거야."

'그리움이라고 일컫기엔 너무나 크고 기다림이라고 부르기엔 너무나 넓은 이 보고 싶음, 삶이란 게 견딜 수 없는 것이면서 또한 견뎌내야만 하는 거라지만 이 끝없는 보고 싶음 앞에서는 삶도 무엇도 속수무책일 뿐'이라고 은빛 연어는 독백하고 있다.

나에게도 은빛 연어처럼 젊은 날 이런 사랑의 감정이 있었을까. 은빛 연어와 눈 맑은 연어의 사랑이 너무도 아름다워서 지난날의 추억 속에 잠깐 잠겨보기도 했다. 사랑은 희생이 따른다는 교훈을 잊고 받는 것에만 익숙해지고 있지는 않은지. 연어처럼 후회하지 않는 삶으로 마감할 수 있기를 소망해 본다.

≪연어 이야기≫는 모든 생물은 도전하지 않으면 도태된다는 교훈을 주는 것 같다. 폭포를 뛰어넘어야 하는 모험 앞에서 갈등하는 것도 선택의 중대성을 일깨워준다. 하루살이와 미생물까지도 끊임없이 움직이며 도전한다. 움직이지 않고 가만히 있으면 적의 표적이 되기 때문이다. 죽음을 뛰어넘는 결단을 하게 만드는 것이 자연적인 생리 때문이라지만 그 안에는 삶의 지혜를 주는 커다란 메시지가 들어있다. 연어의 도전 정신은 나태한 인간에게 경종을 울리는 귀한 메시지다. 초록강과 구름과 별들……. 이 모든 것이 살아있는 것의 스승이며 본보기라는 사실을. 인간은 자연을 잠시 외면한 채 과학과 문명의 편리함에 길들여 있지는 않은지, ≪연어 이야기≫가 주는 아름다운 교훈을 되새겨본다.

자연이 우리 인간에게 주는 이야기에 귀를 기울이는 사람이 되고 싶다. 은빛 연어처럼.

하정아의 ≪코드블루≫를 읽고

≪코드 블루(Code Blue)≫. LA 간호사 하정아 작가의 간호에세이 집이다. 글을 쓰던 사람이 늦은 나이에 간호학에 도전한 것도 특이할 뿐더러 간호사가 되기 위해 태어난 사람인양 투철한 사명감을 갖고 꺼져가는 생명 앞에 깊은 연민과 사랑으로 최선을 다하는 그 마음가짐에 감탄과 존경의 심정으로 옷깃을 여민다.

마음이 여리고 착하기만 해서 울보라는 별명이 붙은 그를 키운 엄마는 활자를 통해 발견하는 딸아이의 변신이 낯설기만 하다. 내 딸이 미주 중앙일보에 오랫동안 칼럼을 쓰고 여러 권의 수필집을 출간한 미주 한인 작가란다. 작가의 말대로 이름과 문화가 바뀌어서인가. 사람이 죽어도 눈썹 하나 까닥하지 않는 독종들이 모인 세계에서 혹독한 수련을 거쳐서인가. 당차고 똘똘한 여자로 변했다.

≪코드 블루≫에는 62편의 간호에세이가 담겨 있다. 작품 평설에서 박양근 문학평론가는 "환자의 몸은 하늘의 몸"이라는 신념을 가진 간호사는 환자의 선교사이고 병원의 대변인이라는 믿음을 지켜내며 가장 투명한 이해의 눈을 가진 직업인이라고 말한다.

평론가의 평설이 한 편의 아름다운 작품이다. 그는 말한다. ≪코드 블루≫를 읽다보면 생명을 구하기 위에 병원 직원들이 이루어내는 관현악단 같은 협동 풍경을 목격할 수 있다고. 차갑게 보이는 병원 시스템을 봄꽃 서정미로 엮은 마술 같은 언어망에 갇힌다고.

병원은 살면서 가장 피하고 싶은 장소이기도 하다. 병원에 가보라는 말은 몸 어딘가에 병이 들었거나 건강에 적신호가 왔다는 뜻이다. 흰 가운을 걸친 의사와 간호사는 냉혈 인간이라는 선입견이 앞선다. 그들은 환자의 짜증과 감정의 하소연을 언제까지 듣고 앉아 있을 수만은 없는 형편이기 때문이다. 기계가 명시하는 병원 처방, 생사를 건 수술에 임해야 하는 철저한 준비, 그리고 환자를 치료해서 살게 해야 한다는 일념으로 긴장감을 늦출 수 없기 때문이리라. 환자가 어떤 인격과 사회적인 위치를 갖고 있는가를 생각하지 않고 꺼져가는 생명을 소생시켜야 한다는 의무가 자신들의 손에 달려있기에 사명감이 남다른 직업인들이 아닌가 싶다.

나는 2년 전 뜻하지 않은 교통사고로 부상을 입고 오랫동안 병상 생활을 했다. 병원의 지독한 소독 냄새와 각양각색의 사연을 가진 병동 환자들이 불친절한 간호사들을 평가하며 뒷담화를 하던 일이 떠오른다. 열악한 근무조건이 그들의 사명의식을 좀 먹어서일까, 아니면 사람을 먼저 존중해주는 마음이 희박한 직업인으로만 군림해서일까, 나도 잠깐 회의를 느꼈는데 이 책의 내용을 떠올리면서 의료진에 대한 서운한 감정을 다독일 수 있었다.

"너 나에게 뭘 해 주었니?"라며 입에 담지 못할 상스런 욕지

거리를 퍼붓는 애나에게 다가가 그녀의 상체를 꼭 껴안아버렸다. 아파 아파 소리를 지르면서도 내 손을 뿌리치지 않았다. 팔을 풀고 나서 바라보니 그녀의 얼굴은 눈물로 범벅이 되어 있었다. 그녀가 그토록 심술을 부렸던 이유는 타인으로부터 사랑을 느끼지 못했기 때문임을 알게 되었다. 그녀는 신체보다 마음이 더 아팠던 것이다.

본문에 나오는 〈애나의 추억〉 일부다. 환자를 향한 애틋한 마음과 진정성이 큰 감동으로 다가온다. 자기를 갖가지로 괴롭히는 환자를 이해와 포옹으로 감싸 안는 하정아 간호사는 깊은 감화력을 소유한 사람이라고 우리 교회 목사님은 ≪코드 블루≫에 대한 감동을 설교 도중에 소개하였다. 박양근 문학평론가도 그녀의 "코드 블루"는 환자와 간호사뿐 아니라 인간과 인간으로서 만나는 마음의 휴식처 역할을 해준다고 결론짓고 있다.

희생이 따르지 않는 사랑은 거짓이라고 했다. 사랑하는 마음은 곧 측은지심에서 비롯된 것이기 때문이다. 사랑에도 기술이 있는데 사랑의 대화에 거짓이 있을 수 없다. 대화는 사랑하기 위한 필수조건이다. "내가 간호사가 된 것은 필연인 것 같다. 환자와 대화하면서 나 자신의 내면을 들여다보고 대화의 기술을 훈련하라는 의도처럼 느껴진다."라고 작가는 말하고 있다. 작가의 따뜻한 마음과 투철한 간호사로서의 마음가짐이 돋보이는 문장이다.

책을 덮으며 대견한 마음 한구석이 시리고 아팠다. 내 딸이 문화가 다른 여러 인종의 사람들을 간호하면서 이토록 고생을 하는구나 싶으니 글 속에 담긴 상황이 예사로 보이지 않았다. 병원 생활이 즐겁고 보람되다고 늘 나를 안심시켜주어 그런가보다 하고 믿었던 나의 무심함이 미안하기도 했다. 병동에서 겪었던 숱한 사연과 보통 사람으로서는 감내하기 힘든 극한 상황에서도 연민과 사랑으로 환자를 대하고 여자로서의 수치심까지도 극복해내는 자세가 대견하기도 했다. 신이 딸에게 베풀어주신 큰 사랑을 본다.

책을 읽으며 몇 번이나 눈시울을 붉히며 안타까운 마음이 들었다. 죽음에 대한 작가의 성찰이 맘에 와 닿았다. 바르게 살아야 좋은 죽음을 맞이한다는 명제를 이토록 선명하게 그려낼 수 있는 저자의 고결한 성품과 사상을 본받고 싶다. 내 딸이어서가 아니라 이만큼 세상을 따뜻한 시선으로 보고 어려운 상황에 처했을 때 헌신을 미루거나 외면하지 않는 사람은 아름다운 사람이라는 생각이 들었다. 그가 내내 건강하여 어둡고 탁한 세상에서 빛과 소금이 되는 삶을 살고 그런 글을 많이많이 쓰기를 기원한다.

우주만물은 시작과 끝이 있어서 끝맺음을 잘해야 한다. 죽음도 준비가 필요한 것 같다. 겸손과 온유함으로 몸보다 마음이 아픈 환자를 안아주는 작가의 손길이 그립다.

5

양지 네 자매

내 친구 S

나에게 유년 시절 고향은 아련한 추억이자 먼 꿈의 궁전이다. 대문 밖을 나가보지 못해 바깥세상을 전혀 상상할 수 없었다.

해방 되고 전주로 이사 와서 학교에 입학했다. 여전히 외부와 거의 접촉이 없는 우물 안 개구리처럼 지내며 책만 읽는 말 없는 아이로 자랐다. 방학이면 내가 태어난 곳이기도 한 시골 외갓집에 내려가서 산과 들을 뛰어다니며 신나고 즐거웠다.

외삼촌은 아들만 일곱을 두었고 아랫집 조씨 댁엔 딸만 다섯이어서 동네 사람들은 문씨네 아들 부잣집과 조씨네 딸 부잣집으로 불렀다. 그중 셋째 딸이 나의 유일한 고향 친구 S이다. 방학 때면 함께 만나 중 · 고등학교에 다니는 외사촌 오빠들을 따라 다니며 아름답고 아기자기한 동네 야산과 강과 호수에서 자연을 만끽할 수 있었다. 계곡을 구르는 물과 나뭇잎을 가르는 바람 소리는 심장의 박동과 혈압을 안정시켜주는 묘약이었다.

그 친구는 교복 입은 나를 부러워했고 방학이 되면 방문하는 나를 기다려주었다. 영어를 배우지 못한 그 애에게 알파벳을 가르쳐 주며 생활에 필요한 영어 단어쯤은 알아 둬야 한다고 말해 주었다. 몇 년 뒤 외갓집이 전주로 이사하는 바람에 고향 방문이 끝났고 아련한 추억 속에 그 친구가 유일한 고향 친구로 내 마음속에 남겨졌다.

"가시나야, 왜 인자 왔냐?" "너는 내가 안 보고 잡드냐?" "얼마나 너 오기만 기다린 줄 아냐?" 그 애의 정다운 사투리와 반가워서 어쩔 줄 몰라 했던 모습이 이따금 떠오를 때면 고향 냄새가 그리움을 타고 코끝을 간질였다.

삼십 중반에 전주 남부시장에서 그녀를 우연히 만났다.

"너 수옥이 맞자?"

하며 어느 중년 여인이 환하게 웃으며 다가오더니 반갑게 내 어깨를 잡고 흔든다. 어릴 적 그 애 모습이 보조개 미소로 남아 있음을 알아보았다. 이십여 년의 세월을 훌쩍 넘긴 중년의 옛 고향 친구 둘이 시장 한복판에서 손을 움켜잡고 호들갑을 떨어대니 가던 사람들이 미소로 길을 비켜 주었다. 두 사람 모두 반가움으로 어느덧 눈가에 이슬이 맺혀 있었다. S는 화공약품 도매상을 하는 남편과 아들 둘을 둔 다복한 여인이 되어 있었다. 시장에서 가까운 친구 집 이층에 올라가서 그동안 살아온 얘기꽃을 피우며 시간 가는 줄도 몰랐다.

"시상에서 제일 부러분 사람이 수옥이 너였제, 흰 칼라 달린 교복 입은 모양이 시상에서 제일 이뻐보이고 부러웠제. 그간 어쩌고 살았냐? 네 얘기 좀 해봐라." 직장도 사표 내고 딸들과 그럭저럭 살고 있다는 내 말에 "워매 불쌍한 것", 혀를 차며 친구는 목을 놓고 울었다. 나를 위해서 진심으로 울어주는 친구가 있다는 것이 얼마나 큰 위안이 되었던지 적나라한 내 모습을 통째로 내놓고 같이 울면서 속내를 털어 놓을 수 있었다.

"시상 고생 모르고 살던 것이, 착하디착한 것이 워찌 그리 팔자가 기구하다냐?"며 친구는 서럽게 울어대었다.

"그래서 워쩔래?"

"기다려야지."

"워매 똑똑한 줄 알았드니만 빙신이 따로 없네."

둘이 붙잡고 울고 또 울었다.

쉴 새 없이 내 어깨를 흔들어대며 쏟아내는 질문에 나는 울음을 터뜨리고 말았다. 그동안 어린 자식들 앞에서, 어른들 앞에서 나를 죽이고 참았던 설움이 봇물 터지듯 했다. 고통스런 순간들을 어찌어찌 버텨왔던 알량한 자존심이 옛 친구 앞에서 와르르 무너졌던 것이다. 몇 십 년 만에 만난 고향친구 앞에서 창피함도 모른 채 오랜만에 소리 내어 울 수 있었다. 눈물이란 참 묘한 것이어서 뼛속을 에듯 하던 통증이 씻어 내리듯 사그라지는 것을 느꼈다.

이제 노년에 접어들어 "때때로 가시를 주셔서 잠든 영혼을 깨워주시고 한숨과 눈물도 주셨지만 그것 때문에 진정한 행복이 무엇인가도 배웠습니다."라고 기도하며 편안한 삶을 살고 있다. 나에게 S는 삶의 활력소가 되어주고 있고 만날 때면 혈육보다 더 뜨거운 정이 오고 간다. 수십 년이 지나도 남도 사투리는 여전해서 들을 때마다 고향 품에 안겨 있는 것처럼 정겹고 푸근하다.

남에게 평범한 존재가 내게 특별할 수 있는 이유는 나와 맺은 관계 때문이다. 어떤 대상에 가치나 의미를 부여하는 가장 강력한 관계는 진정성이며 진정성이 느껴지는 그 무언가에 본능적으로 끌리게 되어 있는 게 아닐까?

오늘도 전화가 따르릉 울린다. "아픈 데는 없냐?" 나에겐 친정언니처럼 의지하고 싶은 유일한 고향 친구다. 마음이 울적할 때면 자석처럼 그 애를 찾는다. 그 인정스럽고 자상한 마음 씀씀이가 그지없이 포근하다. S는 나를 편안하게 해주는 영원한 친구다.

"친구야, 우리의 생이 다 할 때까지 지금처럼 오가며 즐겁게 살자꾸나."

동창들과 함께라면

동창 네 명과 모악산 등산을 약속한 날이다. 오전 10시에 전동성당 버스 정류장에서 만났다. 색색의 등산복을 입은 친구들 얼굴에 고희를 훌쩍 넘긴 나이가 믿기지 않을 만큼 수줍은 미소가 엿보인다. 세월도 빗겨간 듯 영락없는 10대 여고 동창생 모습이 남아 있다. 무심한 세월 따라 새겨진 주름살이 어찌 6년 동안 교실에서 배움을 같이한 정을 뛰어넘을 수 있으랴. 꿈 많던 사춘기를 함께 했던 친구들이기에 나이를 의식하지 못할 것이다.

오랜만의 산행이 마냥 즐거웠다. 11월 초겨울의 쌀쌀함도 옷깃을 파고드는 추위도 전혀 방해가 되지 않았다. 까마득한 학창 시절 소풍가던 설렘으로 발걸음도 씩씩하기만 하다.

산줄기가 빼어나게 아름답고 언제나 시민들의 안식처가 되어주는 모악산. 어머니가 팔 벌려 사방 수백 리의 들녘을 감싸 안고 있는 모습이기도 하고 정상 동쪽에 있는 쉰길바위가 아기를 안고 있는 어머니의 형상 같기도 해서 모악산이라는 이름이 붙었다고 한다. 산은 오늘도 변함없이 우뚝 서서 등산객을 말없이 지켜본다. 오늘은 가을

비에 불어난 계곡물도 풍성하다. 여름이었으면 내려가 발을 담그며 첨벙대지 않았을까?

여고 동창생들이 모여 무슨 이야기를 하느냐고? 결혼하고 나서 남편에게 처음으로 뺨 맞은 얘기. 남편의 못된 버릇을 어떻게 지혜롭게 고치고 살았는가 하는 얘기. 직장인으로서 자식들 키우며 겪은 애환. 지금은 삼식이 남편 때문에 숙박하는 여행에 자유롭지 못하다는 하소연. 남편을 먼저 보낸 아픔과 외로움 ……. 허물없는 여고 동창이기에 이런 얘기들이 가능하지 않겠는가. 사회에서 가볍게 사귄 친구였다면 이토록 적나라한 이야기들을 나누며 웃을 수 있을까 싶다. 동창 모임에서는 사회적인 위치가 어떻든 간에 자신을 포장하고 꾸미지 않는다. 옛날의 실수를 기억해내어 거리낌 없이 지적해도 "내가 그랬어?" 하며 기분 나빠하지 않고 깔깔거리며 웃어넘긴다.

〈내 나이가 어때서〉 〈백세 인생〉 노래를 흥얼거리며 가사 못 외우니 인쇄해 오라고 한다. 읽은 책 중 마음에 와 닿는 명구들도 소개하고, 시국을 한탄하며 애국자가 되어보기도 한다. 누구의 인문학 강의가 감명 깊었다며 새롭게 알게 된 것들을 나누거나 무언가의 주제를 놓고 열띤 토론을 벌이다가 결론 없이 막을 내리기도 한다. 어느 땐 다음 여행지는 어느 나라로 정할까 의견이 분분해진다.

산행을 마친 후 식당에 모여 앉은 친구들은 오늘도 서로 준비해 온 작은 선물을 나눈다. 찰밥, 호박죽, 구운 마늘, 과일, 초콜렛 등등. 특별한 일이 없는 한 일주일에 하루는 모여서 등산도 같이 하면서 아름다운 노년을 장식하자, 서로를 다독이며 약속해본다. 변화에 민감할 수 없는 나이이지만 옛것을 그리워하며 연연하기보다 남은 생을 추하지 않고 곱게 장식하자는 얘기로 결론을 맺는다.

일출은 장엄하고 찬란하지만 일몰에 스러져가는 노을의 아름다움에 비할 바가 아니다. 아름다운 꽃이 지고 나면 추하고 보잘 것 없어 사람 발길에 밟히고 말지만 아름답게 물든 단풍은 사람의 시선을 끌고 그 떨어진 잎은 책갈피에 곱게 보관된다.

인간은 행복을 추구하며 그 행복을 끝까지 포기하지 않는 유일한 존재다. 신은 행복이라는 보물을 시련이라는 보따리에 싸서 주시건만 사람들은 시련이 두려워 보물 보따리 풀기를 포기해버린다고 한다. 행복은 멀리 있는 게 아니라 가까이 아주 가까이 미처 깨닫지 못하는 곳에 존재하는 것을. 인간은 가장 가까운 곳에 있는 행복을 보지 못하고 행운만 찾아 헤맨다.

우리는 자칫 네 잎 클로버의 행운을 찾아 지천에 깔린 세 잎 클로버의 행복을 무시한 채 헤맨다. 조그만 것, 사소한 것, 가까이 있는 것이 귀하고 소중함 것임을 매일 새롭게 자각한다. 황금 같은 오늘을 잘 마무리하고 후회 없이 보내려 한다.

오늘도 감사합니다. 사랑합니다. 행복합니다.

친구의 전화

밤잠을 설치고 새벽녘까지 책을 읽다가 아침에 깜빡 잠이 들었다. 전화 벨 소리에 놀라 허둥지둥 전화기를 귀에 대니 친구에게서 온 전화다. 매일 카카오 문자로 좋은 글과 안부를 물어주는 서울 근교에 살고 있는 사범학교 동창생이다.

"수옥아, 네가 심장이 안 좋은 것도 모르고 살았으니 난 친구도 아니야." 하며 울먹인다. 어제 심장 초음파 검사 예약일이어서 병원 복도에서 순번을 기다리는데 이 친구에게서 카톡이 왔다. 병원이라고 답장을 보낸 것이 친구에겐 충격이 컸나보다. 언제나 씩씩하고 의연해서 심장 판막증 같은 위험한 병에 걸린 줄도 모르고 저 아픈 것만 징징대며 살았다고 울먹인다.

누가 누구를 염려하며 놀랄 일도 아닌 많은 세월을 살아 온 친구사이다. 이 친구는 27년 전 유방암 수술로 친구들의 한숨과 눈물을 자아내게 했고 다행히 수술이 잘 되어 지금까지 성실하게 살아온 사람이다.

"친구야, 나 때문에 마음 아파하거나 울지 마. 우리 나이가 되면 한두 가지 고질병은 다 안고 살잖아? 그래도 이제껏 죽지 않고 걸어 다니며 살고 있으니 감사해야지."

심장판막이 많이 굳어있는 상태라는 담당의사 선생님 말에 놀라긴 했지만 지금 당장 수술은 안 해도 된다고 해서 "감사합니다." 하며 인사하고 나왔다.

그렇다. 오늘 하루가 마지막인 것처럼 살면 지금이 얼마나 소중한지를 깨닫게 되고 감사하는 마음만 가득 찰 것이다. 남과 비교하다 보면 다 내 것이 작아 보이는 법. 비교해서 불행하지 말고 내게 있는 것으로 기뻐하고 감사하랬다.

한때 나는 왜 남처럼 예쁜 얼굴로 태어나지 못했을까 하며 신(神)이 원망스러울 때도 있었다. 토기장이가 같은 흙을 가지고 귀하게 쓰일 그릇과 천하게 쓰일 그릇을 만드는 걸 흙이 '왜 그러느냐고 따질 수 있는가'라고 성경은 가르치고 있다. 창조물은 그 모양새가 다 다르듯 그 쓰임새도 다 다르다는 것이다. 하나님은 남보다 뛰어난 미모를 갖고 교만해질까 봐 나에게 평범한 얼굴을 주신 듯하다. 이제 예쁘지 않은 내 얼굴을 보지 않고 젊고 활기찬 다른 사람의 얼굴을 보고 살 수 있어 하나님의 조화에 감사할 때가 많다. 탈무드에 굴뚝 청소한 두 사람 중 세수를 한 사람의 비유와 같은 맥락이다.

젊어서의 일이다. 소록도의 나병 환자들로 이루어진 밴드 팀이 우리 교회를 방문했다. 그들은 부러져 나간 뭉툭한 손마디로 기타를 치고 북을 두드리며 뻥 뚫린 코와 비틀어진 입에 하모니카를 대고 천상의 화음처럼 아름답게 찬송가를 연주했다. 그 모습에 감동하여 눈물 흘리며 박수를 보냈다. 많이 가진 사람보다 사회로부터 외면당한 그들이 하나님께 감사하며 살고 있음에 깨달은 바가 컸다.

〈나는 자연인이다〉 라는 TV 프로그램을 가끔 시청한다. 깊은 산속 외진 곳에서 자연과 벗 삼아 사는 그들은 하나같이 도시를 떠나 살고 있는 현재가 행복하다고 한다. 믿던 친구의 배신에 사람이 무서워 큰 사업도 마다하고 산에 들어온 사람, 불치병에 걸려 가족에게 고생시키지 않으려고 들어온 사람 등 사연과 경력도 다양하다. 약초를 캐며 험한 산골짜기를 누비면서 그들은 자연을 배우며 자연에 감사하며 산다.

내가 먼저 세상을 떠날까 봐 울먹이는 친구의 전화를 받고 행복과 죽음이라는 어두운 명제를 새삼 생각해 본다. 어떻게 사느냐가 어떻게 죽을 것인가의 답이라고 한다. 내가 행복한 삶을 살고 있다면 분명 죽음도 행복할 것이다. 흙에서 났으니 흙으로 돌아가는 것이 당연한 일일진대 썩어질 것을 갖기 위해 동분서주하지 말아야겠다고 다짐한다.

'친구야, 죽음도 당연히 맞아야 할 자연의 일부분이란다. 두려워하지 말고 때가 되면 자연으로 돌아가자. 평안한 마음이 되어서. 숨쉬고 눈으로 보는 이 순간을 감사하는 마음으로 살아가자꾸나. 내일 일은 창조주 하나님께 맡기며.'

내 건강을 걱정하고 "죽지 마." 하며 울어주는 친구가 있다는 게 얼마나 행복한 일인가. 친구의 전화 때문에 오늘 하루도 감사하고 행복한 날이 시작된다.

매 순간 겸허한 마음으로 감사하며 살련다. 감사할 때 행복한 마음이 되므로.

J에게

J!

네 이름을 부르고 나니 뜨거운 것이 목울대를 타고 흘러내리는 것 같구나. 애잔함과 설움 같은 것이 겹치는 기억 속에 꿈틀꿈틀 밀고 올라오는구나. 네 작은 어깨는 늘 쳐져 있었고 꾹 다문 입은 필요 없는 말은 아예 입 밖에도 내놓지 않을 듯 침묵으로 일관했어. 그 옆에서 나는 늘 조잘거렸고 너를 기쁘게 해주고 싶은 마음이 앞섰지. 책읽기를 즐기며 독서 동아리 친구 다섯 명이 어울릴 때도 잡담이나 개인 이야기는 아예 입 밖에도 내지 않는 무뚝뚝하고 말이 없는 너였어. 학교 성적은 전체 일등을 놓친 적 없는 네 실력이 부럽기도 하고 놀랍기도 해서 우리 친구들은 감히 너를 이길 생각마저 갖지 못했지.

네가 고등학교 독서 동아리 친구와 결혼한다고 했을 때 나는 너무 놀랐고 너를 전혀 모르는 바보 친구가 된 것 같아서 서운한 마음도 들었어. 수재로 꼽히던 너. 중학교 교사직도 사표 내고 남편과 같이 사업을 하면서 자식들 키우고 시동생들까지 대식구를 거두는 네 모습은 쉼 없이 일만 하는 소 같았어. 불평 한마디 없이 일만 하는 소.

뛰어난 수재로서의 네 재능이 사장된 것 같아 안타까운 마음, 아까운 마음이었지. 그런 너를 보면서 화를 내는 나를 오히려 다독여주던 너였다.

수십 년 동안 우리는 동창회도 나가지 못하고 각자 버거운 삶을 살며 소식이 없어도 서로의 우정은 변함없었다고 생각해. 고희를 훌쩍 넘긴 나이에 동창회에서 다시 만난 너를 보는 순간 서로가 얼마나 염려하며 말없이 지켜보며 살아왔던가를 느낄 수 있었지.

2년 전 건강하던 네 남편이 폐암 말기라는 말에 또 한 번 놀라워서 어떤 말로도 너를 위로할 수 없었어. 음식 냄새도 싫어하는 남편 병간호에 지친 네가 진짜 환자 같아서 가끔 너를 불러내어 함께 밥을 먹는 것으로밖에 너를 위로할 다른 방법이 없었어. 건장했던 젊은 날의 네 남편 모습만 기억하고 싶어서 1년 반 동안 병상을 지키며 서울로 매주 한 번씩 오르내리며 고생하는 너를 외면하고 말았어. 암으로 초췌해졌을 네 남편 모습 보는 게 겁이 났던 것 같아. 지극정성으로 돌본 덕에 3개월 밖에 못 산다던 네 남편이 1년 반 동안 살다가 편안히 눈을 감았을 때 '이제 내 친구가 살겠구나.' 하며 오히려 안심이 되기도 했었어.

자식들 앞에서 눈물을 보이지 않는다던 네가 내 앞에서 눈물을 흘릴 때마다 "세월이 약이라더라." 하며 근교에 있는 산과 호수에 함께 바람 쐬러 가는 것으로 위로를 대신했지. 한결같이 너에게 버팀목이 되었던 남편이었으니 그 상실감이 엄청났겠지. 한편으론 남편과 좋은 추억이 많은 네가 부럽기도 했어.

사람은 언제까지 살았느냐가 중요한 것이 아니고 어떻게 살았느냐가 중요하지 않겠니? 어떻게 죽을지 알면 어떻게 살아야 할지도 배울 수 있고 언제든지 죽을 수 있도록 준비를 하면 더 적극적인 삶을 살 수 있다고 했어. 존 밀턴은 말했지. "비록 험난할지라도 그 길을 택한 용기의 의미와 선택의 가치를 아는 사람만이 인생의 길 끝에서 환하게 웃을 수 있다"고. 인간은 어떤 선택을 해도 후회하게 마련이며 이것을 극복하는 것이 곧 성공이라고도 했어.

친구야, 이제 그만 슬픔에서 벗어나렴. 그리고 얼마 남지 않은 우리들의 삶을 곱게 장식하자꾸나. 그 누구도 원망하거나 탓하지 말고 겸손한 마음으로 나를 내려놓으며 살자꾸나. 세상살이가 아무리 고단해도 우리는 최선을 다해서 살아야 한다고 생각해. 신의 응답이 없을지라도 우리의 기도는 이어져야 할 것이고 감사한 마음으로 살자.

친구야, 네가 글쓰기를 멈춰버린 것이 제일 아쉽고 속이 상했어. 하나님이 주신 달란트를 땅속에 묻는 일은 신에 대한 반역이라고 생각해. 네 재주가 어떤 모습으로든 빛을 보면 더 바랄 것이 없을 것 같다. 시간 때우기 소일거리로 뜨개질하는 네가 안타까워. 너보다 재주도 없고 보잘 것 없는 나도 무엇에든 도전해보려고 날갯짓을 퍼덕거리고 있잖아?

친구야, 자식이 네 분신이라는 생각은 하지 마. 자식이 너를 다 알고 있다고 자신도 하지 마. 네 속에 타고 있는 불꽃을 억지를 쓰며 사그라뜨리지 마. 기억이 살아 숨 쉬고 있을 때 네 영혼의 속삭임을 외면하지 말고 맘껏 표현해 봐.

작년 서너 달 동안 병원에 입원해 있던 나에게 너는 매일 찾아와

주었어. 병실의 메마른 공기 때문에 입술이 갈라진 나를 위해 조그만 가습기를 사다가 설치해 주었지. 병원 밥이 맛없을 거라고 틈틈이 본죽 메뉴를 번갈아가며 사다 먹이던 너였지. 깁스한 발가락이 시릴 거라고 큰 덧버선을 마련해서 신겨주며 안타까워하던 너를 생각할 때마다 입장이 바뀌어 네가 병원에 있으면 나는 너처럼 할 수 있을까 여러 번 내 자신에게 자문해 보았어. 나는 네 그림자도 못 따라갈 위인이란 걸 알기에 고마운 마음이 들었고, 그 크고 깊은 우정이 조그만 저 체구 어디에서 솟아나오는 것일까, 놀랍고 감격스럽기만 했어.

나는 언제나 투정 부리는 철없는 동생 같고 너는 엄마를 대신하는 의젓한 큰 언니 같아. 언제나 나를 다독여주고 내 서러운 눈물도 같이 해주는 친구지. 글을 쓰면서 똑같은 곳을 바라보며 우리 같이 걸어가 보자. 제발 부탁이야.

J! 너는 나에게 보배 같은 좋은 친구야.

죽마고우

수술을 받은 지 한 달째이다. 어지럼증과 통증이 많이 완화되어서 요 며칠 사이 음식도 조금씩 먹게 되었다. 며느리가 해준 장어구이와 냉채를 오랜만에 맛있게 먹었다.

손자들이 교회에서 받은 거라며 입맛 없어 하는 나를 위해 가져온 기정 떡을 보니 나를 가장 아끼고 염려해 주는 친구가 생각났다. 주섬주섬 떡을 싸들고 전화했다. 둘이서 늘 함께 걷던 한옥마을에서 만나기로 했다. 날마다 내 건강을 염려하여 전화하는 딸들을 안심시키고 싶어 지나가는 아가씨에게 카톡 사진을 부탁했다. 경기전 입구에서 친구와 어깨동무하고 찍은 사진을 단톡방에 올렸더니 딸들이 반가워하며 우리 엄마 장하다고 야단들이다.

지난 3년 동안 예수병원에서 정기 검진을 받아왔다. 5월 중순에 초음파 검사 결과 느슨해진 심장판막 기능이 한계에 다다라 혈액 역류가 심해서 당장 수술을 해야 한다고 했다. 위험 수위가 높다고, 잠을 자다가, 혹은 길을 걷다가, 어느 때든 그냥 갈 수 있다고 겁을 주었다. 숨이 가빠서 전처럼 등산은 못해도 평지는 여전히 잘 걸어 다녔고 평소에 가슴에 심한 통증을 못 느꼈다고 말하는 나에게 의사는 무통 환자라는 판단을 내렸다.

심장판막증 수술은 어렵다는 얘기를 어깨너머로 들어왔다. 나이 많고 지병이 있는 사람은 생사여부가 반반이라고들 했다. 수술비도 엄청나다고 했다. 80세가 넘었으니 장수했고 노년을 편안하고 행복하게 살았기에 아무 여한이 없다고 생각해 왔다. 수술하지 않고 이대로 살다가 조용히 죽음을 맞이하고 싶다고 친구에게만 속마음을 털어놓았다.

그는 내 말을 들은 뒤 날마다 전화해서 다시 생각해 보란다. 너랑 함께 살고 있고 네가 사랑하는 며느리에게 못할 짓을 하는 것은 아닌지. 자식이 없는 것도 아니고 엄마라면 끔찍할 정도로 효도하는 자식이 다섯이나 있는데 말 안하고 있다가 큰 변을 당하면 자식들 입장이 어떨지 생각 안 하느냐고. 곱게 죽지도 않고 식물인간이나 반신불수가 될 수 있다는 것을 강조하며 설득했다.

며칠을 고민하다가 현명한 친구의 충고대로 자식들에게 알렸다. 미국에 있는 큰딸을 비롯해 자식들이 깜짝 놀라며 당장 수술을 받으라고 성화를 대었다. 자식들과 담당 의사가 서울에 있는 큰 병원을 추천했지만 전북대 병원 흉부외과 팀을 인터넷으로 검색해 보고 내가 살고 있는 전주에서 수술을 받겠다고 결정했다. 서울은 코로나 바이러스가 최근에 급작스럽게 확산 되어 나 때문에 병원을 오고갈 자식들 안위가 너무도 걱정되었기 때문이다. 수술 전후에 서울을 오가며 검진을 받으러 다닐 일도 쉽지 않을 거라고 판단했다. 모든 결정을 내 뜻에 따라 준 자식들이 고마웠고 흉부외과 김경화 교수에게 어려운 수술도 잘 받아서 살아나게 되었다.

친구는 조심스러워 전화나 방문도 못하고 혼자 많이 울었단다. 유일한 친구인데 잃으면 어쩌나 하고 혼자서만 애를 태웠노라고 경기전 벤치에 앉아서 얘기하며 눈물을 뚝뚝 흘리는 것이었다.

퇴원했다는 소식을 듣자마자 쌍화탕 한 상자를 택배로 보낸 친구다. 값이 비싸서 선뜻 사 먹을 수 없는 보약이다. 그 진한 우정에 가슴이 시렸다. 아무 때라도 보고 싶을 때 만날 장소를 정하고 나면 아픈 다리를 절뚝이며 지팡이를 짚고 약속시간에 어김없이 나와 주는 허물없는 사이다. 독서를 즐기는 취향이 같고 구구이 말하지 않아도 서로의 아픔을 같이 나누어 온 죽마고우다.

다른 친구 두 명은 소식 듣고 병원을 방문했다가 면회가 안 되어 되돌아갔다고 한다. 살아서 다시 만나게 되어 고맙다고 한다. 나에게 좋은 친구들이 있다는 것이 고맙고 행복하다. 개똥밭에 굴러도 이승이 저승보다 낫다는 옛 어른들의 말이 실감나기도 한다. 효도하는 자식들이 있고 좋은 친구들이 있는데 건강하고 진실하게 여생을 보내야겠다. 어려움을 당할 때 외면하지 않고 아픔과 눈물을 나눌 수 있는 친구가 있음에 행복하다.

양지 네 자매

새초롬하고 청순한 도라지꽃 같은 M. 장미처럼 열정이 넘치는 J. 풀꽃 같은 친근함이 매력인 S. 나를 큰 언니라 부르는 문학 동아리 친구들이다. 서로의 생일이면 맛집에 모여 생일을 축하해 주고 꽃 선물을 나눈다. 금년 내 생일에는 베고니아 화분을 받았다. 노란 꽃잎이 소담스러워 정성껏 물을 주고 바람이 잘 통하고 햇빛이 잘 드는 베란다에 놓았다.

6월 초, 큰 수술을 마치고 오랜만에 집에 돌아오니 노란 꽃이 여전히 풍성하게 피어 활짝 웃으며 반겨주었다. 4월 초에 선물로 받은 화분이다. 열흘 붉은 꽃 없다는데 이 탐스러운 꽃도 곧 지고 말겠지 했었다. 내 예상을 뒤엎었다. 석 달이 넘어가는데도 꽃이 쉬지 않고 피고 지고 그 샛노란 꽃잎이 건재함을 뽐내고 있다. 수술로 내가 생명을 연장했듯이 크게 기대하지 않았던 베고니아 화분이 나를 새삼 놀라게 했다.

꽃을 선물한 문우들의 사랑을 다시 한 번 가슴 깊이 새겨본다. 3~4년 동안 참 많은 여행과 만남의 시간을 가졌다. 작년 봄 새벽 열차를 타고 넷이서 여수 여행을 하면서 많은 추억거리를 쌓았다. 모악산 벚꽃 나들이, 덕진 공원 연꽃 축제, 진안 운장산 자연휴양림 숲길도 함께 찾았다. 손에 손을 잡고 걸으며 운일암 반일암 맑은 물에 발을 담그며 동심으로 돌아가기도 했다. 운일암은 천지 산수가 신묘한 조화를 이루어 절경을 빚어낸 곳으로 해가 쉽게 진다하여 얻은 이름이고 반일암은 햇볕을 하루에 반나절밖에 볼 수 없다 하여 지은 이름이라고 한다. 전주 수목원을 찾아 더위를 식히며 도란도란 얘기꽃을 피우던 일도 아름다운 영화의 한 장면처럼 생생하다.

서로의 수필 등단을 축하하며 꽃다발을 주고받기도 했다. 맛있는 음식을 같이 나누고 여행의 설렘을 자주 나누다 보니 친자매처럼 서로를 아끼며 정을 나누게 되었다. 수필과 시뿐 아니라 그림 그리기를 즐기는 J의 전시회나 인문학 강의도 함께 들으며 작품집을 같이했다.

전북문학관 시 낭송 반에 넷이서 나란히 출석하여 시 낭송을 하는 것 또한 새로운 체험이다. 글공부에 필요한 자료는 복사해서 나누어 갖고 각자 파일에 저장한다. 문학이라는 매개체가 각기 다른 직업과 삶으로 살아온 우리 네 사람을 하나의 끈으로 단단히 묶어놓은 것 같다. 갑작스러운 입원과 코로나 바이러스의 방해로 두어 달 동안 만남이 뜸했는데 다음 주 만날 약속이 가슴 설레게 한다.

알뜰한 막내 S가 각자의 이름 석 자로 삼행시를 써서 나누어준 연말 카드를 살며시 꺼내어 본다.

샬롬!

신: 신세대와 구세대를 아우르는 언니의 혜안에 존경의 마음을 드립니다.

수: 수많은 별과 같이 빛나는 글을

옥: 옥처럼 아름다운 보석 같은 인생을 아우들께 몸소 보여주시는 언니를
만난 것은 축복입니다.

사랑합니다. 고맙습니다. 감사합니다.

S 올림

다정다감하고 귀여운 막내아우다. 나는 참으로 인복이 많은 사람이다. 착하고 효도하는 자식들이 있고 주변에 나를 아끼고 사랑해 주는 친구들이 있어 노년의 외로움이 무엇인지도 모른 채 매일매일 설레는 마음으로 즐겁기만 하다. 젊어서 흘렸던 수많은 아픔의 눈물을 기억하고 노년에 좋은 사람들을 내게 보내주셔서 위로해 주시는 하나님 은혜에 감사할 뿐이다.

팔순 기념 여행

사범 본과 10회 여자 동창 열여덟 명이 속속 모여들었다. 1박 2일 팔순맞이 기념 여행을 떠나는 날이다. 회갑과 고희에 외국 여행을 다녀오던 것이 단기간 국내 여행으로 바뀐 것이다. 국내든 해외든 어떠랴. 여행은 즐겁다. 알랭 드 보통도 말했지 않은가. 여행지의 공기는 집에서 느끼는 공기보다 더 달콤한 물질로 만들어진 것 같다고.

이른 아침, 종합경기장 후문에서 대절한 관광버스에 탑승했다. 구름이 잔뜩 끼어 흐린 날씨지만 단양 팔경을 향해 달렸다. 청풍호에 닿자마자 관광 모노레일에 여섯 명씩 한 조가 되어 차례대로 탑승했다. 2.94km의 깎아지른 듯한 절벽을 모노레일에 의지한 채 오를 때의 아찔함은 여간한 강심장이 아니고서는 어려울 듯 했지만 산전수전 다 겪은 팔십 세의 여장부들은 외마디 비명도 없이 태연하다. 산 밑으로 보이는 청풍호의 한 자락이 그림처럼 아름답고 깎아지른 벼랑길을 천천히 기어오르는 모노레일 탑승이 짜릿한 쾌감을 안겨 주었다.

낙엽이 우수수 떨어질 때 …… 마른 나뭇가지에서 떨어지는…… 누군가 옛 노래를 시작하자 합창까지 힘차게 부르는 여유까지 부렸다. 40분간의 모노레일 왕복 여정이 끝나고 버스에 탑승해서 청풍호 유람선을 타기 위해 호수 길을 달렸다.

산자락마다 수를 놓은 듯 울긋불긋 단풍이 곱다. 날씨마저 청량하기 그지없다. 청풍 나루터에서 단양 장회 나루까지 왕복 1시간 30분 정도 걸리는 유람선에서 선장이 굵은 목소리로 안내방송을 해주었다. 오른쪽 1시 방향에 있는 바위를 보십시오. 구암봉 암 거북이를 찾아보세요. 왼쪽으로 솟은 세 봉우리가 유명한 옥순봉입니다. 연자봉입니다. 제비가 날개를 펴고 나는 것 보이지요? 방송이 나올 때마다 이쪽 창과 저쪽 창을 번갈아 몰려 옮겨가며 설명을 듣느라 열심이다.

유람선에서 내려 고가와 유물 전시관 관람을 끝으로 다시 차에 올라 저녁 식사를 위해 식당으로 달렸다. 올갱이 된장국이 지친 속을 달래주었다. 한화 콘도에 도착한 뒤, 큰 방 두 개에 나뉘어 여정을 풀고 수안보 온천물에 몸을 담가 하루 여정의 피로를 풀었다. 몸은 영락없는 노인네들이었으나 나이를 잊은 개구쟁이 십대 소녀들의 웃음을 담고 있었다.

늦은 시간이지만 모두 큰 거실에 모여 윷놀이가 시작되었다. 어느 때부턴가 동창 여행을 가면 밤에 모여 하는 윷놀이가 지정 종목이 되었다. 윷놀이에 서툰 친구가 윷을 던지는 폼이 우스워서 배꼽을 잡았고 순서가 뒤바뀌어 말판을 처음으로 돌려쓰면서 깔깔대고 웃는 바람에 저녁 먹은 것이 완전히 소화가 되는 것 같았다. 골치가 아프다며 누워있던 친구가 일어나 윷놀이하고 나니 아픈 머리가 싹 개었다고 해서 웃음이 두통도 사라지게 하는 묘약임을 실감했다.

아침이 되자 부산했다. 이곳저곳에서 화장하며 머리에 세팅까지 하고 거울 앞에서 이리 기웃 저리 기웃하는 양이 아직도 여자임을 증명하는 듯했다. 문득 로버트 브라우닝이 했던 말이 생각났다. "우리 함께 늙어갑시다. 최고의 시절은 아직 오직 않았으니."

관광지에서 사 모은 기념품 때문에 무거워진 가방을 메고 차에 올라 문경새재로 향했다. 짧은 거리지만 미니 셔틀버스에 올랐다. 편도 천원의 탑승요금이 무던했다.

관광객들의 옷이 30여 년 전과는 확연히 달라 보였다. 80년대 우리나라는 빨간 옷이 유행이었다. 빨간 자켓과 점퍼로 길거리가 온통 붉은색 물결을 이루던 때였다. 한국 여행객들의 옷은 하나같이 빨간 점퍼 차림이었다. 동남아 현지인들이 빨간 점퍼만 보면 쫓아와서 한국어로 '싸게 줘'라며 호객행위까지 했었다.

지금 보이는 관광객의 옷은 모두 약속이나 한 듯 검은색 계통의 패딩 점퍼와 코트다. 빨간 점퍼를 입던 그 시절에 우리나라 경제 사정이 좋았다고 말하기도 한다. 중국인들이 빨간색을 선호하는 것 또한 부흥과 행운의 색깔로 알기 때문이리라.

새재의 관문인 문경새재는 백두대간 마루를 넘는 재다. 한강과 낙동강 유역을 잇는 영남대로 상의 가장 높고 험한 고개이며 사회 문화 경제의 유통과 국방의 요충지였다고 한다.

새재는 '새도 날아서 넘기 힘든 고개' '풀(억새)이 우거진 고개' '사이 고개' '새로(新) 만든 고개'라는 뜻이 담겨 있다고 한다. 사적 제147호 문경관문과 명승 제32호 문경새재 옛길을 비롯한 문화유산과 자연경관이 잘 보존되어 있다.

문경새재 옛길을 걸었다. 왼쪽으로 맑은 시내가 흐르고 오른쪽으로 아름다운 바위와 단풍이 수놓인 절벽을 가로지른 길이 너무도 아름다워 끝까지 걷고 싶었다. 많이 걷지 못하고 벤치에서 쉬고 있는 친구들의 기다림이 안타까워 한 시간도 못 채우고 걷다가 되돌아올 수밖에 없었다.

간간이 스치는 가을바람에 팔랑팔랑 떨어지는 단풍잎들이 꽃잎처럼 아름다웠다. 고운 단풍잎이 바람에 떨어지는 모습을 보며 인생도 저 나뭇잎 같다는 생각이 들었다. 봄에 새싹을 틔우고 여름에 초록빛으로 왕성함을 자랑하다가 가을이면 마지막을 곱게 물들여 사람들의 눈을 즐겁게 해주고 바람에 힘없이 떨어져 거름이 되고 마는 것. 영원한 삶이란 없다는 진리를 깨닫게 된다.

그 옛날 고달팠던 재가 지금은 이토록 편하고 예쁜 길이 된 것을 보면 세월의 흐름과 인간의 힘에 놀랄 뿐이다. 박물관 앞에서 전체 기념사진을 찍고 다시 버스에 올라 청남대 국화축제장으로 향했다.

청남대는 '남쪽에 있는 청와대'라는 뜻으로 우리나라 역대 대통령들의 별장이다. 노무현 대통령이 처음으로 별장을 개방해서 민간인들도 구경할 수 있게 되었다. 두 번째 방문한 청남대는 많이 변해있었다. 역대 대통령들이 쓰던 물건들이 전시되어 있었는데 초라해서 중국 왕들의 애호품이나 일상용품과 비교가 되기도 했다.

넓은 정원에서는 국화축제 중이었다. 아름답게 장식된 국화정원을 돌아보며 사진도 찍었다. 젊은이들이 자연스럽게 사진을 찍는 모습과 우리 친구들이 사진 찍기를 피하는 모습에서 세대 차이를 절감했다. 나 또한 망설이다 국화꽃 속에 얼굴을 내밀고 친구에게 사진 몇

장을 부탁했다. 내 일상을 궁금해 하는 자식들에게 사진 한 장을 카톡으로 보냈더니 "엄마 예뻐요." 한다. 역시 내 자식들이다. 꽃이 예쁘다는 말 대신 꽃 속에 찍힌 어미가 예쁘다고 한다. 내 나이를 의식하지 않고 내 앞에 보이는 아름다운 단풍과 국화와 단양의 절경을 가슴에 담고 맘껏 행복해 보련다.

다음을 기약할 수 없는 동창회 여행이어서 그런가, 지금 이 순간이 더 귀하게 느껴진다. 인간에게 가장 귀중한 것 세 가지는 황금, 소금, 지금이며 그중에 제일은 지금이라고 하지 않는가. 지금 이 순간을 내 생애의 마지막이라는 마음으로 살아가자.

가장 아름다운 꽃은 웃음꽃이란다. 웃음은 위로 증발하고 슬픔은 밑으로 가라앉아 앙금으로 오래 간직되는 성질을 가져서 상처라고 한다. 오늘도 주님이 주신 말씀을 마음 판에 새기며 하하하 소리 내어 웃어본다. "기뻐하라, 쉬지 말고 기도하라, 범사에 감사하라."

기뻐서 웃는 게 아니라 웃으니까 기쁘다. 즐겁고 의미 있는 여행이었다.

6

그곳에 다시 가고 싶다

교도소에 가다

사범학교 2학년이던 11월 3일이었다. 스피커에서 나오는 안내방송이 교실에 크게 울렸다. 각 반 실장과 간부들은 교무실 앞 현관에 모이라는 방송이었다. 수업 중이던 선생님과 친구들의 독촉을 받으며 급히 뛰어나갔다.

대기하고 있던 큰 차에 영문도 모른 채 올라탔다. 악기를 맨 밴드부도 합승했다. 달리는 차 안에서 지도부 선생님의 설명을 듣고서야 어디로 가고 있는지 알게 되었다. 인권 옹호의 날이어서 교도소를 방문한다는 것이다. 교도소라는 말에 여기저기서 웅성대는 소리가 있었고 그곳에 가서 따라야 할 주의 사항도 있었다.

가을 하늘은 시리도록 파랗게 물들어 있고 옷깃을 스치는 바람 또한 매서웠다. 높은 담이 둘러쳐진 교도소는 파란 하늘을 찌를 것 같았다. 교도소 안 광장에는 헤아릴 수 없이 많은 수인들이 파란 수의를 입고 머리를 빡빡 깎은 채 줄지어 앉아 있었다. 가을 햇볕에 까까머리가 더 빛나 보여서 두렵고 놀라운 마음이 들었다.

파란 하늘과 죄수들의 파란 수의가 늦가을의 서늘한 날씨처럼 차갑게 느껴졌다. 옷이 사람의 신분을 다르게도 할 수 있다는 것을 체험하는 순간이었다. 우리 학생들을 보며 그들은 무슨 생각을 했을까. 어떤 경우에도 이곳에 와서 죄수복은 입지 말아야 한다는 생각이 들었다.

소장님의 인사말에 이어 죄수 대표의 환영사가 있었는데 건장하게 생긴 청년이 우렁우렁 큰 목소리로 자기소개를 했다. "사상범으로 형을 받고 이곳 전주 교도소에서 복역 중인 죄수 대표 신○○이라고 합니다."

그 이름과 우렁찬 목소리를 듣는 순간 가슴이 마구 쿵쾅대었다. '아, ○○ 삼촌이구나.' 멀리서 보이는 그 얼굴은 비록 까까머리이기는 하지만 잘 생기고 똑똑한 ○○ 삼촌이 틀림없었다. 엉엉 우는 내가 딱했던지 나를 사무실로 데리고 간 소장님이 사유를 듣고 특별히 삼촌을 불러 만나게 해주었다. 소장님 말에 의하면 삼촌은 모범수로 교도소 사람들이 가장 존경하는 사람이란다. 삼촌은 "아버지 딸답게 자존감을 갖고 바르게 살라."고 격려하고 내 눈물을 닦아주며 등을 토닥여 주었다.

대한 청년단 단장이던 삼촌은 6 · 25 전쟁이 나자 피난을 떠나지 못했는데 인민군 입성과 더불어 공산주의자가 되어 도당 인민위원장이 되었다. 고려대학 정치학과를 중퇴한 그는 사랑하는 여자를 따라 전주로 내려와서 생활하던 중 종씨이던 우리 아버지 선거위원으로 맹활약을 했다. 초대 국회의원으로 당선된 아버지가 자주 서울 생활을 해야 하는 처지여서 삼촌은 집안의 모든 일을 안팎으로 맡아 해주었다. 우리 형제자매들도 친삼촌처럼 따랐고 유난히 나를 예뻐해서 근

엄하신 아버지 대신 삼촌을 더 따랐다.

생사의 기로 앞에서 삼촌이 선택한 유일한 방법이었고 저들 또한 인물 좋고 이용가치가 있는 삼촌을 설득해서 붉은 완장을 차게 했을 것이다. 체포 당시 전향을 권했으나 공산주의 사상에 이미 물든 삼촌은 사상범 1호로 15년 형을 선고받았다. 다행히 모범수로 감형되어 10년 후 출소했다. 잠깐 인사차 들른 삼촌은 고뇌에 찬 중후한 중년이 되어 옛날의 호남형 이미지는 사라졌지만 목소리만은 여전히 우렁차서 씩씩한 옛날 삼촌 같았다.

심한 부모의 반대에도 사랑하는 여자를 따라 학업도 중단하고 전주에 내려 왔던 삼촌은 삼촌댁과도 헤어져 모든 것을 잃은 사람이 되었다. 우리 집도 아버지가 납치 인사가 되어서 어렵게 되었고 삼촌을 머물게 할 수가 없었다. 분단의 뼈아픈 역사와 6 · 25전쟁의 비극은 인물이 뛰어나고 똑똑해서 유망한 정치가 지망생이던 한 청년의 청춘을 몽땅 앗아가고 말았다.

얼음장 밑에서도 고기는 헤엄치고 눈보라 속에서도 매화는 꽃망울을 틔운다. 피는 물보다 진하다고 서울에 있던 부모 형제가 새 출발을 권하며 청춘도 처자도 다 잃어버린 그를 다시 품에 안아 주었다. 부모 형제를 다시 찾은 삼촌은 부친의 사업을 도우며 묵묵히 제2의 인생을 살고 있다.

6 · 25 전쟁이 가져온 비극은 이 뿐만이 아닐 것이다. 이산가족의 피 맺힌 한이 아직도 숙제로 남았고 수백 명의 전쟁고아의 아픔은 어떻게 보상해 줄 수 있겠는가. 지금 우리의 풍요로움 뒤에 감춰진 그 고통과 애통함에 대해 역사는 그 어떤 변명도 용납하지 않으리라.

다시는 이 땅에서 전쟁은 없어야겠고 동족상잔의 비극 또한 없기를 바랄 뿐이다.

6 · 25의 전쟁을 모르는 세대들이 우리의 아픈 역사를 외면하지 말고 부강국의 대열에 우뚝 선 국가와 현실에 감사하며 성실하게 살기를 소망해 본다.

나의 학창 시절

내가 초등학교 6학년 때였다. 중학교 입시를 치르고 자기 점수대로 희망하는 학교에 진학하던 때였다. 밤 12시가 되면 사이렌 소리와 함께 전깃불이 소등되고 야간 통행금지가 시작되었다. 지금의 야간 자율학습처럼 통행금지 시각이 되기 전까지 유일한 참고서인 전과서를 외우며 선생님이 칠판에 판서한 문제를 푸는 공부를 했었다.

밤에 화장실에 가려면 친구들과 무리를 지어 가야 할 정도로 학교 화장실이 무서웠다. 흰 손? 빨간 손? 묻는 소리에 엉겁결에 "빨간 손" 하면 화장실 밑에서 빨간 손이 불쑥 나와 똥통 속으로 끌고 들어 간다는 전설 때문이었다.

하교할 때는 가로등 하나 없는 캄캄한 길을 가로로 한 줄이 되어서 노래를 부르며 걸었다. 친구들은 유난히 겁이 많은 나를 늘 한가운데 세워주었다. 이야기를 좋아하는 어린 우리들에게 어른들은 귀신 얘기를 많이 해서 우리가 놀라는 모습에 깔깔대며 재미있어 했다. 선생님들까지도……. 비라도 추적추적 내리는 밤이면 더더욱 무서워서 윙윙대는 바람 소리에 우산이 흔들릴 때마다 귀신이 뒷덜미를 잡는 듯해서 '엄마' 외마디 소리를 내며 기겁을 하기도 했다.

그때 당시 학교 운동장에는 군인 텐트가 들어서 있어서 군인들과 함께 생활했다. 때때로 교실도 비워주고 나무 밑에서 수업하는 일이 많았다. 군사교육과 반공교육이 철저해서 '전우의 시체를 넘고 넘어…….' 군가에 맞춰 운동장을 행진하는 일이 매일 계속되기도 했다.

유일하게 접하는 영화는 〈공산당이 싫어요〉 이영복 소년의 반공영화였다. "학생 이리와, 건빵 줄게." 불러대는 군인 오빠들이 무서워 피하거나 도망쳤다. 음악 시간에는 동요보다는 군가를 주로 배웠다. 어느 날 군인 텐트가 운동장에서 사라지자 비로소 우리 세상을 만난 듯 기뻤다.

시내 초등학교 사열식 경연에서 우리학교가 일등을 했고 조회 시간에 교장 선생님이 기쁨에 차서 긴 시간 훈시를 하셨던 기억이 생생하다. 빨갱이 새끼들은 다 죽여 버려야 한다고 친구들이 열변을 토할 때마다 나의 아버지가 납북인사여서 빨갱이 가족으로 몰리던 때라 큰 죄인처럼 주눅이 들곤 했다.

학교 동극에서 아버지가 북에 납치되고 어머니와 남겨진 소녀 역을 맡았다. 애절한 노래와 대사를 제법 실감나게 했던 내가 그 역을 맡게 된 것이다. 연극 내용 자체가 내 처지 같아서 그 연극에 더 몰입했던 것 같다.

우리 반 학생 70명 중 나와 다른 친구 한 명이 사범학교에 합격했다. 담임선생님이 기뻐하시며 우리 두 사람을 헹가래를 해주셨다. 집안 형편이 어렵고 머리 좋은 학생은 졸업과 동시에 교사로서 직장이 보장되어있는 사범학교에 진학하는 경우가 많았다.

6 · 25전쟁을 치르고 난 직후여서 너나없이 배고픈 시절이었다. 학교 앞 붕어빵 집에 학생들이 새까맣게 늘어서 있던 풍경 또한 잊을 수 없는 추억이다. 유일한 간식거리가 붕어빵이었기 때문이다. 그래서 사범생이 죽을 때 '붕어 빵' 하며 외치고 죽는다는 우스갯소리도 있었다.

시내 학교 운동시합 때마다 응원하는 우리를 향해 다른 학교 남학생들이 "암캐구리 수캐구리 오라이 헤이"하며 야유하곤 했다. 당시는 남학교 여학교가 엄격히 분리되어 있었는데 남녀공학 사범학교에 다니는 것이 얼마나 부끄럽고 숨어버리고 싶었는지 모른다. 시내 학교 청소년 적십자단 대표 간부 회의가 있는 날, 부단장이던 내가 단장이던 남학생 뒤를 졸래졸래 따라다니는 것 같아서 창피했다. 우리 학교 단장 남학생이 미남이라며 여학생들이 나를 부러워하는 줄도 몰랐다.

오랜 세월이 흐른 지금 그때 나보다 형편이 좋아서 대학까지 다녔던 친구들이 직장생활 한 번도 하지 못하고 평범한 아낙으로 늙어가는 걸 볼 때나 "선생님 은혜 잊지 않겠습니다." 하며 제자들이 찾아올 때면 교사가 되기를 잘했다는 보람과 자부심이 든다.

며칠 전 1대 100 퀴즈 프로그램에서 "아내가 예쁘면 처갓집 ○○에도 절한다."라는 문제가 있었다. 백 명 중 거의 절반 가까운 숫자의 젊은이들이 탈락하는 걸 보면서 옛 속담을 전혀 모르는 젊은 세대만 나무랄 일이 아님을 깨달았다. 아파트 숲에서 자라난 세대들이 어찌 옛날 집 앞에 박아 넣어 가축의 줄을 매던 말뚝을 상상이나 할 수 있으랴. '보릿고개'가 무엇인지도 모르는 세대인데…….

세상은 많이 변하고 발전했다. 문명의 온갖 이기를 다 누리는 지금 냇가에 나가 살얼음 낀 찬물에 방망이질하며 빨래하던 아낙들의 고초를 알 수 없는 요즘 세대다. 세탁기와 건조기에서 깨끗이 손질되어 나오는 편리한 세상에 살고 있지 않은가.

김칫국물이 지도를 그린 도시락은 얼마나 꿀맛이었던지. 맛있는 먹거리가 홍수처럼 넘쳐나는 요즈음 그때 그 맛을 되돌릴 수는 없을 것이다. 당시 미군들이 입던 군복을 까맣게 염색한 교복 바지를 입은 친구는 부러움을 산 멋쟁이에 속했다. 무명 대마지에 염색물이 희끗희끗 바랜 교복바지가 대다수였으니까. 지금의 실내화 같은 검정 운동화는 유일한 학생 운동화였고 겨울이면 눈 속에 파묻힌 채 걸어야 했다.

그때 겨울은 왜 그렇게도 눈이 많이 쌓이는지 보통 십리가 넘는 등굣길은 고행이었다. 그래도 새벽밥을 먹고 학교에 오는 것이 얼마나 행복했던가. 공장에 다니는 초등학교 동창들을 생각하며 부모님에게 얼마나 감사했던가. 부모님의 걱정도 아랑곳하지 않고 자정이면 나가는 전깃불 대신 촛불을 켜고 고전명작을 밤새워 읽으며 얼마나 행복한 미래를 꿈꾸었던가.

고향 마을 개울물에서 헤엄치며 고기 잡던 옛날이 그립다. 빠르고 틀에 박힌 현대 생활 속에서 순수한 즐거움을 잃어가고 자연과 멀어지게 된 것 같아 서글프다. 돌아갈 수만 있다면 그 소녀 시절로 다시 돌아가고 싶다. 지난날의 추억이 떠오르니 미소도 저절로 따라 떠오른다.

봄날은 간다

학교 수업이 일찍 끝난 오후였다. 누가 먼저랄 것 없이 아지랑이가 하늘거리는 학교 뒷산 남고산에 올라갔다. 진달래꽃이 다소곳이 고개를 내민 잔디에 앉아 사춘기 여고생 일곱 명이 까르르 웃어대며 나누는 이야기가 대기 속에 퍼졌다.

"도덕 선생님 양말 구멍 난 것 보았니?"

"응, 나도 보았어."

도덕 시간만 되면 지루하고 재미없어 우리들은 떠들어 대곤 했다. 오늘은 그 정도가 지나쳤는지 소란을 참지 못한 선생님이 모두 책상 위에 무릎 꿇고 앉아 눈을 감으란다. 선생님도 높은 교탁 위에 올라가 무릎을 꿇고 앉으며 함께 반성하자고 하신다. 선생님의 구멍 난 양말이 웃음을 불러왔다. 여기저기서 소곤대며 킥킥거리니 반성은커녕 웃음바다가 되었다.

산에 오르니 수업시간에 미처 다 풀지 못한 웃음이 풀려나왔다. 더하여 코딱지 선생 얘기며 '거울 천 번'이라는 별명을 가진 친구 흉내를 내면서 소똥이 굴러가도 깔깔대며 웃는다는 사춘기의 여자애들

수다와 웃음이 그치지 않았다. 산 아래 밭에서 일하던 어른들이 시끄럽다고 나무라신다. 아랑곳하지 않았다. 다 큰 처녀애들이 남의 묘 앞에서 뒹굴며 웃어대었다. 웃음 많던 마지막 학창시절의 봄은 그렇게 가고 있었다.

졸업과 동시에 발령장을 받고 임지로 떠나며 두렵고 떨리는 직장생활이 시작되었다. 파마머리와 한껏 모양내어 차려입은 숙녀복이 어색하기만 했다. 초보 교사들이 되어 한 자리에 모여 앉았지만 그때 그 웃음은 흔적도 없었다.

"넌 어때?"

"힘들어 죽겠어."

콩나물시루처럼 빼곡히 들어찬 칠팔십여 명의 학생들 속에서 처음 하는 직장 생활이 힘들어 울상이었다. 수업 준비하랴 맡겨진 업무 처리하랴 정신없이 동동거리는 하루하루가 전쟁 같은 초보 시절이었다. 실수도 많고 선배 선생님들 핀잔에 눈물 흘릴 때도 많았다. '어서 졸업해서 시험지옥에서 벗어나야지' 했던 학창시절이 이제는 너무도 그리운 시간이 되었다.

세월은 유수와 같다는 말이 새삼 마음에 와 닿았다. 다시 돌아갈 수 없는 지난날, 철없이 깔깔대던 학창시절을 어떻게 되돌릴 수 있으랴. 매사에 교사로서 품위를 지키며 학생들에게 모범을 보여야 했기 때문이다. 페스탈로치와 같은 교육자가 되기를 다짐하며 교단에 섰지만 현실은 우리의 꿈을 앗아가고 말았다. 3 · 15 부정선거에 전 공무원이 동원되었던 시절이었기 때문이다.

그렇게 몇 년이 지난 후 친구들이 사직서 내겠다는 말도 없어졌고 교육자로서의 사명감도 자리잡혀갔다. H가 곧 결혼할 거라는 소식이 솔솔 들려왔다. 봄과 웨딩마치는 환상적인 짝인가 보다. 새로운 인생에 첫걸음을 떼어 놓을 때가 된 것이다.

중년이 되어 동창회에서 2박 3일 동안 제주도를 여행했다. 밤이 되어 모여 앉아 옛 이야기에 꽃을 피웠지만 꿈 많던 사춘기의 맑고 밝은 웃음소리는 들을 수 없었다. 이제는 지난날 자신의 모습을 거울로 보듯 자식들을 키우면서 들여다보게 되었다. 눈물을 찔끔거리며 자지러지게 웃을 일이 줄어들었다.

이제 그때의 봄날은 세월에 묻혀 가고 다시 돌아오지 않는다. 하지만 우리들의 가슴 속에 기억이 살아있는 한 그 아름답던 추억은 영원하리라.

그곳에 다시 가고 싶다

친구 K는 섬진강이 넓게 펼쳐진 임실군 운암에 살았다. 강에서 쭉 뻗은 길이 지대가 높은 언덕 위까지 나 있었는데 그 길을 따라가면 숲에 싸여있는 친구 집에 닿았다. 대대로 원님을 지낸 조상들의 집이라고 했다. 나지막한 담이 겹겹으로 둘러쳐진 안채는 고풍스러운 기와집이 디귿 자로 이어져 있었다.

고택의 안주인답게 친구 어머니는 한복을 단정히 입고 계셨고 음식 또한 정성이 깃든 전통 음식상이었다. 꽃잎이 얹힌 찹쌀전병이며 강정들이 너무 정교하고 예뻐서 선뜻 먹기가 아까울 지경이었다. 천방지축이던 사춘기 처녀애들이 집안 분위기에 눌려서 다소곳하고 조용한 숙녀들이 되었다.

집 뒤 언덕에는 과수원이 있었는데 마침 가을이어서 빨갛게 익은 대추와 감을 마음대로 따먹으며 깔깔대었다. 장대로 한 번 칠 때마다 익은 대추가 투두둑 떨어지는 모양이 너무 재미있어서 시간 가는 줄 몰랐다.

맑은 강물에 배를 띄우고 강을 한 바퀴 돌았다. 제법 선선해진 바람이 싱그럽기만 했다. 하늘이 바다를 너무 사랑해서 파란색으로 변했다는 얘기를 들은 이후부터, 파란색이 주는 신선함과 청명함이 더욱 가슴 깊이 새겨져서 파란색과 가을 하늘을 좋아하게 되었다.

강이 얼마나 맑은지 풍덩 빠져들고 싶은 유혹을 떨칠 수가 없었다. 손을 담그니 강물과 하나가 된 느낌이었다.

"이렇게 좋은 곳에 살고 있어서 네가 공부를 잘 하나 봐."

"내년에 우리 집도 물속에 잠기게 돼. 수몰 지구거든."

"어머, 아까워라, 어쩌면 좋아."

댐 건설은 보다 더 큰 효과를 내는 국가 정책이니 대대로 보존되어 온 고택과 전답이 수몰되어야 하는 아픔과 아쉬움을 어디에 하소연할 수 있을 것인가? 물속에 잠긴 고향을 안타까움과 그리움으로 썼던 김용택 섬진강 시인의 마음을 이젠 이해할 수 있을 것 같다. 나 또한 한 번 갔던 친구의 고향 운암 마을이 이토록 그리운데 고향이 물속에 잠겨 없어진 사람의 심정은 얼마나 참담할까? 태어나고 자란 고향이 주는 향수는 인간뿐 아니라 동물 세계에서도 마찬가지인가보다. 여우도 죽을 때는 제가 태어난 굴 쪽을 향하고 죽는다고 하지 않는가.

이민자들에겐 모국의 고향 땅을 그리워하는 마음이 너무도 사무치리라. 미국에 오랫동안 살고 있는 큰딸이 한국에 나오면 바쁜 일정 속에서도 꼭 할머니 산소를 찾는 심정이 조금은 이해되기도 한다. 명절이면 북녘 땅을 향해 큰절을 올리는 실향민들의 애절함을 당해보지 않은 사람은 그 깊이와 간절한 마음을 모를 것이다.

그곳에 다시 한 번 가보고 싶다. 강과 하늘이 시리도록 파랗던 그곳, 풍취로 가득했던 그 고택에서의 추억 속으로. 웃음 많던 그때 그 친구들과 함께. 그 푸른 하늘과 강만 생각해도 왈칵 치미는 그리움이 꽉 차오른다.

그리움이 있고 꿈이 있고 아름다운 하늘이 펼쳐지던 모습이 추억처럼 내걸린 그 풍경은 어느덧 기울어져 가는 세월 속에 묻히고 있구나. 서울로 간 친구 K는 소식이 끊긴 지 오래 되었다. 알찬 삶을 살고 있겠지. 풍요롭고 아름다운 고향이 키워낸 친구니까. 지혜롭고 마음이 따뜻했던 친구니까.

첫사랑의 애가

오늘따라 늦가을 하늘은 왜 그리도 청명한지 잔잔한 호수처럼 풍덩 빠져들 것만 같다. 파란색의 유혹은 가슴 밑바닥에 똬리를 튼 통증으로 스멀스멀 고개를 쳐든다.

가난한 고시생이었던 그 남자는 갓 스무 살 생일을 맞은 나에게 생일을 못 챙겨줘서 미안해했다. 보리피리를 만들어 불어주며 다정다감했던 그는 그때 그 행복해하던 나를 한 번이라도 기억해보았을까? 세상에서 가장 아름다운 고통은 그리움이라고 하지 않던가.

모든 것이 덧없음을 깨닫게 된 지금, 평생 기다림에 사슴처럼 목을 빼고 울음을 삼켜야 했던 내 바보 같은 지난날들이 서럽고 억울하다기보다는 너무나 허무할 뿐이다. 그럼에도 불구하고 인간은 사랑 없이는 살지 못하는 감정의 동물인 것 같다. 〈첫사랑〉 〈사랑과 전쟁〉 등의 영화나 시 제목처럼 사랑이라는 단어는 영원하며 위대한 것일 터. 인류의 시작과 끝도 사랑이기에…….

내가 그 사람과 교제를 시작한 것은 사범학교 졸업을 몇 달 앞둔 마지막 겨울이었다. 전주 풍남 초등학교에서 두 번째 교생 실습을 하던 중이었다. 풍남 초등학교는 내 어린 시절 꿈이 서린 모교였다. 나는 먼지가 풀썩이는 운동장보다 울타리도 없는 조그만 언덕배기에 있는 측후소를 자주 찾아가곤 했다. 기상탑이 서 있는 잔디밭에서 깔깔대며 뒹굴던 옛 추억이 새록새록 그림처럼 스쳤다. 모교 교정에서 나무들이 삭풍에 윙윙대는 소리를 들으며 꿈 많던 내 소녀시절이 떠밀려 가는 듯했다. 추억에 잠겨 대학 진학을 포기한 아쉬움으로 삭막한 가슴이 시리기만 했다.

겨울 해가 시름없이 져가고 있던 늦은 오후, 퇴근하던 나는 교문 앞에서 막고 서있는 낯선 신사에게 붙잡혔다. 이 아무개 형이고 모 잡지사 기자라고 자신을 소개했다. 이제 곧 사회인이 될 텐데 자기 동생을 무조건 피하고 거절하는 건 예의가 아닌 것 같다고 했다. 간곡하면서도 조리 있는 설득에 2년 동안이나 편지를 보내며 쫓아다니던 그 남자와의 만남을 거절하지 못하였다.

그는 사범학교 동기생으로 교내에서 활발한 써클의 우두머리였다. 내가 가는 곳마다 지켜서 있다가 십여 명이 일제히 '이 아무개가 만나잔다.' 하고 외쳐대니 부끄럼 많은 나는 그들의 장난기가 싫었고 그 남자의 저의가 의심스러워 피할 수밖에 없었다.

사선으로 빗겨 보이는 남자의 조각상 같은 옆얼굴을 보았다. 마치 전쟁터에 나가는 병사처럼 처연하고 비장한 모습에 감수성 많은 소녀의 동정심이 발동해서였을까. 불량학생으로만 알았던 그가 귀인 같다는 느낌을 받았다.

일주일마다 그가 나에게 보낸 편지를 한 번도 뜯지 않은 채 되돌려 보낸 터였다. 젊은 남자의 치기어린 오기와 자존심 때문이었을까,

순정이었을까? 정리하려고 쌓아놓은 편지 뭉텅이에 불을 질렀다가 자기의 청춘이 타 없어지는 것 같아 끄집어내어 편지의 일부가 불에 탄 것도 있다고 하면서 읽든지 버리든지 나에게 보낸 편지들이니 가져가라고 하였다.

조용하고 사려 깊어 보이는 눈에 빨려든 것일까? 집에 와서 읽어 본 편지 때문이었을까? 두루마리 백지에 줄 맞춰 써 내린 달필과 시인이나 철학도가 무색할 만큼 절절하게 쓴 연서에 경이로움의 충격에서 좀처럼 헤어날 수가 없었다. 시커멓게 그을리고 타다 만 종이에 쓰인 글을 읽으며 연민과 애처로움에 가슴이 뭉클했다. 내 선택을 평생 후회하지 않겠다고 다짐하고 또 다짐했으니 그것이 나의 첫사랑의 시작이었다. 모든 악조건 속에서도 결단한 결혼이 엉겅퀴처럼 얽힌 고통의 서곡이 되고 말았다.

그 겨울 끝자락, 맹추위가 기승을 부리며 폭설이 내린 크리스마스 이브. 헐거운 옷에 몸을 움츠리며 천변 길을 말없이 얼마나 따라 걸었던가. 헤어지며 건네준 돌돌 말린 선물꾸러미를 안고 콩콩대는 가슴을 쓸어내리며 가족들에게 행여 들킬세라 몰래 펴보았다가 심장이 멎는 듯한 놀라움에 두루마리를 떨어뜨리고 말았다. 꿈틀대는 벌레를 잡듯 살며시 집어 들고 전등 불빛에 바짝 들이대고 실눈을 뜬 채 글자를 쏘아보았다. 핏빛으로 쓴 한자 석 줄이 손가락 글씨로 크게 쓰여 있었다.

'名譽喪失 大損之事, 金錢喪失 小損之事 ,勇氣喪失 終之萬事(명예상실 대손지사, 금전상실 소손지사, 용기상실 종지만사). 사람이 명예를 상실하는 것은 인생에 가장 큰 것을 잃어버리는 것이요, 돈을 잃는 것은 작은 것의 잃음이요, 용기를 잃는 것은 인생의 마지막이라.' 자기 자신의 용기를 다짐하는 결의의 글이었다.

처음에 기겁을 하고 놀랐던 것은 혈서라고 착각한 때문이었다. 그때부터 나는 지혜롭지 못하고 어리석은 여자의 대명사가 되었을 게다. 주변 모든 사람들의 반대를 무릅쓰고 결혼을 감행한 나는 상식밖의 여자였다. 남자의 자존심을 다치지 않도록 극히 조심하며 순종하는 것이 최선인 줄만 알았던 나는 스스로 노예의 굴레를 목에 걸었던 바보였다.

그는 자유분방한 남자였다. 바람처럼 구름처럼 타인을 의식하지 않고 살아가는 남자였다. 일부종사 미덕을 가문의 영예인 양 온몸으로 떠안고 살아온 나에게 '사랑은 받는 것보다 아낌없이 주는 거라'는 진리를 터득하게 해주었다. 지금, 평온과 행복을 누리기까지 돌이켜보면 감내키 어려운 피눈물과 인고의 긴긴 세월이 있었다.

'한 송이 국화꽃을 피우기 위해 봄부터 소쩍새는 그렇게 울었나보다'라고 시인이 노래했듯이 나 또한 그렇게 살아갈 것이다.

추억의 가을 운동회

60여 년 전 까마득한 옛일이다. 시골 초등학교에 발령을 받고 얼마 되지 않아 가을 운동회 준비에 돌입했다. 새내기 교사인 나에게 주어진 책임은 농악놀이 중 소고춤 지도였다. 단오절이나 추석 같은 명절에 가끔 구경만 했을 뿐 농악무는 배운 적도 없고 생소한 분야여서 극구 사양했지만 사범 출신은 능히 할 수 있는 일이라며 밀어붙였다. 개교 이래 운동회에서 처음 시도하는 거란다.

고민 끝에 무용을 잘하는 친구를 찾아갔다. 소고를 잡고 치는 기본 동작 십여 가지를 가르쳐주면서 대열 변형은 잘 구상해 보란다. 친구가 빌려준 책을 펼쳐놓고 종이에 대열과 동작을 그려가며 때 아닌 소고 안무 구상에 머리가 지끈거릴 지경이었다.

여름방학이 끝나고 2학기가 시작되면서 운동회 준비위원회를 중심으로 교사들 간에 실랑이가 계속되었다. 맡긴 프로그램을 못 하겠다고 버티는 교사는 교장실에 불려가기 마련이었다. 4교시 수업 후 늦더위로 따가운 초가을 볕이 내려쬐는 운동장에 학생들을 모아놓고 한 달 동안 열심히 연습했다.

10월 9일 국경일에 운동회를 개최했다. 가을바람에 펄럭이는 만국기, 내빈석을 마련하느라 텐트와 의자들 삐걱거리는 소리, 왁자하게 몰려드는 구경꾼들로 잔치 분위기가 물씬 풍겼다. 시골 운동회는 학교의 큰 행사일 뿐 아니라 마을 잔치나 다름없어서 온갖 음식이 넘쳐나 축제 분위기였다.

소고놀이는 동서남북 사방에서 소고를 치며 한가운데로 모여드는 동안 봄철에 모를 심어 가꾸고 가을에 수확하는 과정을 춤동작으로 나타내는 놀이춤이다. 마지막으로 정중앙에 있는 큰 기둥에 묶어 걸어놓은 오색의 긴 리본 띠를 여덟 명이 원 모양을 돌며 풀었다 꼬았다 하는 기술이 장관인 직조놀이가 끝나면 기둥 꼭대기에 걸린 큰 종이박이 징소리와 함께 터지는데 잘게 오려 넣은 색종이와 은종이 금종이가 창공에 휘날리면서 떨어진다. '농자천하지대본(農者天下之大本)'이라는 두루마리 플래카드가 풀리면서 소고놀이는 절정의 막을 내린다. 꽹과리, 북, 장고, 징 소리가 학교 운동장뿐 아니라 온 마을을 울리며 흥을 돋우었다.

성황리에 운동회가 끝났다. 한 달 동안 힘들었던 노고가 풀리는 순간이기도 했다. 안도감과 함께 농업은 천하의 사람들이 살아가는 큰 근본임을 깨닫게 하는 농악놀이여서 보람이 더욱 컸다. 특히 기마전과 줄다리기 경기에서 응원하는 사람들은 사력을 다하는 듯 함성이 컸다.

달리기에서 1, 2, 3등을 하여 손등에 등수가 찍힌 도장을 받은 어린이들은 의기양양했다. 1, 2, 3등에게 주어진 상품은 노트나 연필 몇 자루였지만 달리기 잘하는 것이 이날처럼 자랑스러울 수 없다.

달리기에서 상을 탄 아이들 중 평소에 공부를 못해 기죽어 있던 아이일수록 기가 펄펄했고 의기양양했다. 개선장군이나 된 듯 부모 앞에서 손등을 펴 보이며 자랑스러워했고 부모 또한 손뼉을 치며 등을 토닥여 주어 장한 자식 취급을 해 주는 것이었다.

이제 세월이 바뀌었다. 한가위 중추절에 햇곡식과 햇과일로 조상님께 차례를 지낸 다음 마을 축제나 다름없던 시골 운동회가 점점 사라지고 어린이날 소운동회가 좁은 운동장이나 강당에서 개최되는 것이 아쉽기만 하다. 대부분의 운동이 공원이나 동네 놀이터 아니면 실내에서 기계에 의지한 몸만들기로 변한 현실이 안타깝다.

홍수

1965년 7월 초였을 게다. 50년도 더 지난 일이다. 마침 토요일이어서 일찍 퇴근해 집에 돌아오는데 아침부터 억수로 퍼붓던 비가 그칠 줄 몰랐다. 비에 젖은 옷을 물에 담근 채 시커멓게 드리운 하늘이 무서워 방문을 닫고 밖으로 나올 엄두도 못 내고 있었다. 연년생 딸 둘을 둔 애송이 엄마 교사여서 교장 선생님 배려로 교장 사택 한쪽을 빌어 살던 때였다.

정읍군 산내면 능교국민학교에 근무하던 때였다. 학교 건물과 백여 m 떨어진 곳에 사택이 있고 그 밑에는 큰 냇물이 흐르고 있었는데 수시로 어린 딸들의 옷을 들고 냇가에 내려가 빨래해서 널어놓는 일이 일상이었다.

갑자기 밖이 소란하더니 조급하게 방문 두드리는 소리가 났다. 문을 열어 보니 소달구지를 끌고 온 동네 청년들이 서 있었다. 저녁이면 학교 운동장에 모여 남편에게 태권도를 배우는 동네 젊은이들이다. "선생님, 곧 다리가 끊기게 생겼어요. 꼭 필요한 것만 챙기고 아기들 데리고 나오세요." 하며 방에 들어와 이불과 옷가지를 싸는 것이었다. 나더러는 부엌살림만 대충 챙기란다. 운동을 배우면서 의리가 무엇인가를 깨닫게 된 결과라는 생각이 들었다. 고마웠다. 밖으로 나와 보니 그 사이에 냇물이 불어서 바닷물처럼 출렁거리는데 시뻘건 물이 그렇게 무서울 수가 없었다.

그곳은 섬진강 신 댐 건설을 하면서 수몰지구로 지정된 마을이었다. 몇 년 전에 주민들에게 집과 농토에 대한 보상을 다 마친 상태였고 정부에서는 이주할 것을 촉구했지만 낙천적인 주민들은 떠날 생각을 하지 않고 그냥 눌러 지냈다. 의식이 있는 이는 부안면 간척지에 투자해서 옮긴 이도 있고 살 길을 찾아 고향을 떠난 사람도 있었으나 거의 대다수는 보상금을 야금야금 먹어 없애고 이사할 생각을 하지 못하고 있는 상태였다. 새로운 댐 건설이 끝나 이곳이 언제 수몰이 될지 알 수 없었다. 예상했던 그 일이 이제 벌어진 것이다.

흔히 불을 화마라며 무섭다고 하지만 불보다 무서운 것이 물이란 것을 그때 처음 깨달았다. 큰 다리가 끊기면 외진 곳에 있는 학교와 사택은 아래 동네와 연락이 두절될 수밖에 없는 난감한 상황이었다.

"선생님, 부엌살림 대충 챙기라니까 왜 바가지만 들고 왔다 갔다 하세요?"라며 청년들이 다그쳤다. 나는 이미 물이 무서워 정신 줄을 놓아 버렸던 게다. 대충 짐을 챙겨 달구지에 실었다. 소가 무서워 물에 뛰어들까 봐 소 눈을 수건으로 가리고 달구지를 끌고 가는데 그 큰 다리가 물에 출렁거렸다. 남편이 갑작스러운 수몰 사태를 대비해서 산꼭대기에 있는 외딴집을 얻어놓았기에 빗속에서나마 무사히 이삿짐을 옮겨 놓을 수가 있었다.

필수품만 대충 거둬왔기에 짐을 풀고 정리해보니 필요한 것이 너무 많았다. 그중에서도 내가 아끼던 책을 물속에 두고 온 것이 가슴 아팠으나 남편의 준비성 때문에 비를 피할 집이 있어서 감사하는 마음으로 위로를 삼았다.

이튿날 산을 내려가 보니 옹기종기 정답게 모여 살던 동네가 완전히 물에 잠겼고 우왕좌왕하는 주민들에게 천막을 비롯한 구호물품이 도착하고 있었다. 장맛비는 여전히 앞이 보이지 않게 퍼부어대었는데 빗속에서 넋 놓고 있는 동네 사람들과 교직원들이 안타까워 차마 무어라고 위로의 말도 건넬 수가 없었다.

소, 돼지, 닭들이 물에 허우적대며 떠내려가는 걸 건지려 장정 한 사람이 말릴 새도 없이 물속에 뛰어들었다. "사람 살려" 외치면서 떠내려가니 동네 사람들이 밧줄을 던지며 발을 동동거리고 소리소리 지르며 난리 법석이었다. 떠내려간 사람을 물속에서 꺼내어 엎어놓고 물을 토하게 하여 겨우 살려내기도 했다.

물살이 얼마나 세고 깊던지 파도가 넘실대는 바닷물을 연상케 했다. 몇 주 후 장맛비는 그쳤지만 전염병이 돌았고 눅눅한 땅에 천막을 친 모습이 큰 전쟁을 치르고 난 뒤처럼 처참하기 그지없었다. 수마가 할퀴고 간 자리는 아무것도 남아있지 않고 싹 쓸려가 버렸다. 9월에 새 학기가 시작되었지만 수업을 제대로 할 수 없었다. 여기저기서 들려오는 소식마다 안타깝고 비참해서 홍수 앞에 무력한 인간들의 한숨만 하늘을 찌를 듯했다.

이듬해 봄, 그곳을 떠나왔지만 나는 꽤 오랫동안 홍수에 잠긴 마을과 물에 쓸려 떠내려간 가축과 가재도구들, 허탈한 수재민들의 젖은 모습의 환영에서 헤어나지 못했다. 몇 년 전 그곳을 차로 지나게 되었다. 깨끗하게 정돈된 새마을이 들어서 있는 평화로운 모습을 보며 감회가 새로웠다. 수십 년 전 홍수로 폐허가 되었던 흔적은 전혀 찾아볼 수 없었다.

홍수가 쓸고 간 자리에도 땅은 사람들에게 여전히 온갖 작물과 새집을 제공하고 자연과 하나가 되게 한다. 홍수를 통해 변화무쌍한 자연이 준 교훈이 너무 커서 그 뒤로는 비 소식이 예보되면 좋아하는 등산행도 주저 없이 취소하게 되었다.

그때 경험한 홍수에 대한 끔찍한 기억이 마음 한구석에 늘 살아 있다. 지구촌의 이곳저곳에서 일어나는 쓰나미와 홍수 소식을 들을 때마다 사랑하는 가족들과 전 재산을 물에 떠밀려 보낸 사람들의 심정은 얼마나 처참할까, 남 일이 아니라는 생각을 하게 되었다.

이웃의 아픔을 나눌 수 있는 마음의 자세를 가다듬는다. 지진이나 쓰나미 같은 자연재해는 사람의 힘으로 막을 수는 없지만 미리 대비하고 방지책을 세우는 건 사람의 노력과 지혜일 것이다.

7

아름다운 노을이 되리

감사

세계 2차 대전 때, 나치 포로였다가 구사일생으로 고향에 돌아온 영국의 한 청년이 있었다. 겉은 멀쩡한데 몸이 굳어서 말도 하지 못하고 움직이지도 못하는 식물인간이 되어 돌아왔다. 검사 결과 의학적으로는 아무 이상이 없는데 청년은 눈만 부릅뜬 채 움직이지 못했다. 당연히 의사들 간에 연구대상이 될 수밖에 없었다.

한 심리학 의학 박사가 자원해서 자기가 치료해 보겠노라고 나섰다. 그의 치료방법이란 날마다 환자에게 "감사합니다"라는 말을 하도록 하는 것이었다. 참전 동료 중엔 죽은 이도 있고 불구가 된 사람도 있는데 사지가 멀쩡하게 살아 돌아왔으니 감사하라는 것이었다. 날마다 반복해서 따라 하도록 하는 언어치료법이었다.

그러던 어느 날이었다. 과일을 주는 의사에게 청년이 손을 쑥 내밀어 과일을 받으면서 갑자기 "감사합니다" 하는 것이었다. 나치에 대한 분노 때문에 몸도 마음도 굳어 있던 이 청년에게 감사하는 마음이 치료약이었던 것이다.

감사는 자기를 내려놓고 비우는 마음에서 우러난다. 감사하는 마음 없이는 참 마음의 평안도 없고 행복할 수 없다. 혀와 입술에 감사하다는 말을 버릇들이기 전에는 아무 말도 하지 말랬다.

감사(yadah)는 히브리어로 하나님께 감사와 영광을 돌린다는 뜻을 담고 있다. 하나님께 드리는 노래나 음악을 연주하는 것을 의미하기도 한다. 감사와 찬양은 일맥상통한다는 것을 알 수 있다. 감사할 때 찬양할 수 있으니 찬양은 모든 피조물이 창조주 하나님께 드릴 수 있는 감사의 표현인 것이다. 우리는 신으로부터 얼마나 많은 것을 거저 받고 살고 있는가? 악인과 선인 구별 없이 누구에게나 찬란한 햇빛과 숨 쉴 수 있는 공기와 생명수가 되는 물과 아름다운 자연을 주신 이에게 감사하기보다 부족한 것에 대한 불만과 남과의 비교로 스스로 불행하게 살아간다.

나 역시 내 자신이 참 불행한 사람이라고 느끼며 절망했던 때가 있었다. 친구로부터 감사 일기를 써 보라는 권유를 받고 하루를 사는 동안 감사한 내용을 찾아 매일매일 적어나가기 시작했다. 일상을 돌아보니 얼마나 감사가 넘쳐나는지.

잠자리에서 일어나 아침이면 눈 뜨고 세상을 볼 수 있는 것에 감사. 말하고, 걷고, 읽고, 쓸 수 있음에 감사. 손발을 움직일 수 있음에 감사. 굶지 않고 남에게 구걸하지 않고 맛있는 음식을 풍부하게 먹을 수 있음에 감사. 비록 빼어난 외모는 아니지만 장애 아닌 것에 감사. 사람들에게 미움 받지 않고 살아가는 것에 감사. 노후에 자식들에게 손 벌리지 않고 연금으로 당당하게 살아가는 것에 감사. 친구들에게 식사 한 끼라도 대접할 수 있어 감사. 그중에 제일 큰 감사는 자비의 신이 나를 지으시고 이 세상에 내보내 주신 것이다. 나의 감사 일기는 날마다 내용이 늘어나고 있다.

한때 고 · 미 · 안 운동이 한창이었다. 고맙습니다, 미안합니다, 안녕하십니까. 얼마나 좋은 인사말인가. 감사가 넘치면 불평불만도 해소되고 일상생활이 행복한 마음으로 가득 차게 된다. 많이 소유한 사람이 감사할 줄 모르고 불만이 더 많은 것은 교만 때문이라고 했다. 감사하지 못하는 이유는 하나님이 주신 은혜를 간과했기 때문이다. 하나님의 은혜를 모르는 사람은 감사할 수 없고 감사가 없는 사람은 자비심이 없고 행복하지 않다. 감사하는 마음에 진정한 평안이 있다.

장미 이야기

5월은 온갖 꽃들의 흐드러진 웃음으로 화사하다. 담장과 울타리를 타고 휘늘어진 덩굴장미는 봄을 더욱 돋보이게 한다. 장미꽃은 품종에 따라 피는 시기와 기간이 다르고 홑꽃에서 겹꽃까지 색깔과 모양에 수많은 변이가 있다. 무리지어 소담스럽게 피어있는 장미꽃은 꽃 중의 여왕이라 불리기에 손색이 없고 그 아름다움과 향이 뛰어나다. 장미에 얽힌 일화는 꽃의 품종만큼이나 다양하다.

영국 랭커스터가와 요크가 사이에 왕위 쟁탈전이 있었다. 전자는 붉은 장미, 후자는 흰 장미를 휘장으로 내세워 '장미전쟁'이라는 이름이 생기기도 했다. 가브리엘 다눈치오의 소설 ≪죽음의 승리≫를 '장미소설'이라 부르기도 한다. 장미소설이란 일반적으로 세기말적이고 퇴폐적 경향의 농염한 연애소설을 이르는 표현이다.

장밋빛은 보통 짙은 홍색 또는 담홍색을 띠며 불타는 사랑을 일컫기도 한다. 요즈음 연인들이 프로포즈를 할 때 장미 백 송이를 주는 것은 흔한 일이 되었다. 장미 한 송이도 받아보지 못한 채 결혼한 구세대에게는 부럽기만 한 일이다.

처음으로 성인이 된 아들이 내 생일에 장미 꽃다발을 선물했다. 너무 감격스럽고 기뻤다. 내가 맛있는 음식보다 꽃을 더 좋아하는 걸 자식들이 알아준다. 우리 엄마는 아직도 소녀 같다고 한다.

장미 가시를 보면 제 가시에 살이 찢겨 피를 흘리는 장미꽃의 비명이 들리는 것 같아 애처로운 생각이 들 때가 있다. 화려하고 예쁜 장미꽃을 보면서 애처로운 느낌이 드는 건 좀 엉뚱하다 싶기도 하다. 남에게 장미를 선물할 때면 나는 줄기에 붙은 가시부터 제거한다.

사람도 누구에게나 가시가 있다. 외부에 드러나면 경계를 받는다. 내 살이 찢기는 아픔을 감수하면서까지 사람들 앞에 가시를 보이지 않는 사람이 좋은 인품의 사람일 것이다. 그러나 때로는 상대방에게 나를 해치지 말라는 경고가 필요하다고 생각한다.

짙은 향기와 화려한 꽃잎을 자랑하는 장미는 가시가 있다. 더욱 고혹적인 향기로 벌 나비를 불러 모으기 위해서라고 시인은 노래한다. 바람이 불면 자기 고운 살을 가시에 찔려 더 멀리 고운 향을 퍼뜨리기 위해 피나는 노력을 한다는 것이다. 그러나 동물이 해치지 못하도록 하기 위해서라는 이유가 내게는 더 자연스럽다. 아름다우면서도 스스로를 지켜내는 지혜를 보여준다. 우리나라 옛 여인들이 절개를 지키기 위해 은장도를 품속에 지녔던 것처럼 아름다움을 탐하는 적으로부터 자신을 지키기 위한 무기인 것이다.

누구에게나 주변에 가시 같은 사람이 있다. 나에게도 평생 나의 옆구리를 찌르는 가시가 있었다. 찔릴 때마다 처절한 비명을 질렀다. 그때마다 주님이 당하신 십자가의 고통을 생각하며 눈물을 한없이 흘렸다. 주님은 나의 눈물을 씻어주시고 위안을 주셨다. 마침내 가시를 주신 뜻을 깨닫고 감사했다.

내가 행여 교만해질까 봐 내 가까운 사람이 가시가 되어 옆구리를 찌르도록 하신 것이다. 아름다운 장미꽃 가시가 나에게 겸손하게 살라고 일러준다. 나를 찌르는 가시도 내 몸처럼 안고 살아야 함을 일깨워준다. 나를 괴롭히는 사람까지도 품어 안고 사랑하는 것이 신의 뜻을 따르는 길이기에. 인간은 기쁨보다는 고통을 통하여 더 위대해진다고 했다. 시련은 결코 버겁기만 한 짐이 아니요, 단련을 통해 정금과 같은 인격체를 만들어 내는 축복이 된다.

'길가에 장미꽃 감사 장미꽃 가시 감사…….' 감사 찬송을 불러본다. 감사와 겸손한 마음으로 살아가기를 소망한다. 장미꽃 향기처럼.

아침 산책

손수건만 한 장 달랑 든 채 마스크를 끼고 아파트 주변 길을 걷는다. 아침 여섯 시가 되니 동편 하늘을 붉게 물들이며 해가 솟아올랐다. 어제 내린 소나기와 강한 바람에 나뭇잎이 떨어져 보도블록에 납작 엎드린 채 포개져 있다. 아직 낙엽이 질 때도 아닌데, 녹색 옷을 입은 채 못 다한 수명이 아쉬운 듯 비에 젖어 누워있다.

뻣뻣하고 강한 것이 죽음이라고 했던가. 죽음은 움직이지 못하고 부드럽지 않으므로 뻣뻣하다고 표현하는 것 같다. 어제 손 위 언니가 폐암으로 영면했다. 체격도 크고 성격이 괄괄한 언니였다. 그런가 하면 정이 많아 남의 슬픔도 대신해서 눈물도 많았다. 나는 언니가 좋아서 졸졸 따라다니며 언니 말을 잘 듣는 동생이었다.

언니는 병원에 입원해 있는 동안 정신이 들 때마다 동생 수옥이가 보고 싶다고 했단다. 소식을 듣고 병원에 달려가 산소 호흡기를 낀 언니를 쓰다듬으며 "언니 죽지 마." 하며 울어대는 나에게 "울지 마." 하며 언니도 울었다.

언니가 벌써 그립다. 걸음을 떼어놓을 때마다 언니와 지내온 많은 추억들이 되살아나며 후루룩 눈물이 쏟아졌다. 눈물로 젖은 마스크를 벗어들고 걸음을 멈추어 서서 언니가 잠들어 있는 예수병원 장례식장 쪽을 향해 한참 동안 울었다. 살아있으므로 죽은 사람을 생각하며 눈물도 흘린다.

나는 수술 후유증을 줄이기 위해 무거운 몸을 일으켜 아침저녁 걷기 운동을 하고 있다. 산책길에 나설 때면 휴대폰도 집에 놓고 나간다. 시시때때로 울어대는 휴대폰에서 벗어나 산책 시간만이라도 자연인처럼 걷고 싶어서다.

늘 다니는 길이지만 산책할 때 만나는 것들은 늘 새롭다. 아침과 저녁 햇살에 비친 건물들과 나무색깔이 다르고 달리는 차 종류도 다양해서 모든 것이 살아 움직이는 것 같다. 나는 산책길에 사람들이 안 보이면 찬송가를 웅얼거리다 하나님께 어리광도 부려본다. 병들고 초라한 늙은이가 떼를 쓰며 기도하는 모습을 보고 하나님은 귀엽다는 듯 미소 지으실 것만 같다. 철없는 딸이 투정부릴 때 빙긋이 웃고 있는 자애로운 아버지처럼.

'나는 생각한다. 고로 존재한다'가 아니라 '존재하기에 생각하는 나'를 바라본다. 강한 사람보다는 부드러운 사람이고자 한다. 때로는 바보처럼 당할 때도 있고 만만해서 무시당할 때도 있다. 그러면 어떠리. 상대방의 마음이 흡족하고 행복하다면 바보 코미디언 역할도 충분히 가치가 있지 않을까 싶다.

일찍이 남편은 "세상에서 첫 손 꼽는 바보를 찾으라면 신수옥이를 데려오면 정답"이라고 했다. 알게 모르게 속아주고 스스로 바보가 되어 살다보니 바보가 참 내 모습 같아서 억울하다는 생각보다 마음이 편했다. 나는 진짜 바보가 되고 싶다. 내가 바보가 아닌 양 떠들어대는 사람이 아니라 악이 무엇인지도 모르는 바보가 되고 싶다. 약하고 부드러운 물처럼 그냥 흘러가는 사람이고 싶다. 강가의 조약돌이 정으로 쪼아 둥글게 된 것이 아니라 부드러운 물이 어루만져서 예쁜 조약돌이 된 것처럼 모난 돌도 감싸주고 사랑해 주는 물이 되고 싶다. 내가 죽은 뒤 나를 기억하는 사람들이 미소를 지으며 행복했으면 좋겠다.

언니의 임종을 맞고 내 몸 한 귀퉁이가 무너져 없어지는 것 같다. 가까운 사람들이 내 곁을 떠날 때마다 죽음이라는 별리가 큰 아픔으로 다가온다. 나에게 신앙이 있다는 것이 새삼 위안이 되고 죽음을 두려워하지 않게 된 것이 다행이다.

산책길은 언제나 많은 생각을 낳게 한다. 오늘은 유난히 생각이 많다. 지난날의 후회보다 오늘의 일상을 감사하며 행복한 걸음걸음이 되도록 타박타박 산책길을 걷는다.

나무에 내 영혼을 쉬게 하리

벚꽃이 흐드러지게 피는 4월이다. 오늘은 우중충한 날씨만큼이나 몸이 무겁기만 했다. 옛 어른들은 날궂이라고 이름 붙였으니 우리의 몸도 날씨에 따라 영향을 크게 받는 것 같다.

남편을 따라 정읍 선산에 내리니 비바람에 벚꽃 이파리가 함박 눈송이처럼 흩날린다. 어린 해송 1천 주를 사다 심은 지 20여 년이 훌쩍 지나고 나니 제법 의젓한 큰 소나무 숲을 이루었다. 바람에 사그락거리는 소리가 저들끼리 정다운 속삭임을 주고받는 것 같다.

시부모님 산소 앞에 서서 생전의 그분들 모습을 떠올리니 불효자의 회한과 비통함이 가슴을 적셨다. "이 소나무 밑에 우리 뼛가루를 묻읍시다." 남편의 말에 후다닥 놀라 뒤돌아보니 튼실한 소나무 한 그루를 가리키고 있었다. 해마다 몇 차례에 걸친 벌초로 고생하는 남편은 자식들에게만은 벌초의 수고를 덜어주고 싶은 걸까. 깊은 뜻이 있겠지만 묻지 않았다. 수목장을 원하는 마음에 그냥 고개가 끄덕여지고 수긍이 갔다.

나무숲은 산 사람이나 죽은 사람에게까지도 좋은 안식처가 되어

준다. 한 곳에 뿌리를 내리고 움직이지 않는 나무는 몇백 년도 버티고 살아남는데 백 년도 못 넘기며 흙으로 돌아가는 인간이 아등바등하며 사는 게 우습게 느껴진다. 숲의 녹색은 마음을 단순하게 그리고 순수하게 이끌어 준다. 녹색 숲에서 배어 나오는 향긋한 냄새와 새소리 물소리 바람 소리는 마음을 안정시켜준다. 울창한 숲을 거닐며 온갖 생명체들이 내뿜는 향기를 호흡할 때면 자연이 주는 회복의 힘을 체감한다.

사후에 내 뼛가루가 묻힐 나무에 기대어 사진도 찍었다. 조상들의 묘를 배경 삼아 수목장으로 지정한 나무 옆에 혼자 서 있는 사진을 보면서 언젠가 이 생을 떠날 때는 혼자 가야 하는 길임을 실감한다. 왠지 스산하고 을씨년스러운 것은 두려움 때문일까, 내 마음을 묵묵히 지켜보고 있는 나무숲을 하염없이 바라보았다.

'소나무야, 소나무야, 내가 살아온 굴곡 많은 인생길을 너는 알고 있니?' 나무에게 말해주지 않았으니 소나무가 알 수 없지. 알았더라면 눈물을 흘렸을까? 박수를 보내주었을까? 평생 내 곁에 있어 주지 않고 방황하던 남편이 사후에 뼛가루는 나란히 묻을 것을 계획하는 것을 어떻게 받아들여야 할지 몰라 혼란스러움이 응어리진 가슴을 뒤흔들었다.

일심동체라는 부부도 평생 가는 나그네 길의 길동무에 불과하다고 하지 않던가. 부부가 평생 함께 가는 길이 어찌 한결같을 수가 있으랴. 불만과 다툼도 있을 것이고 즐겁고 보람된 일도 있겠지. 그러나 여행이 끝나는 날 각자 갈 길로 가듯 인생도 죽음이라는 종착역에서는 홀로 맞아야 할 숙명이 아니겠는가.

성경에서는 죽음을 잠들었다고 표현한다. 잠들었다는 건 언젠가 깨어날 것을 의미하기도 한다. 부활을 시사해 주는 확실한 언급이다. 자연은 죽음으로써 다시 산다는 부활의 메시지를 봄마다 웅변으로 전하고 있다. 누에고치가 화려한 모습으로 변신하듯 인간은 부활할 때 생전의 탐욕과 병마에 찌그러진 추한 모습이 아닌 아름다운 천사의 모습일까? 태초에 지음을 받은 아담과 하와처럼 빛에 둘러싸인 아름다운 모습일까? 성경은 완벽하고 조화로운 상태로 부활한다고 단호하게 전한다.

묘비명도 생각해 두란다. 희귀병에 걸린 어느 젊은 탤런트는 언제 죽을지 알 수 없어 미리 묘비명을 정했다고 한다. '고맙습니다'라고. 구태여 묘비에 새겨서 내 흔적을 남긴들 무슨 의미가 있겠는가.

남편은 왜 하필 비 오고 바람 부는 날 산소행을 감행하고 수목장 준비를 서둘고 있을까? 때가 되었기 때문이라는, 조금은 서글픈 나이를 생각하게 했다. 어김없는 자연의 법칙도 회귀를 시사하듯 인간은 흙에서 나서 흙으로 돌아감이 정해진 이치리라. 따사롭고 즐거운 봄나들이가 아닌, 궂은 날씨만큼이나 을씨년스런 죽음을 생각하며 준비해야 하는 마음이 무겁고 울적한 나들이였다.

인간의 탄생과 죽음은 주먹 쥐고 우렁찬 울음으로 태어나서 두 손 쫙 펴고 눈을 감는 것. 많이 소유하지 말고 버둥거리지 않고 순리대로 베풀면서 마지막을 조용히 맞이해야겠다.

죽고 난 뒤 뼈를 묻을 묘가 그토록 중요한 걸까. 묘비명을 남길 만큼 후손에게 기억될 만한 삶을 살았을까. 사후에 내 흔적이 먼지처럼 날렸으면 좋겠다는 바람을 가져본다. 나를 기억하는 모든 사람들에게 좋은 모습으로 기억되기를 바라면서 지금 이 순간을 귀하게 여기자. 살아 숨 쉬고 있음을 감사하며.

미국에 사는 딸을 방문했을 때 어느 장례식에 다녀온 딸이 그곳에서 얻은 시가 아름다워서 가져왔다며 번역해서 읽어준 기억이 났다. "나를 놓아주세요. …… 내가 떠났다고 울지 말고 우리가 함께 했던 많은 시간을 행복하게 기억해 주세요. 나는 당신을 사랑했어요. 당신이 내게 얼마나 큰 행복을 주었는지 짐작할 수 없을 거예요. ……."

집에 돌아오자마자 즉흥적으로 묘비명을 썼다.

나는 행복한 사람이었습니다
- 내 사후에 남기는 말

나 때문에 울고 계십니까.
슬픔과 고통으로 일그러진
내 얼굴을 기억하며
가엾은 눈물을 흘리십니까.

울지 마세요. 눈물을 거두세요.
나는 행복한 사람이었습니다.
내 영혼 깊은 곳에 神을 향한 기원으로
아름다운 것만 품어 안고 살았답니다.

내 옆구리를 찌르는 평생 가시로 인해
피 흘리며 아우성을 칠 때도

나는 행복한 사람이었습니다.
용서라는 사랑의 멋진 복수로 이겨냈으니까요

나 때문에 흘린 당신의 눈물이
사랑과 평화가 출렁이는
당신의 보금자리가 되게 하고 싶습니다.
내 영혼은 이제 자유의 날개를 펴고 훨얼훨 날고 있답니다.

나를 위해 울지 마세요.
눈물 대신 응원의 박수를 보내주세요.
글과 그림에 빠져 서투른 예술가 흉내도 내면서
돈키호테의 행복한 마음으로 살았답니다.

내 얼굴을 떠 올리면 아픔대신
맑고 밝은 미소를 보내주세요
나는 행복한 사람이었습니다.
믿음과 소망과 사랑을 싹 틔우며 살았답니다.

나이

오늘 동창 모임이 있었다. 팔순을 맞이한 동갑내기 20여 명이 곰탕집 식탁에 둘러앉았다. 이번 달 생일을 맞은 친구가 점심을 냈다. "생일 축하합니다." "사랑해 당신을…" 노래를 합창하며 생일을 축하해 주었다.

수명이 짧았던 옛날에 환갑을 맞으면 장수했다고 잔치를 베풀어 주던 것이 회갑연이다. 지금은 회갑이면 중년이요, 여자들은 꾸민 용모가 젊은이 못지않게 세련미를 자랑한다. 편리해진 생활과 고도로 발달한 의학이 가져다 준 선물이다.

여든 한 살, 내년이면 아흔을 바라본다는 망구가 된다. 백세를 바라본다는 뜻으로 91세의 별칭, 망백이 있다. 90세를 지났으니 이제 100세도 멀지 않았다는 만수무강의 의미가 함축되어 있다. 늙은 여자를 낮잡아 이르는 할망구가 아니라 덕과 지혜를 갖춘 존경받는 어른으로 살기를 원한다. 흔히들 노망든 망구라며 비하했던 할망구라는 단어가 장수를 축하하는 의미만은 아니었던 것 같다.

요즘은 120세의 수명을 장담하지만 노인이 오래 산다는 것은 영화가 아니라 욕이 되기가 쉽다는 생각이 들기도 한다. 칠십 고개를 넘으면 병원 신세 지지 않을 만큼 건강한 노인이 드물고 자식 키우고 가르치느라 노후대책 없이 살아서 자식들에게만 의존하는 삶은 더더구나 그 인생이 기쁨만은 아니기 때문이다.

팔순을 왜 산수라 해서 우산 산(傘)을 썼을까. '산'자를 파자하면 팔(八)+십(十)이 된다 하여 이르는 말이라고 하는데 우산을 쓴다는 건 왠지 둥그런 묘를 연상시킨다. 또한 우산은 눈과 비를 피하기 위한 방패막이 역할을 한다. 우리말에서 80세를 일컬을 때 구어로는 여든 살이라고 하고 문어로는 팔순으로 표현한다.

전통적으로 사람의 나이를 쓸 경우, 그 가운데서도 특히 어른의 나이를 밝힐 때 별칭을 썼다. ≪논어≫ 에서 유래한 지학(志學 15세), 이립(而立 30세), 불혹(不惑 40세), 지천명(知天命 50세), 이순(耳順 60세) 등이 대표적인 예이다. 나이를 좀 더 고상하게 혹은 문학적으로 표현하기 위해 이러한 별칭을 정했을 것이라고 한다.

옛날에는 평균수명이 짧아 80세 이상 사는 경우가 드물었다. 심지어 70세까지만 살아도 아주 오래 산 것으로 여겨 두보의 시 〈곡강(曲江)〉에서는 "사람이 칠십까지 사는 것은 예부터 드물었다.(人生七十古來稀)"고 하였다. 70세를 흔히 고희라는 별칭으로 표현하는데 이와는 달리 80세 90세의 경우에는 팔순, 구순 외에 별칭이 없다.

괴테 필생의 대작 ≪파우스트≫에서 위대한 학자도 젊음을 얻기 위해 악마 메피스토펠레스에게 영혼을 팔았다. 나이 든 것이 얼마나 두려운 일인가를 단적으로 표현한 예일 것이다. 오죽하면 난센스 퀴즈에서 "노인들이 가장 좋아하는 폭포 이름은?" 이라는 질문에 "나이야 가라" 라는 말이 나왔겠는가.

사람들은 나이가 들었다고 하기보다 나이를 먹었다고 말한다. '먹었다'는 말은 생활 속에 녹아든 표현이 아닌가 싶기도 하다. 인사말에도 "진지 드셨습니까?"로 식사 여부를 묻는 것 또한 우리나라에만 있는 독특한 인사말이다.

우리의 배고팠던 역사는 밥을 먹고 배가 든든해야 평안하다 말할 수 있었다. 배고프면 평안할 수 없었던 우리 민족만의 인사말이라 하겠다. 농사와 고된 노동으로 배가 든든하지 않으면 마음의 평안이 없었기 때문이다.

유대인들이 주고받는 일반적인 인사말은 샬롬(shalom)이다. 히브리어로 평화, 평강, 평안을 의미하는 샬롬은 영어의 평화(peace)와 의미가 비슷하다. "안녕하세요." "잘 가세요." 에 해당하는 이 말은 만날 때와 헤어질 때 평안을 묻고 평안을 빌어주는 것이다. 마음의 평안을 우선시하는 유대인들의 문화를 엿볼 수 있다.

이제 우리나라도 인사말이 많이 바뀌었다. 생활이 달라졌기 때문이다. 그러나 구세대의 부모는 지금도 자식들의 안부를 물을 때면 첫 마디가 "밥은 먹고 다니냐?"이다. 자식이 배를 곯는 것은 부모로서 가장 뼈아픈 일이었기 때문이다.

어린이들의 놀이에서도 땅 따먹기가 있다. 무언가를 소유할 때도 먹어 치웠다고 말한다. '먹기 위해 사느냐, 살기 위해 먹느냐'가 한때 회자가 되기도 했다. 인류의 최초 전쟁도 먹기 위한 것이었으니 역사도 먹는 것을 배제할 수 없다. 세월을 야금야금 먹는다고 표현하는 걸 보아도 그렇다.

'열흘 붉은 꽃 없고 십 년 권세 없다'는 옛말이 있다. 온갖 부귀영화를 누렸던 솔로몬도 헛되고 부질없는 인생을 한탄한 것처럼 우리는 이 세상에 잠깐 나그네로 온 것이 아닌가 싶다.

팔십이 된 우리들 화제는 자연스럽게 건강 얘기다. 먼저 떠난 동창들과 현재 병원에 입원 중인 친구들 걱정이 곧 내 일이기 때문이다. 팔순 기념으로 해외 여행지를 정하지 못하고 이러쿵저러쿵 하더니 결국 여행을 포기하기로 했다. 해외여행에 자신이 없다는 친구가 많아서 아쉬운 결론이 내려진 것이다. 아직은 곱게 늙어가는 멋쟁이 할머니들인데 나이 이길 장사 없다 하지 않던가. 우리는 서로의 어깨를 다독이며 격려했다.

"우리 다 같이 〈백세 인생〉 노래나 부르고 힘내자."

"80세에 저 세상에서 날 데리러 오거든 아직은 쓸 만해서 못 간다고 전해라. 아리랑 아리랑 아라리요……"

9월의 노래

1999년 8월 말에 퇴직을 하고 9월이 되었다. 내 나이 만 60세였다. 무엇을 하며 여생을 살아가야 하나 그저 막막하기만 했다. 집과 학교와 교회만 오갔을 뿐 내가 사는 세상 밖의 일에는 깜깜한 사회생활 초년병에 불과했다. 마음속에 오직 한 가지 다짐만은 확실했다. 질곡에 빠지더라도 다시는 허우적거리지 말자.

평생교육원에 가서 글공부를 시작해 볼까? 아니면 젊었을 때 접어두고 못다 이룬 꿈, 그림 그리기에 매진해볼까? 하루하루가 무심히 지나가고 있었다.

무엇인가를 시도해 봐야지. 그냥 이렇게 무료하게 노년을 시작할 순 없지. 그러던 중에 언니와 그 친구들이 추천해서 나를 끌어들인 곳이 복지관 스포츠댄스 교실이었다. 이미 시작한 지 반 년이 지난 수업이었다.

옛날 사교댄스를 하는 사람들에게 가졌던 좋지 않은 선입견 때문에 주저되는 마음이 없지 않았지만 사범학교 후배 강사가 처음 시도하는 분야라고 하니 못이긴 척 따라나섰다. 교직에 있으면서 고전

무용만 생각했던 나에게 댄스 교실은 경이로운 풍경이 아닐 수 없었다. 나이든 남녀가 서로 짝을 이루어 유연하고 아름다운 모습으로 경쾌한 리듬에 맞춰 왈츠를 추는 모습은 내가 이제껏 살아온 인생과는 전혀 다른 파격적인 광경이었다.

그래, 나이 들었으니 색안경을 끼고 바라보는 사람도 없을 거고, 건전한 춤이라니 도전해 보리라, 결심하게 되었다. 나이 드는 것이 좋은 점은 누구의 눈치를 볼 필요가 줄어드는 것이라 했다. 회원들은 퇴직 교장들이 대다수여서 막내인 나를 무척 귀여워 해주었다.

왈츠, 블루스, 지르박, 탱고, 자이브, 차차차. 댄스 종류도 많았다. 선배들이 친절하게도 댄스 스텝 방향과 순서를 그려서 벽에 붙여 놓았다. 일주일 동안 그림을 보며 뒤에서 혼자 스텝 연습을 하였다. 음악에 맞춰 춤을 추다보니 다리 아픈 줄도 몰랐다. 나머지 시간은 YMCA에서 요가와 사군자 배우기에 할애했다. 매일 새벽기도로부터 시작해서 활기차고 새로운 생활이 시작되었다. 암울했던 내 지난 젊은 날이 무색할 정도였다.

9월은 여름을 보내고 가을의 문턱에서 오곡백과가 익어가기 시작하는 계절이다. 9월은 나에게도 희망과 즐거움이 익어가는 가을맞이였다. 예쁜 여우 꼬리처럼 산들거리는 바람이 가을을 일깨우며 살랑거린다.

일주일에 두 번씩 가는 댄스 교습이 신나고 재미있었다. 강사의 칭찬에 용기를 얻었다. 내가 몸치가 아닌 것에 나 자신도 놀라웠다. 석 달이 지나자 곧잘 따라하게 되었고 사람들이 연습 중에 스텝이 꼬이면 나에게 묻는 경우가 많아졌다. 춤은 내면에 갇혀 표현하지 못했던 것들이 개화하도록 돕는다고 했던가. 춤을 추며 움직이는 동안 가슴 깊은 곳에 뒤죽박죽 엉켜있던 생각들이 단순하게 정리가 되는 것을 경험하곤 했다.

다시 시작한 사군자도 붓 잡는 일이 생소하지 않아 다행이었다. 강사의 불같은 진도에 맞추느라 정신이 없었다. 일주일에 같은 그림을 20매씩 그려오도록 숙제를 내주었다. 화선지 전지의 절반 크기 20매를 제출하기 위해서는 40~50장을 그려야 했다.

학창 시절에 배웠던 서양화하고 너무도 달랐다. 자세가 달라서 엎드려 조심스럽게 먹물을 조절하며 단번에 획을 그어야 한다. 매일 거실 전체에 화구를 늘어놓고 사군자를 그리고 있는 내 모습이 신기할 정도였다.

사군자는 문인화의 일종이다. 문인화는 그림을 직업으로 하지 않는 선비나 사대부들이 여흥으로 자신의 심중을 표현하여 그린 그림을 이르는 말이라고 한다. 전문 화공이 그린 그림과는 기교면에서 분명한 차이가 나기에 화공들의 그림과 구별하기 위해 붙여진 이름이라고 한다. 나 역시 전문 화가가 아니라 취미로 그리는 것이니 문인화라는 이름이 내게도 들어맞는 셈이다.

일 년이 지나니 작품전시회를 한다 했다. 준비할 것이 많았다. 낙관이며 표구와 액자 고르기까지 보통 번거로운 일이 아니었다. 전시회 날, 학생회관에는 우리 회원 작품 외에도 다른 사람들의 작품이 많이 전시되었다. 서예를 비롯한 대작이 많아서 놀라웠다.

관람자는 거의 나이가 지긋한 중장년층이 많았고 젊은 층은 보기 드물었다. 비망록에 기록된 사연들도 젊은이들이 선호하는 분야가 아닌 듯했다. 전시회가 끝나고 작품을 거두어서 갖고 올 때의 기분은 어떤 희열이나 보람을 느끼기보다 큰 과제를 하나 해결했다는 홀가분한 마음이었다.

새벽기도 시간과 일주일 중 두 번의 요가 시간이 있어 고통스럽던 마음을 달랠 수 있었다. 요가 강사는 인도에서 오랫동안 수련한 분으로 예쁜 자태 못지않게 조용하고 친절했다. 친구와 나는 열심히 요가 수업을 들었고 집에서 혼자 요가를 연습할 수 있어서 좋았다. 나는 나에게 이런 여유로운 시간이 주어진 것에 한동안 어리둥절했다. 그동안 직장에 매어 방학이나 되어야 겨우 할 수 있었던 여행도 계절 따라 자유롭게 계획하고 친구들과 자주 만날 수 있어 행복했다.

나는 9월에 내 인생의 전환점을 맞았고 편안하고 행복한 노년이 시작되었으므로 9월의 예찬가가 되었다. 달력을 넘기며 9월이 오면 괜히 좋은 일이 찾아올 것 같은 기대와 설렘이 있다. 나에겐 사계절 중 9월이 시작이고 기다려지는 소중한 계절이 되었으므로 하루하루를 소중하고 보람 있게 채워나가고 싶다. 여행계획을 세우며 이 옷 저 옷 날씨에 맞게 코디해서 옷걸이에 거는 일도 즐겁기만 하다.

계절의 변화도 의식하지 못하고 바쁜 일상에 쫓겨 사는 사람들에게 권하고 싶다. 9월의 맑고 투명한 하늘을 바라보며 가슴을 열고 심호흡을 하라고. 파란색이 주는 평화를 마음껏 마셔보라고. 나처럼 기쁜 마음으로 9월을 맞이하라고.

일백만 달러의 미소

내가 K를 알게 된 것은 십여 년 전이었다. 교회를 옮긴 지 얼마 되지 않은 때 구역 모임에서였다. 그녀와의 만남은 차림새로 그 사람을 평가하기 쉬운 선입견이 얼마나 어이없는 일인가를 깨닫게 해준 계기가 되었다.

교회 예배에 참여하는 모든 교인 중에서 단연 돋보이는 노인이 한 사람 있었다. 그는 고급스런 차림새와 우아한 장식으로 사람들의 시선을 모으기에 손색이 없었다. K는 그이의 외동며느리였다. 두 사람을 나란히 세워놓고 볼 때 차림새에 차이가 많이 났다.

그 집에 초대를 받았다. 집안은 깨끗하고 고풍스럽게 단장되어 있었으며 음식상이 정성스럽게 차려져 있었다. 벽에 걸린 서화가 이 집 주인의 고상한 취미를 말해주는 듯했다. K는 요리 솜씨도 뛰어나고 웃어른을 대하는 공손한 모습이 자연스러웠다.

화장기 없는 K의 얼굴은 맑은 미소로 빛나고 있어서 바라보는 이의 마음을 환하게 밝혀주었다. 그 미소가 매우 낯익었다. '저런 미소를 어디에서 보았지? 아, 그렇구나! 미국에 사는 딸아이가 다니는

교회의 L 담임 목사님 미소였지.'

L 목사님 미소가 하도 좋아서 집에 돌아와 "너희 목사님 미소가 백만 불짜리더라." 했더니 "보석보다 귀한 우리 목사님의 미소를 엄마도 알아보았네요." 한다. 한국에서 약학대학 교수였던 목사님은 노선을 바꿔 신학대학에 들어가 공부를 마치고 목회의 길로 들어섰다. 아내와 어린 딸을 데리고 미국 선교에 발을 딛고 나서 얼마 되지 않아 아내가 교통사고를 당하여 병상에 누워 지내게 되었다.

몇 년 동안 교회 사역과 아내 병 수발, 그리고 어린 딸 양육으로 지쳐가고 있었다 한다. 어느 날, 거울에 비친 자신의 얼굴을 보고 깜짝 놀랐단다. 피곤에 절어 지치고 무표정한 사내가 자신을 바라보고 있었던 것이다.

그는 큰 거울을 사방에 걸어놓고 웃는 연습을 시작했다. 그렇게 만들어진 것이 지금 소유하게 된 값진 미소란다. 이제는 그를 대하는 사람마다 백만 불짜리 미소를 부러워한다고 한다. 뿐만 아니라 십 년 만에 아내가 병상을 털고 건강한 사람으로 일어나 둘째 딸도 얻었단다.

어려운 역경을 흔히 바람에 비유한다. 어려움을 초래하는 바람도 한 편으로는 유용하게 작용하듯 우리가 겪는 고통도 뒤돌아보면 유익한 부분이 있다. 고진감래라고 하지 않은가.

K의 미소는 천연의 미소다. 남매를 기르며 직장생활을 하는 고된 일상 속에서도 그가 간직하고 있는 미소가 경이롭다. 어떻게? 라는 물음에 그의 간증은 간결했다. 하나님의 사랑과 감사함이 차고 넘쳐서 일상생활이 힘들다는 생각을 해본 적이 없다는 것이다. 자책과

회한에 빠져 감사하지 못한 내 삶이 부끄러워졌다.

책상 앞 벽에 붙여놓은 동그란 거울 속에 내 얼굴을 비춰보며 미소 짓기를 연습해 본다. 구안와사를 앓은 터라 찌그러진 짝짝이 눈과 나이가 만든 팔자 주름이 금방 울음이라도 토해낼 것 같은 모습이다. '나는 안 돼.' 실망하면서 거울 앞을 후다닥 떠나게 된다.

나도 K의 천사 미소, L 목사님의 일백만 달러 미소를 한 번만이라도 갖고 싶다. 일생 사랑하고 감사하며 살면 가능할까? 때때로 뜻이 엇갈려 혼란과 당혹감 속에서 인내심이 거의 바닥을 드러낼 때마다 웃는 연습을 시도해 본다.

방긋방긋, 오늘도 방긋 웃어본다.

작은 것의 행복

아파트 꼭대기에 저녁 해가 걸리면 집 앞 고등학교 운동장을 돌며 걷는 것이 일과가 되었다. 격렬한 운동을 삼가고 유일하게 할 수 있는 운동이 걷기 운동이기 때문이다. 한 바퀴 거리가 200m 가량 되는 조그맣고 아담한 운동장이다. 열댓 번 돌고 나면 등에 땀이 나고 숨이 가빠진다.

등나무 아래 나무 벤치에 앉아 숨을 고를 때다. 잔디 깔린 운동장 한쪽에서 아빠와 5세와 7세쯤의 형제로 보이는 삼부자가 서너 걸음의 간격으로 일렬로 마주서서 야구공 치기 연습을 열심히 하고 있다. 아빠는 공을 던져주고 가운데 선 동생이 방망이로 공을 받아치는데 번번이 공이 맞지 않고 빗나간다. 뒤에 서 있는 형이 그 공을 주워서 아빠에게 보내면 다시 가운데 있는 동생에게 공을 던져주는 연습을 아무 말도 없이 오래도록 진지하게 반복한다. 그들을 바라보며 나도 모르게 저절로 입가에 미소가 어린다.

사랑은 저런 것이야. 사랑처럼 고귀하고 따뜻한 단어가 또 있을까. 더구나 가족 간의 사랑이야 더 말할 나위가 없으리라. 너무도 아름다운 한 폭의 그림 같은 광경이었다.

휴일이면 세발자전거 타는 법을 가르치는 젊은 아빠들도 보이고 배드민턴을 치는 꼬마들도 있다. 학교 운동장을 이용하는 동네 사람들의 활기찬 모습이 보기 좋아 일부러 학교 운동장을 찾는다.

언젠가부터 핵가족 시대를 염려스러운 눈으로 바라보게 되었다. 요즈음 젊은이들이 결혼도 기피하고 자식 낳기를 거부하는 우리나라 현실이 안타깝다. 머지않은 장래에 도래할 사회 문제들이 심각한 일이 아닐 수 없다. 국민이 있어야 나라가 있고 나라가 튼튼해야 개인의 행복도 보장되기 때문이다.

자녀를 많이 둔 집이 다복하다는 옛 얘기는 전설로 사라질 상태가 되어버렸다. 흥부보다 놀부가 되어야 살아남을 수 있는 현실로 바뀌었다. 흥부의 착한 개념이 현세에는 어리석음의 대명사가 되었다.

하나님께서는 천지창조를 마치고 '보기에 좋았더라' 하셨다. 마지막 날 하나님 형상을 닮은 사람을 창조하시고 사람이 혼자 사는 것이 좋지 아니하니 그를 돕는 배필을 지으리라 하시고 아담의 배필로 하와를 주셨다. 자손을 낳아 번성케 해야 할 의무와 땅을 다스릴 권리를 주신 것이다.

자식 낳기를 거부하는 첫 번째 이유가 양육과 교육에 따른 투자를 감당할 수 없어서라고 한다. 우리나라 교육제도를 개선하기 전에는 인구 감소 문제를 해결할 수 없다는 생각이 든다. 아이 하나를 대학 졸업시키기까지 드는 교육비가 2억이 넘는다고 한다. 그뿐인가. 취직하기가 하늘의 별따기보다 어려운 것이 현실이다. 어쩌다 얻은 직장 생활도 건강을 해칠 정도의 스트레스를 받아야 하고 힘든 경쟁 속에서 버티기에 버거운 사회다. 사는 것이 마치 전쟁을 하는 형국이다.

그러나 가정의 소중함을 망각해서는 안 될 것이다. 소박한 삶을 거부하므로 결혼을 회피하는 것은 아닌지. 옛날 우리 선조들은 대부분 가난하게 살았다. 그럼에도 팔자소관이려니 여기며 겸허한 마음으로 가정을 꾸리며 지켜나갔다.

요즈음 오죽하면 '이코노사이드'라는 경제와 자살을 합성한 신조어가 생겼을까. 가정이 파괴되면 인간의 존재가치가 무의미해질 것이다. 역사 속에 빛나는 위인들 뒤엔 훌륭한 부모가 있었고 가정이라는 울타리가 견고했다. 저녁이면 학교 운동장에서 자녀들과 함께 하는 아빠들은 큰 욕심 없이 평범함 속에서 행복을 찾는 소시민들이다.

소소한 것에서 확실한 행복을 찾는다는 '소확행'이라는 신조어가 마음에 와 닿는다. 제대로 보지 않기에 우리 주변에 널려있는 행복을 만끽하지 못하는 것이 아닐까. 행복은 아주 작은 것에서 비롯됨을 되새겨본다.

폭염이 준 교훈

이번 여름은 폭염의 연속이었다. 가히 살인적인 더위라는 말이 실감 난다. 누구든 만나면 '더워 죽겠다'는 말이 제일 먼저 입 밖으로 튀어나오는 인사말이 되었다. 한낮 기온이 섭씨 40도를 육박할 정도의 고온으로 대프리카(대구+아프리카)라는 신조어가 생길 정도다. 예년에 없던 2천 명이 넘는 온열환자와 30여 명에 달하는 사망자를 냈다. 작열하는 사막여행을 몇 번 해 본 경험이 있어서 그나마 감사한 마음을 유지할 수 있었다. 아무리 더워도 때가 되면 선선한 가을이 오리라는 기다림을 가질 수 있기에.

가뭄과 태풍뿐 아니라 지구의 사막화가 심각하다고 한다. 빙하와 만년설이 덮고 있던 산과 계곡과 호수의 면적이 기하급수적으로 줄어들고 있다. 올 여름, 극심한 더위와 홍수와 태풍 같은 기상 이변과 재해는 어디서 비롯된 것인가. 온난화와 이상 기후의 원인으로 학자들은 화석 연료 사용을 그 주요 요인으로 꼽는다. 화석 연료가 연소되면서 나오는 이산화탄소 같은 온실가스가 지구 온난화를 부추긴다는 것이다. 하나님이 주신 이 아름다운 지구와 생태계가 죽어가고 있는데 우리는 강 건너 불구경하듯 사는 건 아닌지?

이 아름다운 지구가 쓰레기에 치여 죽어가고 있다는 말이 피부로 와 닿는 뉴스를 들었다. 매년 8백만 톤의 플라스틱 쓰레기가 바다로 흘러들어가 곳곳에 커다란 섬을 이루고 있단다. 바닷새 94퍼센트의 위에서 플라스틱이 발견되고 태국에서 잡힌 고래의 위에서는 비닐봉지가 80개가 나왔다고 한다. 플라스틱은 썩지 않아 작은 알갱이로 자연 생태계에 고스란히 남아 있다가 육안으로는 확인할 수 없는 상태로 먹이사슬을 타고 우리가 마시는 수돗물 속으로 들어오고 있는데 조사 대상의 83퍼센트에서 발견되었다고 한다. 사람이 자연을 사랑하지 못한 결과로 지구는 죽어가며 비명을 지르고 있고 사람 또한 해를 당하고 있다. 사람이 자연을 훼손하면 자연재해로 망하게 된다는 교훈을 다시 한 번 되새겨 보아야겠다.

우리 모두가 환경을 소중히 다루는 태도가 필요하다. 일회용품 사용 줄이기, 쓰레기 줄이기, 자원 재활용, 세제 남용 안하기, 전기 아끼기, 물 아껴 쓰기 등, 작은 실천부터 시작해보자. 머지않아 쓰레기 전쟁이 일어날지도 모른다. 미세먼지와 황사까지도 서로 책임을 묻고 따지는 상황 아닌가.

서울 시장이 대통령이 될 만큼 인기를 얻은 것도 청계천 복원으로 서울 시민의 숨통을 틔워주는 획기적인 자연복구사업이 성공을 거두었기 때문이다. 외국 관광객이 청계천을 찾는 이유도 큰 도시 한 가운데 흐르는 맑은 물이 좋아서일 것이다.

이번 더위는 ≪노자≫에서 말하는 '상선약수(上善若水)'를 떠오르게 한다. 최고의 선은 물과 같다는 말이다. 물은 세상 만물을 이롭게 하면서도 남과 다투지 않고 낮은 곳에 처하며, 자기를 앞세우지 않고 뒤로 물러선다. 얼마나 겸손한가. 물을 닮은 인생을 살아오지 못했기에 물을 좋아하는지도 모른다. 물이 인간의 문명을 싹트게 한 근원이 된 것도 인간은 물을 떠나 살아갈 수 없기 때문이다. 고대 그리스의 철학자 탈레스는 만물의 아르케, 즉 근원은 물이라고 했다. 금년 같은 폭염은 물의 귀중함을 더욱 깊이 깨닫게 해 주었다.

폭염, 뭉게구름, 그리고 잠을 설치게 하는 열대야와 서서히 작별할 때가 된 듯하다. 아침저녁으로 제법 선선한 바람이 불어 가을이 문턱에 성큼 다가왔음을 알린다. 기록적인 폭염을 견딘 초목도 여기저기 조금씩 가을빛을 띠기 시작한다.

덥다고 날씨를 불평하지 않으련다. 춥다고 하늘을 원망하지 않으련다. 하나님은 어떤 환경에서든 적응할 수 있는 능력을 인간에게 허락하시고 이 지구가 아름다운 모습 그대로 보존되기를 원하셨을 것이다. 일 년 내내 눈 덮인 고원지대의 황막한 마을에 천연 온천수가 흘러 목욕과 빨래를 할 수 있는 자연의 신비로움을 어떻게 설명하랴.

북한을 다녀온 사람의 말을 들으니 금강산이 자연 그대로의 모습으로 보존된 것에 감탄했다고 한다. 수려한 산 곳곳에 있는 큰 바위에 독재자들의 이름이 새겨진 것이 옥의 티라며 아쉬움을 나타낸다. 우리나라 명승지에도 아름다운 자연을 흠집 내면서까지 바위나 나무에 자기 이름을 새기는 여행자들이 있다. 특히 외국에 나가서까지 한글로 이름을 새긴다고 하니 부끄럽기 짝이 없다.

자연으로 돌아가자. 자연은 인간에게 커다란 스승이며 삶의 터전이다.

순간의 기쁨

아침에 잠이 깨어 창문을 열었다. 여름 장마의 시작을 알리는 전주곡인 듯 장대비가 쏟아지고 있었다. "비가 많이 오네." 하며 거실로 나간 나에게 며느리가 "어젯밤 천둥 번개 소리에 무서워 한숨도 못 잤어요." 한다. 나는 빗소리와 천둥 번개 소리를 듣지 못하고 오랜만에 꿀잠을 잤는데 딴 세상에서 온 사람처럼 그랬구나 하며 머쓱해졌다. 보청기를 빼놓고 잠자리에 들면 어지간한 소리는 차단이 된 채 내 방은 정적에 쌓인 토굴이 된다.

청력이 약해져서 귀가 어두운 사람을 가리켜 귀머거리라 한다. 나도 그렇다. 천둥 번개 소리에도 아랑곳없이 잠을 잘 수 있는 이점도 있으니 나이 들어 귀가 어두운 것도 복이 될 수 있겠다 싶다. 싫은 말, 필요 없는 말을 듣지 않아도 되는 것을 귀머거리의 특혜처럼 생각하며 사는 것도 괜찮은 일이겠다.

사춘기 시절 방학이 되면 시골 외갓집에 내려가는 것이 유일한 즐거움이었기에 기다림에 가슴 설레던 기억이 새롭다. 오빠가 없는 나는 아들만 일곱 있는 외갓집 오빠들이 예뻐해 주니 공주나 된 듯 으쓱

해서 오빠들 따라 낚시도 하고 산과 들을 누비고 다니는 재미가 좋았다.

90세가 가까운 외할머니는 눈과 귀가 멀어서 젊은 날 고을의 미녀로 꼽힐 만큼 아름답던 용모는 간데없고 콧날만 오뚝한 채 볼과 눈이 쑥 들어간 초라한 노인이 되어 있었다. 할머니 손을 잡고 "할머니 수옥이 왔어요" 하면 "우리 손녀딸 왔구나" 하면서 얼굴을 쓰다듬고 손을 꼭 쥐어주신다. 평생 농사를 지으시던 손의 힘은 여전해서 노인의 악력이 아닌 듯 했다.

나 또한 외할머니 나이가 되어간다. 친구 중에는 황반변성으로 좋아하던 책도 읽지 못하고 내가 보낸 문자 메시지에 답장도 하지 못하는 사람도 있다. 귀 먹고 눈이 어두워지는 것은 세월이 가져다주는 자연 현상이니 겸손한 마음가짐으로 받아들여야 할 것 같다. 예와 다르게 고도로 발달한 의술 혜택을 받고 사는 것도 고맙다. 무엇이 불편하다고 투정부리는 노인이 되기보다 모든 것을 긍정의 눈으로 포용하며 기쁘고 감사한 마음으로 살아야겠다.

코로나 바이러스라는 미생물이 전 지구촌 사람들에게 공포심을 주고 있지만 멈춤과 기다림의 교훈을 제시해준 것도 좋은 예가 될 것이다. 세상에는 나쁜 일만 있는 것이 아니라는 것도 깨닫게 해 준다. 희생을 무릅쓰고 서로 돕고 힘을 주는 사랑을 깨닫게 하고 예고 없는 죽음이라는 큰 난제도 다시 한 번 생각해 보는 계기가 되어준 것도 나쁘지만은 않은 듯하다.

비가 씻어낸 하늘과 먼 산의 푸르름은 미세먼지를 잠시 잊게 해주고 시원한 바람 또한 찜통더위도 날려버린다. 장마철이면 쨍쨍한 햇빛의 고마움을 알게 된다. 공원에서 만난 키 큰 나무가 이끼에 칭칭 감겨 이끼옷을 입고 의연히 서 있는 모습에서 상생의 원리를 본다.

오지에 사는 어느 한 부족이 큰 나무껍질을 벗겨내어 물고기 저장고를 만들어 배에 싣고 가는 것을 TV 프로그램 〈테마기행〉에서 본 적이 있다. 껍질이 벗긴 채 허연 살갗을 드러낸 나무에 대한 애처로운 마음이 들었는데 나무는 시간이 흐르면 껍질을 다시 만들어 입고 제 모습으로 돌아간다고 한다.

살아 숨 쉬고 있음에 내일의 그 어떤 설계보다 오늘 지금 이 순간이 귀하고 감사하다.

아름다운 노을이 되리

카톡 카톡 카톡……. 하루를 여는 아침 시간이다. 핸드폰에서 빨리 카톡 받으라는 독촉소리가 요란하다. 병원에서 퇴원한 지 얼마 되지 않아서인지 딸아이들이 건강을 묻는 안부 문자가 줄줄이 들어온다. "엄마 속히 회복하세요. 통증은 조금이라도 줄었나요? 간밤에 잠은 잘 주무셨어요? 엄마 사랑해요."

이제 세상 이치를 조금 알겠다 싶으니 어느새 해가 서산에 걸리는 나이가 되었다. 꽃이 아름다운 건 열매를 맺기 위한 것이듯, 사람은 세월이 가면서 늙어가는 것이 아니라 익어가는 거라고 했는데. 돌이켜 보면 내세울 것도 없고 자랑할 것도 없는 회한과 부끄러움으로 얼룩진 삶이었다.

'……했더라면'으로 회상하기 시작하면 더더욱 나 자신을 초라한 늙은이로 내몰곤 한다. 그것이 다가 아니라고 도리질하며 다섯 아이의 어미가 되어 신의 뜻대로 종족 번식의 의무를 다했으니 그것만도 장한 일이라고 자위해 본다. 굴곡 많은 삶을 잘 버티고 살아냈으니 참 대견하다고 스스로 다독인다. 이제 남은 인생은 누구에게도 구애

받지 않고 오롯이 나만의 색깔로 노년을 아름답게 장식해야겠다고 다짐한다.

글쓰기는 나의 삶을 일렁이게 한다. 글쓰기에 대한 그리움은 이따금 불어오는 바람이 되어 마음을 가만히 흔들어 깨운다. 문예지도 선생님의 격려와 칭찬은 까맣게 탄 숯덩이 같던 내 가슴에, 잠자던 내 영혼에, 파란 불씨를 호호 불어 넣어준다. 추억의 물살이 밀려오면 책상 앞에 앉아서 서투른 글쓰기 작업으로 날밤을 새운다. 타임머신을 타고 나 자신도 미처 깨닫지 못했던 꿈과 야망이 활활 타오르던 젊은 날의 내 모습으로 달려가곤 한다.

어떤 운명을 타고나더라도 행복할 수 있는 방법은 존재한다고 한다. "젊은 자의 영화는 그의 힘이요 늙은 자의 아름다움은 백발이니라."라고 〈잠언〉에서는 말한다. 젊은 세대들에게 부양의 부담만 안겨주는 두통거리 늙은이가 아니라 삶의 지혜를 터득한 존경받는 노인으로서 자부심을 갖고 살고 싶다.

"엄마 저 다른 학교로 발령 받았어요. 집이 멀어서 차 한 대 더 있어야 될 것 같아요." 둘째 딸아이의 전화였다. "그럼 내 차 깨끗하니 가져가거라." "아유 좋아라, 엄마 서운하지 않으시겠어요?" "남 주기는 아까워서 망설였는데 네가 타면 좋지."

아끼던 애마와 같은 차를 2년 전 딸아이에게 넘겨주고 버스를 이용하고 있다. 처음에는 버스 노선을 몰라 시내버스 승강장 앞에만 가면 울렁증이 생기는 듯했다. 환승이라는 낱말도 몰랐으니 친구들이 "전주 촌년이 따로 없네" 하고 놀리는 것도 무리가 아니었다. 지금은 대중교통 이용이 편하다. 누가 버스 노선을 물어보면 몇 번 버스

타고 어디에서 환승하라고 자세히 가르쳐준다. 차가 없으니 걷는 일이 많아져서 자연스레 운동이 된다.

아는 자가 되기보다는 언제까지나 배우는 자가 되련다. 마음의 문을 활짝 열고 기쁨도 슬픔도 그리고 절망도 환희도 나의 몫이라면 모두 다 꼭 끌어안고 묵묵히 걸어갈 것이다.

비록 눈은 침침해지고 손목에 힘이 빠져 시릴지라도 나는 나의 독백을 계속 써 내려갈 것이다. 마지막 쏘아 올린 불꽃이 되어. 혹여 내 글을 읽어주는 독자가 생겨서 용기를 더해준다면 큰 기쁨이 될 것이다. 저물어가는 황혼의 노을빛처럼 나의 노년을 곱게 장식해 보리라.

흰머리

나이 들어 흰머리가 되면 기운은 쇠하지만 살아온 연륜대로 경험과 지혜가 쌓여 무시할 수 없는 관록이 된다. 아프리카 속담에 '노인 한 사람이 죽으면 도서관 하나가 불타는 것과 같다'고 했다. 지혜와 영화의 대명사였던 솔로몬 왕이 죽자 그의 아들은 원로들의 조언을 무시하고 젊은이들의 말에 따라 백성들의 요구를 거부함으로써 나라를 분열시킨다. 우리에게 일깨워주는 교훈이 크다.

피난 가서 들었던 얘기다. 환갑이 지나면 부모가 먹는 식량을 아끼기 위해 부모를 산에 버리는 법을 정하고 위반하면 중벌로 다스리던 때가 있었다고 한다. 이른바 고려장이라는 악법을 폐지하게 된 유례가 있다.

한 정승이 있었는데 차마 노모를 산에 버릴 수가 없어 위법인 줄 알면서도 마루 밑에 토굴을 파서 노모를 모시며 아침저녁 문안 인사를 드렸다. 하루는 퇴궐한 아들의 얼굴이 수심에 찬 것을 보고 노모가 물으니 나랏일에 걱정거리가 있어 그렇다며 어머님은 아실 것 없다 하더란다. 자꾸 캐어물으니 중국 사신이 왔는데 조공을 늘리려는 수

작을 부리며 큰 누렁소 두 마리를 끌고 와서 어미소와 새끼소를 사흘 안에 가려내지 못하면 자기들 요구를 다 응해야 한다고 엄포를 놓더란다. 그런데 희한하게도 두 마리 소가 생김새나 색깔이 너무 똑같아서 이빨을 살펴보고 몸무게를 달아보아도 어미와 새끼를 구별할 수 없어 나라의 큰 걱정거리라고 했다.

그러자 노모가 그것이 뭐 그리 큰 문제냐며 방법을 일러 주었다. 소 두 마리를 지금부터 굶기고 따로 우리에 가두었다가 사흘 후에 먹이통을 가운데 놓고 양쪽 우리 문을 열어주란다. 먼저 달려들어 먹이를 먹는 건 새끼이고 먹이통을 옆으로 밀어주는 건 어미가 틀림없을 거란다. 고려 땅에 지혜로운 사람이 있겠는가 깔보며 누렁소 두 마리로 시험을 하던 중국 사신이 혀를 내두르며 꼬리를 내리고 돌아갔다고 한다.

왕은 나라를 위기에서 구한 재상에게 큰 상을 내렸는데 이 재상이 왕 앞에 무릎을 꿇고 어머니를 산에 버리지 못하고 숨겨온 죄를 고하며 이번 소 두 마리의 분별을 가르쳐 주신 분이 늙은 어머니였음을 고백하자 왕은 눈물을 흘리며 고려장 폐지를 선언하고 늙은 부모에게 효도한 사람에게 상을 내리겠노라고 선포했단다. 이 노모의 지혜는 학식이 많아서도 아니고 오랜 세월 경험한 삶 속에서 얻은 지혜였을 게다.

노인은 젊은이들에게 간혹 짐스러운 존재로 취급받기도 한다. 특히 각박한 현대 사회에서는 더 말할 나위도 없다. 장강의 뒷 물결이 앞 물결을 밀어내듯 세대는 줄곧 변화한다. 노인이 생각하는 삶에는 두려움과 늙음과 외로움과 잊힘이 가득 차 있다고 한다. 여기에 더하여 소외감이라는 무서운 복병도 있다. 아름다운 무지개는 폭풍우 뒤에 오며 값진 진주는 아픔을 안고 탄생되듯 상처를 피하는 것은 성장하기를 거부하는 것이 될 것이다.

아픔은 인생에서 가장 빛나는 열매라고 한다. 인생은 고통과 노력 없이는 영원히 완성될 수 없다고 했다. 그래서 열매 맺지 않은 나무는 심지 말고 의리 없는 친구는 사귀지 말라고 했다. 대가족 사회에서의 어른의 권위와 존엄성이 무너진 건 차치하고 고사에서나 있었던 고려장이 현대에도 있는 듯하다. 노부모를 여행지에 버리고 오는 자식들 얘기가 매스컴에 심심찮게 오르내린다.

자식을 따라 도시에서 자식들 눈치 보며 살지 않고 고향 사람들과 어울려 오순도순 살아가는 노인들의 모습을 보면 마음이 푸근해진다. 과학과 문명의 발달로 자연의 섭리를 거슬러 회춘을 돕는 온갖 약품이나 화장술이 만연하다. 그러나 생리적인 노쇠는 막을 수 없다. 나이 들어가는 것에 저항하기보다는 겸손할 필요가 있다.

행동이 습관을 만들고 습관이 성격을 만들며 성격이 운명을 만든다고 했다. 지금 나의 마음가짐이 어떠하냐에 따라 행동이 달라지고 행동에 따라 생활이 변하며 생활에 따라 운명이 변한다는 사실을 잊지 말자.

내 인생의 방향을 결정하는 것은 언제나 나 자신이다. 백발을 자랑하려거든 먼저 당당함이 있어야 할 것이다. 경제적인 독립을 이루고 자식들 앞에서 주책을 떠는 노인이어서는 더욱 안 될 것이다.

나는 자식들과 만나는 날이면 화사하고 예쁜 옷을 골라 입고 한껏 멋을 부린다. "우리 엄마 짱" 하고 자식들이 너스레를 떨면 나 죽은 뒤에라도 너희가 이 어미를 생각할 때 우중충한 옷을 입은 초라한 모습으로 기억되고 싶지 않다고 말한다.

어린 나이에 가난한 집에 시집을 갔다. 오랜 세월 병으로 안방에서 벽을 지고 계신 시아버님과 상투를 올린 백발의 시할아버지 대신 가장이 되어 농사일을 도맡아 하셔야 했던 시어머니의 행색이 얼마나 초라하던지. 이미 고인이 되어 가끔 꿈에 나타날 때면 생전에 입으셨던 검은 몸빼와 누덕누덕 기운 삼베 적삼 차림의 모습이다. 시어머님이 그저 무섭기만 했던 불효한 이 철부지 며느리는 어머님을 생각하고 소리죽여 울 때가 많았다.

우리 세대의 부모가 다 그렇듯 자식들만은 어려운 삶을 살지 않도록 허리띠를 졸라매고 인고의 세월을 견디며 흰머리가 되었다. 자식들 가슴에 어떤 식으로든 회한이나 자책감을 남겨주고 싶지 않다.

시대에 뒤쳐지지 않도록 배움에 부지런하고 열심을 다 하고 싶다. 카카오톡, 인터넷, 컴퓨터 등 기기 사용도 자식들에게 자꾸 묻고 익힌다. 배움에 나이나 체면을 앞세우면 낙오자가 되기 십상이다. 밖으로 눈을 돌려 복지관 시설만 가까이해도 배울 거리도 많고 취미생활을 하며 여생을 활기차고 보람 있게 보낼 수 있다.

취할 때와 버릴 때의 선택 또한 늙은이의 지혜일 것이다. 자가용을 없앤 후로 자연히 걷는 일이 많아져서 수제비 반죽처럼 말랑말랑해서 탄력이 없던 종아리가 탱탱해졌다. 그뿐인가. 높은 혈당 수치 때문에 늘 신경이 쓰였던 당뇨도 거의 정상에 가깝다. 생각을 바꾸면 세상이 바뀐다. 무엇을 선택하느냐에 따라 우리 삶의 모습도 달라질 것이다. 어느 복지관 벽에 붙어있는 "걸으면 살고 누우면 죽는다"는 표어가 어떤 의사의 처방보다도 마음에 와 닿는다.

요즘은 백발이 꼭 나이 많은 노인의 전유물도 아니다. 은발로 염색하고 무대에서 춤추며 노래하는 연예인들을 보노라면 은발이 아름답게 느껴질 때가 많다. 흰 옷, 흰 수염, 흰 머리, 흰 구름……. 하얀색이 주는 청결함과 단순함, 그리고 어느 색깔과도 대신할 수 없는 무채색의 위대함 때문에 흰색을 찬양하게 된다.

인생의 황혼이 아름다운 건 쉼의 미학을 일깨워주기 때문일 것이다. 놀다 가는 구름도 스쳐지나가는 바람도 안아주는 가슴지기라고 하지 않던가.

이제 무능이 죄가 되지 않고 무엇을 증명하려고 애쓰지 않아도 되는 시간이다. 꼭 쥐고 아등바등하던 것들을 내려놓아도 되는 때이다. 여유와 멋을 아는 사람으로 거듭나기를 나의 흰머리와 약속해 보려 한다.

신수옥 수필집

용기를 내